七海さんは……
白いワイシャツに青いネクタイをして、
ビシッとした黒いタイトなスカートを
身につけていた。
「陽信に勉強を教えるって話したら
お母さんが貸してくれたんだ。どう？
先生っぽいでしょ。可愛いかな？」

レトロな街並み散策♪

お花見デート♪

「……ごめんね、七海。
色々と誤解させたみたいだ」
その瞬間、七海さんは僕の胸に
飛び込むように抱き着いてきた。

陰キャの僕に罰ゲームで
告白してきたはずのギャルが、
どう見ても僕にベタ惚れです 3

結石

HJ文庫
1006

口絵・本文イラスト　かがちさく

Contents

プロローグ　一夜明けて …… 005
第一章　流れる噂 …… 019
幕間　左手と噂と …… 064
第二章　小旅行と僕の嘘 …… 070
幕間　彼の気になる反応 …… 173
第三章　彼女の妹の想い …… 180
幕間　帰りの車にて …… 232
第四章　打ち明け話と少しの不安 …… 237
幕間　私の打ち明け話 …… 263
第五章　過去との決別 …… 286
幕間　近づく記念日 …… 315
第二.五章　思わぬ失言 …… 324
あとがき …… 330

プロローグ　一夜明けて

人は予想外のことが起こった時、どんな反応をするんだろうか？　きっとそれは人によって様々なんだろうな。

固まって何も言えなくなる人。

大声で叫《さけ》ぶ人。

とにかく喋《しゃべ》りまくる人。

色んな人がいるだろう。

僕《ぼく》だったらどれだろうか。きっと、驚《おどろ》いて固まって動けなくなるタイプかな。あの時、七海《ななみ》さん達《たち》の話を盗《ぬす》み聞きしてしまった時も、僕はただ聞いていることしかできなかったし。

そんなことを僕は……七海さんの寝《ね》顔《がお》を眺《なが》めながらぼんやりと考えていた。

誤解がないように言っておくと、一緒《いっしょ》に寝《ね》たわけじゃない。僕は別な場所で寝て、今はちょうど七海さんを起こしに来たところだ。

いつもならとっくに七海さんは起きている時間帯らしいんだけど、今日は昨日の騒動《そうどう》があったからかなかなか起きてこなくて……僕が起こす役を仰《おお》せつかったわけだ。

それでもいま彼女《かのじょ》が起きたら、果たしてどんな反応をするのだろうか？　それは怖《こわ》くもあるけど……ちょっとだけ見てみたくもあった。

「んぅ……んっ……。ふぇ……？」

そう考えていたら、七海さんは可愛《かわい》らしく吐息《といき》を漏《も》らしながらゆっくりと目を開く。どうやら、僕が声をかける前に起きたみたいだ。見てみたいなと思ったら起きるって……凄《すご》い偶然《ぐうぜん》だ。

そしてその開きかけていた目は……半眼の状態で一度止まる。

「おはよう、七海さん」

「……へ？」

七海さんは僕の姿を見ると、ほんの少しだけ動かしていた身体をピタリと止めた。うん、七海さんも僕と同じタイプだったようだ。見事に沈黙《ちんもく》して固まっている。

理解が追い付いていないのか、僕と目が合った七海さんは布団《ふとん》にくるまったまま微動《びどう》だにしなかった。まるでゲームのポーズのようだ。

そのまま布団を握《にぎ》った彼女は、身体を隠《かく》しながらゆっくりと上体を起こす。もしかして、少し肌寒《はださむ》いのかな？　きょろきょろと左右を見回してから、首を傾《かし》げながら僕に視線を戻してくる。

「……ここどこ？」

「えっと……七海さんの家の書斎《しょさい》だね」

どうやら寝ぼけていることと、自分の部屋じゃないことから混乱してしまっているみたいだ。僕は安心させるように彼女の隣《となり》に座《すわ》ると、そのまま七海さんの次の言葉を待つ。

「なんで私ここで寝てるの……？　そうだ昨晩は陽信《ようしん》が泊《と》まって……お喋りするって言って……。記憶《きおく》が曖昧《あいまい》だなぁ。あれ、陽信はどこで寝たの？」

昨夜のことって覚えてないのか。うーん、どこまで言ったものか……？　まぁ本人のことだし、七海さんには全部教えておこうかな。

「七海さん、覚えてない？　昨日さ……」

僕は、昨日この部屋であったことを説明する。すると、七海さんはあっと言う間に頬《ほお》を紅潮させて、そのまま布団の中に隠れるように潜《もぐ》り込《こ》んでしまった。

こんもりと中央が盛り上がった、まるでお饅頭《まんじゅう》のような形の布団が完成する。

「……うう……私そんなことしたの？　恥《は》ずかしいよぉ」

そこから顔だけ出した彼女は、お饅頭から亀《かめ》に進化したようだ。それから手を少しだけ出して、くしくしと猫《ねこ》みたいに目を軽く擦《こす》る。お饅頭から亀、そして猫と彼女の進化は止まらない。

僕はそのまま、彼女の隣にコロンと寝転《ねころ》がる。そして目線の高さを合わせてから、恥ずかしがる七海さんを観察するように視線を向けた。

「やっぱり、何したか覚えてない？」

「うん……覚えて……。いや、うっすらと覚えてるかも……？　思い出したっていうか……」

確認《かくにん》するような僕の言葉に、七海さんは覚えてると口にする。覚えてる……その一言に僕はドキリとさせられてしまった。

うっすらって……僕がやっちゃったことは覚えてないよね？　いや、あの時は寝てたし気づいていなかったと思うんだけどさ。心配ないと思うんだけどさ。

テンションとか色々上がってたとはいえ……僕はやらかしてしまったのではないかという罪悪感が後から強くなっていた。

ここで言うか？

七海さんのおでこにチューしましたって。

うん、言えない。でも言った方がいいような気がしているのも事実だ。どうしようか。

そんな風に僕が葛藤《かっとう》していると、七海さんはポツリと呟《つぶや》いた。

「……そっかぁ、お喋りできなかったね。ごめんねぇ」

「謝んないでよ。あれはまぁ、仕方なかったし。予想外だよね」

酔《よ》った七海さんが部屋に来るとか、誰《だれ》が予想できるというのだろうか。しかもあんな格好で来たのだから……耐《た》えた僕の理性を褒《ほ》めて欲《ほ》しい。

いや、おでこにキスはしたけど。それでも耐えた方だろう。

「うーん。陽信が今日も泊まっていけたらいいのにねぇ」

「さすがにダメでしょ……。昨日はみんないたし、割と特殊《とくしゅ》だったから泊まったけどさ。あと、連日そこまでお世話になるわけにもいかないよ」

「ちぇっ。ま、そうだよね。なーんで私昨日寝ちゃったかなぁ。デートの感想とか、次のデートどうしようかとか、いろんなお話したかったのになぁ」

泊まりについてはダメ元で言ってみただけなのだろう。だけど、昨日自分が寝たことには後悔《こうかい》しているようで、若干《じゃっかん》の悲《ひ》壮感《そうかん》が感じられる。

唇《くちびる》を尖《とが》らせながら、七海さんはそのまま身体を起こすと大きく伸《の》びをする。七海さんの身体にかかっていた布団は、そのまま重力に負けて彼女の身体から滑《すべ》るように落ちた。

僕が寝転がったまま、目線の動きだけで彼女を追うと……七海さんは自身の身体を見下ろしてまた固まった。

うん……不可抗力《ふかこうりょく》で見ちゃったけど、下からのアングルってものすごいんだな。新発見だ。

「……なんで私こんなカッコしてんの⁈」

大きく声を上げた後に、七海さんは落ちた布団を素早《すばや》く持ち上げて身体を隠した。昨晩のことを覚えてると言ってたけど、どうやらそのことは忘れていたようだ。

「なんか肌寒いと思ったよ……」

「七海さん、それ着てこの部屋まで来たんだけど、そこは覚えてない？」

「嘘《うそ》っ⁈　私変なことしなかったよね⁈　変なこと言わなかったよね⁈」

僕がなにかしたかは心配じゃないのか。そこは僕への信頼《しんらい》と思ってもいいんだろうか？

七海さんは自分の行動を必死に思い返すように頭を抱《かか》えていた。

「大丈夫《だいじょうぶ》だよ、何もな……」

そこまで言いかけて僕は、一瞬《いっしゅん》だけ言葉に詰《つ》まる。僕も思い出してしまったからだ、彼女が……僕のお腹《なか》を触《さわ》ってきたことを。

「何もなかったよ」

「……その顔はなんかあったね？」

「大丈夫《だいじょうぶ》大丈夫、ちょっと僕のお腹を触ってきただけだから。何もないのと一緒」

「何それ⁉　全然覚えてないんだけど⁉　思い出せ……思い出せ私……」

今度は布団が身体から落ちるのも構わずに、七海さんはまた頭を抱えてうんうん唸《うな》っている。どうやら必死に思い出そうとしているようだ。

僕はそんな七海さんを尻目《しりめ》に、立ち上がって彼女に手を差し出す。

「それじゃあ、行こうか七海さん」

「……うん」

七海さんは僕の手を一瞥《いちべつ》すると、視線を外して諦《あきら》めたようにうなだれる。そして、顔を上げて僕の手を取るとゆっくりと立ち上がった。

「うー……いつもより眠《ねむ》いよぉ……」

少しフラフラとしながら七海さんは歩き始める。てっきり立ち上がったら手を離《はな》すと思ってたんだけど、彼女は僕の手をガッチリとホールドして離す気配はなかった。

ちょうどいいや。なんかふらついてて危ないし……このまま一緒に歩こうかな。

「七海さん歩ける？　大丈夫？」

「なんかフラフラするぅー……これが二日酔《ふつかよ》いってやつなのかなぁ？　お酒は二十歳《はたち》になってからっていうけど、こんななら二十歳になってもお酒飲まないよぉ私……」

ちょっとだけ七海さんが僕にもたれかかる。僕は彼女が転ばないように支えながらゆっくりと歩いていた。寝起《ねお》きだからか体温が温かくて……少し僕の頬は赤くなる。

それにしてもウィスキーボンボンでこうなるのか……。

僕もお酒飲んだことないから分からないけど、そんなに気分が悪くなるものなのかぁ。それなら僕も大人になってもお酒は飲みたくないなぁ。

「ねぇ、陽信ー。おんぶー」

「いや、階段下りるから危ないでしょ。ほら、支えるからしっかり歩いて」

「むー……」

階段も危険だけど、そんな薄《うす》い服でおんぶなんかしたら別な意味でも危険だ。七海さんはそれを分かっているのかいないのか。いや、これ分かってないな。まだ頭働いてなさそう。

そして、僕等は揃《そろ》ってリビングへとたどり着く。

台所には沙八《さや》ちゃんと厳一郎《げんいちろう》さんが一緒に料理をしている。音更《おとふけ》さんと神恵内《かもえない》さんもその手伝いをしているようだった。

「おはよぉー」

「七海、おはよう。よく眠れ……七海ッ?!」

挨拶《あいさつ》した七海さんに、厳一郎さんが驚きの声を上げる。すぐそばでは音更さんと神恵内さんがやばいという表情を浮《う》かべていた。沙八ちゃんはどこか面白《おもしろ》そうにしてる。

「あ、お父さんおかえりー。昨日は遅《おそ》かったの？　あんまり飲み過ぎちゃだめだよぉ」

「いや、昨日はそこまで飲んでないから……。いや、そうじゃなくて……」

厳一郎さんは、七海さんの格好を少しだけ震《ふる》える手で指差す。僕と手を繋《つな》いでいるのは目に入っていないようで、ゆっくりと首を動かして僕に視線を移した。

僕も厳一郎さんを真《ま》っ直《す》ぐに見る。その目には、何かを訴《うった》えかけるような光があった。

「陽信君、もしかして君がソファで寝てた理由ってもしかして……？」

「……お察しの通りです」

僕は小さく頷《うなず》いて厳一郎さんの言葉を肯定《こうてい》する。それから厳一郎さんは少しだけ肩《かた》を落とすと、僕に近づいてきて……。

「娘《むすめ》が色々とすまない。しかし、陽信君はよく耐えられたね……凄いな」

僕の両肩《りょうかた》をガッチリと掴《つか》んで、真摯《しんし》な謝罪の言葉を口にしてきた。そんな大げさな……謝《あやま》られることではないと思うんだけど。

でも、耐えたのは事実なのでそこを褒められてなんだかくすぐったいような、妙《みょう》な嬉《うれ》しさが出てしまう。ん？　僕は耐えられた？　僕……は？

僕が首を傾げていると、厳一郎さんは僕に小声で囁《ささや》いてきた。

「……昔……私は耐えられなかったよ」

その瞬間《しゅんかん》、僕の頭の中に一人の女性の笑顔《えがお》が浮かんだ。いや、具体的に厳一郎さんが言《げん》及《きゅう》したわけじゃないけど、思い当たるのがあの人しかいなかった。言っちゃうと七海さんのお母さんだけど。

僕と厳一郎さんはお互《たが》いに頷き合い、軽く握手《あくしゅ》を交《か》わす。その様子を見て七海さんは何事かと首を傾げた。分からなくていい話です、七海さん。男同士にしか分からないことだからきっと。

「おはよう、七海に簾舞《みすまい》」

「おっはよ〜。二人ともゆうべはお楽しみでしたか〜?」

……神恵内さんなんでそんな言い回し知ってるの？　というか、別にお楽しみ展開になってないのは二人とも知ってるでしょうに。

「おはよう。音更さん、神恵内さん」

「二人ともおっはよー。初美に歩、料理手伝ってくれてたの？　ごめんね起きられなくて。私もすぐに手伝うからさ」

七海さんがそこで僕から手を離して台所に入ろうとするんだけど、二人はそんな七海さんを手で制する。急にストップをかけられた七海さんは、少しよろけて僕の身体にもたれかかってきた。

「いーっていーって。今日は泊めてくれたお礼と、色んな意味のお詫《わ》びにウチ等がやるから」

「そ〜そ〜。大船に乗ったつもりでゆっくりしててよ〜。たまにはいーでしょ」

なるほど、それだったら僕も手伝った方がいいかなと一歩踏《ふ》み出したところで、七海さんがポツリと呟いた。小さく、だけどハッキリと耳に届く声だった。

「えっ……陽信のお弁当は私が作りたいんだけど」

その一言で、場の全員の動きが止まった。

七海さんは無意識だったのか、ハッとした後で口を両手で覆《おお》う。僕はというと、一歩踏み出した姿勢で固まったまま、徐々《じょじょ》に頬が熱を持つのがハッキリと自覚できた。

そして、僕の頬が紅潮する速度に合わせるかのように……目の前にいる方々の表情が笑《え》みの形に変わっていく。みんなどこか嬉しそうな、揶揄《からか》うような色を含《ふく》んでいる。

「そっかそっかぁ、簾舞の弁当は自分でかぁ」

「うわ〜、今の台詞《せりふ》は撮《と》りたかったねぇ。睦子《ともこ》さん起きたら見せたげたかった」

「朝から熱々だねぇ、羨《うらや》ましいよお姉ちゃん」

「七海……すっかり成長して……」

四者がそれぞれの反応を示す中、僕等は赤くなり黙《だま》ってしまう。僕に至っては変な汗《あせ》をかいてしまって、じっとりと背中が濡《ぬ》れているのが分かる。精神的な発汗《はっかん》だろうなこれ。

だけど僕はこの後、更《さら》に汗をかく事態に陥《おちい》ることとなる。

「ま、朝飯とか厳さん達の弁当はウチ等に任せなよ。簾舞の弁当は七海に任せるから」

「下ごしらえだけしとくからさぁ。あ〜、簾舞とこの時の話でもしたら〜？」

そう言って、神恵内さんはポケットからスマホを取り出し画面を僕等に見せてくる。そこには一枚の画像が写されていた。僕にとって身に覚えのある画像が一つ。

昨日の……僕が七海さんの額にキスをしている画像。

すぐ隣の七海さんが息を飲むのが空気で伝わってきた。厳一郎さんはちょうどスマホの画像を見てはおらず、七海さんのリアクションに疑問符《ぎもんふ》を浮かべた表情をする。対して僕は、背中だけにかいていた汗を顔中に吹《ふ》き出させることになった。

「ねぇ陽信、詳《くわ》しく聞いてもいいかなぁ？」

「はい」

その顔にとても優《やさ》しい微笑《ほほえ》みを浮かべた七海さんが、とても優しい口調で僕に語り掛《か》けてくる。その表情はとても安らぐのに、僕の汗は止まらない。肯定の言葉を即《そく》出すしかなかった。

七海さんは僕の手を取り、二人でゆっくりとリビングに移動していく。言おうと思って言えなかったことがここで響《ひび》くとは思ってなかった。後悔先に立たずとはまさにこのことか。

どう言い訳したものかと考えていたら、みんなから離れたところで七海さんは僕にだけ聞こえる声で囁いてきた。

「誤解しないでよね、怒《おこ》ってるわけじゃなくて……なんでしてくれたのかを教えてほしいだけなんだからね？」

人差し指を唇の前に添《そ》えながら、七海さんは少しだけ頬を朱《しゅ》に染めて楽し気に僕に対して笑みを向ける。今から僕から聞く説明を楽しみにしている……そんな風に見えた。

その言葉に僕は安心しつつも、なぜキスしたのかということを七海さんに説明しなければならないという現実を突《つ》きつけられ……やっぱり滝《たき》のような汗をかくことになる。

これなら、普通《ふつう》に怒られた方がマシだったんじゃないだろうか？　とか、そんなことを考えながら、どう説明したものか必死に頭を悩《なや》ませるのだった。

朝食を食べて、制服に着替《きが》えて、身支度《みじたく》を整える。学校に行くんだから、当たり前のルーティーンなんだけど、それを自分の家以外で行うというのはとても奇妙《きみょう》な体験だ。

いつもと同じ格好で、いつもと違《ちが》う場所から出る。そして……。

「行ってきます」

「……はーい、行ってらっしゃーい。むにゅぅ……気を……つけてねぇ～」

いつもと違う人達に、僕は行ってきますの挨拶をする。まぁ、いつもと確実に違うのは僕だけか。少なくとも七海《ななみ》さんはいつものことだろう。

目を擦りながら、可愛らしい薄い紫色《むらさきいろ》のパジャマを着た睦子《ともこ》さんが僕等を見送ってくれる。

「行ってきまーす。珍《めずら》しいね、お母さんが起きてるって」

……どうやら、七海さんにとってもいつもの朝とは違うようだ。朝が極端《きょくたん》に苦手だって聞いてたけど、ここまでとは思わなかった。

「睦子さんも無理しないでね。行ってきます」

「そーそー、寝不足《ねぶそく》で動けなくなったら大変だよー。行ってきま～す～」

音更さんと神恵内さんもそれぞれが睦子さんに手を振《ふ》って挨拶する。睦子さんは眠そうにしながらも、小さく手を振っていた。

それにしても、この四人で登校することになるとは……。予想してなかったな。

「家から一緒に登校するって良いねぇ。毎週の恒例《こうれい》にしたいなぁ」

七海さんが僕の横でポツリと呟いた。さすがに毎週の恒例は難しいなぁと思いつつも、僕も新鮮《しんせん》でどこか心地《ここち》いい感覚を味わっていた。

こんな大人数で移動するってのはいつ以来だろうか？　四人だと大したことないと思う人もいるかもしれないけど、僕にとっては大人数だ。

中学の時の修学旅行は……確か移動時の人数はこれより多かったかもしれないけど、基本的には僕は一人だった。部屋でもさっさと寝てしまったし。

友達関係にある人達と一緒の移動となると……それこそ小学校の時以来かもしれない。あの時は確か……。いや、下手に思い出すのは止めよう。空《むな》しくなる。

大事なのは今だ。

……そういえば、音更さんと神恵内さんも友達とカウントしてしまったけど、彼女の友人は僕の友人と言えるのだろうか？　その辺の感覚ってよく分からないなぁ……。

まぁでも、普通に考えて彼女以外の女性と必要以上に親しくするというのはよくないだろうな。誤解を生みかねないし。たとえ二人に彼氏《かれし》がいたとしてもだ。

大事なのはきっと、適切な距離《きより》感なんだろう。うん、距離感……。距離感は大事だよな。それを間違《まちが》えると……思いもよらないショックも受けることだってあるし。

その距離感の取り方がよく分からないと尻《しり》ごみしたり、面倒《めんどう》くさがってたのが少し前の僕だ。あれはあれで気楽ではあったけどね。

たったの数日で、変われば変わるものだ。

「陽信《ようしん》、どしたの？」

「ん？　なんでもないよ。みんなで登校するってだいぶ久しぶりだから、ちょっと慣れないなって思ってただけ」

「なるほどねぇ。でもみんなで行くのも楽しいよね。小学校とかに戻《もど》ったみたい」

七海さんもちょうど僕と同じことを考えていたようで、そのことに嬉しくなって思わず僕は微笑んでしまう。

今、僕と七海さんは隣《とな》り合って歩いていて、身体の揺《ゆ》れでちょこちょことお互いの手が触《ふ》れるのが少しもどかしく、でも触れるたびに彼女の温かさを感じられてどこか楽しくもあった。

いつもなら手を繋いでいるけど……。今日は二人もいるしちょっと七海さんも自粛《じしゅく》してる感じがある。まぁ、二人にはとっくに手を繋いでるところは見られているんだけどさ……。

「おーい、ウチ等のことは気にしないで、二人で手ぇ繋いじゃえよー」

「そーだぞ～だ～。ほら、いつも通り手を繋いで～。遠慮《えんりょ》しないで～」

音更さんと神恵内さんは僕等から少し離れた位置で……具体的には僕等の後ろからついてくるような形で一緒に歩いている。

そして後方から、僕等を囃《はや》し立てるように手を繋ぐことを要求してきた。楽しそうである。

僕も七海さんも振り返りながら半眼で彼女等を見ると、七海さんは小さくため息を吐《つ》いていた。

「なんか言われると手を繋ぎにくいんだけど……」

「え～、七海、私等に散々手を繋いで教室に入ってくるところは見せてんじゃ～ん」

「後ろから観察されてるとやりづらいの！」

まぁ、確かにやりづらい気持ちは分かるけどね。観察されているとなるとちょっと……

いや、だいぶ気恥《きは》ずかしい感覚になってしまう。

だけど、七海さんはそれ以外にも理由があるようで、僕の手を改めて見てから後ろの二人に対して口を開く。

「それに……歩《あゆみ》も初美《はつみ》も彼氏と手を繋いで登校できないのに、私だけ彼氏と手を繋いで登校するのを長々と見せつけるのは……ちょっとヤじゃない？」

七海さんのその一言に、僕も二人も少しだけ沈黙する。

「まったく……気にし過ぎだ」

「だね～。そりゃ、羨ましいけどさ。二人には手を繋いでほしいよー」

友人二人の言葉を受けて七海さんは少し迷っているようだったけど、やがて優しい微笑みを二人に向ける。

「今日はみんな一緒だから、せっかくだしみんなで行こうよ」

「まぁ、七海がいいならいいけどさ。簾舞《みすまい》はそれでいいのか？」

「んー、簾舞は手を繋ぎたいんじゃないの～？」

おっと、矛先《ほこさき》が僕に向いてきた。そんなに手を繋がせたいのかい二人とも。いや、別に手を繋ぐのはやぶさかじゃないんだけどね。でもまぁ、七海さんが嫌《いや》がるならやりたくはないかな。

「正直、七海さんと手は繋ぎたいけどさ。七海さんがそう言うなら僕は彼女の意思を尊重するよ。それに、手を繋ぐことはいつでもできるし」

誰かに言われて繋ぐのではなく、自然に繋ぐのがやっぱり一番だと思うんだよね。そんな僕の考えを伝えたら、二人はちょっとだけ呆《あき》れたように苦笑《くしょう》を浮かべていた。

「言うねぇ……簾舞」

「ほーんと、簾舞はサラッと言うねぇ～」

なんだか感心されてしまった。そんなに変なことを言った覚えは無いんだけど……。嫌がっている七海さんと手を繋いでもねぇ。不快にさせちゃうだけでしょうし。

横の七海さんは、照れ臭《くさ》そうに笑顔を浮かべていた。そしてどこか満足気に、嬉しそうに何回も頷いてくれる。

……即行《そっこう》で発言を撤回《てっかい》して手を繋ぎたくなってしまった。危ない危ない。

結局この後、僕等は手を繋がず四人で登校することにした。僕と七海さんの周りを音更さんと神恵内さんが囲むみたいな形でだけど。なぜか二人には道中で色々と質問攻《ぜ》めにあってしまう。

でも、この時の僕は全く思い至っていなかった。

今の僕がこんな形で四人で登校することが……周囲から見てどんな意味を持つのかとい

うことを。

◇◇◇◇◇◇◇◇◇◇◇◇◇◇◇◇◇◇◇◇

火のないところに煙《けむり》は立たない。

噂話《うわさばなし》が出るときによく言われることわざだ。噂が出るのは何かしらの根拠《こんきょ》がある、必ず何かしらの原因があるからこそ噂が流れる。そんな意味だったと記憶している。

だけどご存じだろうか？　このことわざと逆の意味を持つことわざもあるということを。

それはこんなことわざだ。

根がなくとも花は咲《さ》く。

根拠のない話でも世間に広まってしまう。そんな意味なんだとか。

結局、ことわざっていうのは結果にしか使えない。物事が全て終わってからやっと当てはめることができるものなんだろうな。

何故《なぜ》そんな話をしたかというと、僕にまつわる噂が出てしまったからだ。その噂は、僕からしてみれば根がなくとも――の方を当てはめたくなるような根拠のないものだと思った。

だけど周囲から見れば、きっと僕の行動が原因なんだろう。そんな、当事者からすれば荒唐無稽《こうとうむけい》だけど、周囲からは根拠のある噂が学校に流れた。

結論から言うと、流れた噂は主に次の三つだ。

『簾舞陽信は、茨戸《ばらと》七海にフラれてしまった』

『簾舞陽信は、茨戸七海と付き合っているのにも関わらず周囲の二人にも手を出した』

『簾舞陽信は、ギャル三人組のハーレムを築いている』

……頭が痛くなるような噂だよね。

ちなみにこれは大別するとこの三つということで、ここからさらに細かく、尾《お》びれに背びれと様々なヒレがくっついた色々な噂が回っているから……どうしたものかという感じだ。

なんか、一個目の噂だけ妙に信憑性《しんぴょうせい》があるのは気のせいかな。というか後ろ二つと真逆だ。

なんでこんな噂が流れてしまったのか？　いくぶん僕の推測交じりではあるけど、こんな噂が流れてしまった根拠を説明しようと思う。

まず第一に、水族館デートが終わった翌日、僕と七海さんは別々に教室に入っていった。それは本当にたまたまで、僕が学校についてすぐに腹痛で七海さん達と離れてしまったんだよね。

いや、ほら……慣れない泊まりでちょっと体調が……。

言い訳しても仕方ないんだけど、そんな形で先に七海さん達三人が、後から僕が一人で教室に入るという展開になった。

それだけなら、きっとこんな噂は立たなかっただろう。

第二に……僕が髪《かみ》を切ったことだ。

漫画《まんが》とかでよくありがちな、僕が髪を切ったから急に女子にモテて、七海さんが嫉妬《しっと》してしまうとか……そんなお約束な話ではないことはあらかじめ言っておく。

そうじゃなくて、髪を切った僕が一人で教室に入ったというのが問題だったのだろう。

七海さんと手を繋いで教室に入らない僕が、髪を切っていた。それが周囲にいらない邪《じゃ》推《すい》を与《あた》えることになってしまったと予想できる。

いや、きっと本来であれば手を繋いで教室まで行くとかいう方が少数なんだろうけども……。慣れというのは怖いもので、周囲はそのことに騒然《そうぜん》としていたらしい。

そして第三は、僕等が登校している姿を多数の生徒に目撃《もくげき》されていたという点だ。僕が七海さんと手を繋がずに……四人で仲良く登校していた姿を。

僕が七海さん達と一緒に登校するという非現実的な光景を見ることで……想像力を逞《たくま》し

く働かせる人達が一定数以上いたんだろう。

おそらく、これが三つの噂が流れた主な原因だろう。どれがどの噂の元かは……明らかだよね。しかし髪切ったのはフラれたからとか……漫画とかでは見たことあるけどさ。

そして噂が広まる速度というのは僕が想像していたよりずっと速かった。今どき高校生なら一人一つのスマホを持っているのは珍しくない。噂は、月曜日の午前中にはあっという間に広まった。

僕が噂を知る頃《ころ》には、僕が浮気《うわき》したから七海さんにフラれたなんて不名誉《ふめいよ》なものにまで変化していたくらいだ。

僕が七海さんに言われた通りに、髪をワックスで整えずに来たのも悪かったのかもしれない……ワックスで整えて少しでも見栄《みば》えを気にしてたらそんな噂は出なかったか……？

いや、余計に噂が出回っていたか。見栄えを気にして七海さん達と四人で登校してたら、ハーレム云々《うんぬん》の方の噂がさらに信憑性を増してしまっていたかも。

そうなると、髪を整えてこなくて正解だったたな。

同じクラスの人達は、僕と七海さんが合流してから昨日のデートの話をしていたのを見ているので、そんな噂には惑《まど》わされなかったみたいなんだけど――。

問題は惑わされた人達である。

ちなみに、噂を知らない時の僕は、なんだか周囲から妙な視線を感じるなぁとか、その程度の認識《にんしき》だった。七海さん達も、噂についてはギリギリまで知らなかった。

そんな僕が噂について知ったのは、とある人物から教えてもらったからだ。その人物とは……標津《しべつ》先輩《せんぱい》だ。

まぁ、先輩《せんぱい》に教えてもらったというのは正確な表現ではないかもしれない。

なんせ標津先輩、休み時間に突撃《とつげき》してきたんだよね。唐突《とうとつ》に登場した三年生。しかもバスケ部エースの有名人の登場に、教室も騒然となってしまう。

先輩は僕の姿を見つけるなり、大声を出しながら僕に近づいてきた。女子は先輩の登場にちょっとだけ色めき立ってるが、そんなことを先輩はお構いなしだ。

「陽信君!!　なんか浮気して茨戸君を怒らせてフラれてしまったって本当なのかい⁈　心配いらない、きっと誤解なんだろう！　僕も一緒に謝ってあげよう！　誠心誠意謝れば、茨戸君もきっと誤解だと分かってくれるはずだ!!」

この時に、初めてそんな噂が出ているということを僕は知ったのだ。混乱する僕をよそに、先輩は七海さんとの仲直りについての話をしようとしてくれるんだけど。

うん。先輩……僕の隣に七海さんいるんですけど？

「いや、先輩……別に僕フラれてませんから、ほら、七海さんここにいるでしょ？」

僕は隣の七海さんを掌《てのひら》で指しながら、大声を出す先輩におずおずと絞《しぼ》り出すように声をかける。先輩は全く七海さんが見えていなかったのか、僕の隣の七海さんを見て首を傾げた。

「はて？　どういうことだ？」

いや、どういうことだは僕の台詞ですよ。なんですかその浮気して七海さんを怒らせたって話は。まぁ、標津先輩はどうやらそれを聞いて飛んできたみたいですけど。

首を傾げる先輩を前にして、七海さんはまるでフラれていないことを証明するかのように、無言で僕の頭をギュッと自身の胸に抱《だ》く……。

って何してんの七海さん⁈　教室だよここ⁉

唐突な七海さんのその行動に僕は焦《あせ》ってしまうんだけど、標津先輩はむしろ逆のようで、僕等の姿を見てあからさまにホッと胸をなでおろしていた。

「何だい何だい、人騒《ひとさわ》がせな噂だ‼」

プリプリと怒り出す先輩だけど、僕はそれよりもその内容が気になった。噂……そこでようやく僕も七海さんも、変な噂が流れているのを知った。

僕が標津先輩にその噂について聞くよりも早く、なぜかカメラのシャッター音が鳴り響く。

「ほい、七海。良い写真撮れたよー」

「わ、ホントだ。写真送っといてよ」

いつの間にか音更さんが、七海さんが僕《ぼく》を抱いた状態の写真を撮って見せてきた。いや……何してるの……。七海さんは嬉しそうにしているから、何も言えないけど……。

「陽信も、この写真……欲しい？」

「……欲しい」

僕に写真を見せてきた七海さんは、ニヤリとした笑みを浮かべながら僕に写真を送ってくれた。

写真を見た僕は……頭部の感触《かんしょく》を反芻《はんすう》しながら、水族館の時もこんな感じだったのかなと、そんなことを考える。

「で……標津先輩、噂って何です？」

「さっきまで茨戸君に抱かれてにやけてたのに、そんなキリッとした顔をされても……」

え？　僕そんな顔してました……？　思わず顔をペタペタと触ってしまう。

標津先輩はそんな僕を少し呆れた目で見つつも、校内に流れている噂を教えてくれた。

そこでやっと……僕も七海さんも、音更さん達《たち》も噂の内容を詳しく知ったんだ。

「ええ……そんな噂が……」

「うーん、朝は手を繋いどくべきだったかぁ……」

「簾舞がハーレムって……。メンバーってウチ等のことか？」

「あっははは～。ハーレムかぁ。簾舞、ハーレム作りたい～？」

　作りたくないよ神恵内さん。

　僕等のそれぞれの反応を見て、標津先輩は小さく頷いていた。

「やっぱり噂はあてにならないね。確かめに来て正解だった。それじゃ、僕の方からも噂は嘘だったと広めておこう。バスケ部のグループで連絡《れんらく》すれば、ある程度はおさまるだろうね」

「先輩一緒《せんぱいいっしょ》に謝るとかって、半分信じてたんじゃないですか……？」

「何を言うか。僕は陽信君がそんなことをしないと信じてたからこその言葉だよ」

　まぁ、確かに誤解だって言ってくれてたけどさ。良くも悪くも裏表のないストレートな人だなホント。朗《ほが》らかに笑ってるし……。

　僕と七海さんも顔を見合わせて、お互いに苦笑を浮かべる。

「それじゃ、お願いします」

「うむ、任された。しかし、不埒《ふらち》な噂を流すとは全くけしからん!!　犯人はバスケ部の地獄《じごく》の特訓フルコースの刑《けい》にしてやる!!　それじゃ陽信君、茨戸君と仲良くな！」

そんな感じで、標津先輩は怒りながら、笑顔を残して去っていった。

……標津先輩も変わったなぁ。今は純粋《じゅんすい》に僕等を応援《おうえん》してくれているようだし……いつの間にか僕のことを名前で呼んでいた。前までは苗字《みょうじ》呼びだったよね確か。

陽キャのコミュ力、おそるべし。

「しっかしそんな噂が出回ってるとか、全然気づかなかったなぁ」

「だね～。クラスのグループでもそんな話題なかったし～。聞きづらかったのかな～？」

二人も知らなかったのか。

クラスのグループ……ってメッセージアプリのか。それで話題がなかったってことは、みんな個別に何かしらの情報を得ているのかな。

……僕がそのグループ知らないってのは置いておこうかな。うん、考えるのは止めておこう。別にグループ入ってもきっと自分からは話さないし。

七海さんとは連絡先交換《れんらくさきこうかん》してるから、それで十分だよね。

ともあれ、標津先輩の誤解は解けたし……後はまぁ、噂がおさまるまでジッと待つか。人の噂も七十五日っていうし。いや、二ヶ月以上もこの噂が残るのは勘弁《かんべん》してほしいけど。

それでもみんなすぐに飽《あ》きるだろう。そんなことを僕は考えていた。

だけど、本当の波乱は昼休みに起きた。

◇◇◇◇◇◇◇◇◇◇◇◇◇◇◇◇◇◇◇

いつも通り、僕と七海さんが屋上で一緒《いっしょ》にお弁当を食べているところに……色んな人達《たち》が訪《おとず》れたんだ。本当に、沢山《たくさん》の人が来た。

まず来たのは、噂を聞きつけた七海さんの友達の女子生徒だった。

七海さんは僕と違って友達が多い。それこそギャル系の女子から、真面目《まじめ》系の女子、おどおどした気弱そうな女子に、バリバリの武闘《ぶとう》派《は》の女子と、集まった人達は多種多様である。

そんな彼女《かのじょ》達が一斉《いっせい》に集まった理由は……七海さんを慰《なぐさ》めるためだった。

さっきも言ったけど、噂は凄《すご》い速度で変化していた。だからみんなそれぞれが聞いた噂に憤《いきどお》って……誰が言うこともなく自然に集まったんだとか。

本当……噂って怖《こわ》いなぁ。

最初はみんな一様に怒っている様子で、その勢いに僕も七海さんもタジタジになるほどだ。

集まった女子生徒達は、彼氏がいなかった七海さんにやっとできた彼氏……つまり僕だ。その僕をフッたとしても、逆にフラれたとしても、きっと傷ついているだろうと。それが原因で男子が苦手になるかもとか、もしも浮気が真実なら僕のことをボッコボコにしてやろうとか、とにかくみんな、傷心かもしれない友達を慰めたいという思いでいっぱいだった。

僕は七海さんがとても好かれていることに少し嬉しくなる……と同時にちょっとだけ武闘派の意見に怖くなった。

まぁ、いきなり暴走しないで先に七海さんに確認《かくにん》しに来たのだから問題ないんだけどさ。危害を加えられたわけでもないし。

その女子達に遅《おく》れて集まったのは、男子生徒達の集団だった。

彼等《かれ》は彼等で、フリーになったであろう七海さんに告白するために集まったようだ。七海さんが初めて付き合ったのが僕なら、次は自分にもチャンスがあるのではと考えた男子達だね。

さっきと違って男子達に七海さんがモテている……というのは彼氏としては非常に嬉しくない話だ。好かれているの意味合いが先ほどまでの女子達とは全く違うし。

だけど、同時に自分の中に……罰《ばつ》ゲームでとはいえ、現在は僕が七海さんの彼氏なんだという黒くて暗い優越感《ゆうえつかん》のようなものが湧《わ》き上がる。いや、これはいけない。調子に乗っちゃいけない。

嬉しくないのに嬉しい。とても複雑な気持ちだけど……少なくともこれで調子にのったり、マウントを取るような気持ちを持ってはダメだ。きっとロクなことにならない。

むしろ、これだけの男子達が七海さんを狙《ねら》っているんだということを自覚しないといけない。常に緊張感《きんちょうかん》を持って、ライバルがいる気持ちでいないと。

ただ少なくとも今は、皆《みな》の目論見《もくろみ》は崩《くず》れ去っていると言っていいかな。

なんせ、男子も女子もみんな……ちょうど七海さんが僕にあーんってしてくれようとしている場面で集まるんだもん。タイミングが良いんだか悪いんだか。

そして集まった皆は……僕と七海さんがお弁当を一緒に食べている姿を見て、一斉に非常に大きなため息をつくのだった。

女子達は安堵《あんど》のため息を。

男子達は落胆《らくたん》のため息を。

それぞれ、意味は異なるけど……それはそれは見事にハモったため息だった。

「もぉ～……みんな心配しすぎだよー？　集まってくれたのは嬉しいけどさ、私と陽信はちゃーんとラブラブだから。ほら、こんな写真も撮ったんだよ？」

どこか呆れたような視線を向けるみんなに、七海さんは嬉しそうにスマホを見せる。

あぁ、音更さんが撮った写真を見せるのかと僕は思ったのだけど……七海さんが見せた写真に、周囲は集まった時よりも騒然となった。

ドヨドヨと、まるで波紋《はもん》が広がるように写真を見た人達があからさまに狼狽《うろた》えていく。

あれ？　なんかリアクションがおかしい……？　みんな僕と七海さんの顔を交互《こうご》に見て……中には顔を赤らめている女子までいる。なんでそんなリアクションになるんだろうか？

確かに抱き着かれてちょっと恥《は》ずかしい感じかもしれないけど……そんなに真っ赤になるような写真ではないよね。そう思い、僕が七海さんの見せているスマホを覗《のぞ》いてみると……。

表示されている写真は、僕と七海さんと……ユキちゃんの三人で写っている写真だった。

あの……まるで親子みたいに見える写真が、スマホに表示されていた。

「七海さん!!　それ違うよ!?」

「へ？　あ?!　違う、こっち!!　こっちね!!」

七海さんは慌《あわ》てて写真を切り替《か》えるが、時《とき》すでに遅し……目の前の女子達全員の目は好《こう》奇《き》の色に染まっている。とにかく七海さんに根《ね》掘《ほ》り葉《は》掘《ほ》り聞きたそうにしているのだ。

男子達は一斉に絶望したような表情になり、膝《ひざ》から崩れ落ちたり、僕の肩に手を置いて「幸せにな……」とか言って立ち去る人まで出る始末だ。

そうしてみんな、僕等の方を見ながらも、それ以上に騒《さわ》ぐことも口を開くこともなく……その場は自然に解散となった。少し騒然としたものの、僕等はお昼を無事に食べ終わることができた。

だけど……。それで一安心というわけにはいかない。

「ねぇ、七海さん。これってさ……新しい噂……流れないよね……？」

「うーん……どうだろうねぇ。でもまぁ……そっちの噂なら……流れても良いかな？」

「ええ……？」

「まぁ、大丈夫大丈夫《だいじょうぶだいじょうぶ》。みんなきっと、私達の変な噂を払拭《ふっしょく》してくれるよ」

僕の心配を他所《よそ》に、七海さんはあまり気にしてないようだった。

いやいや、良いわけないでしょ……。僕はともかく七海さんの評判が落ちるのは……と思っていたのだが、七海さんはスマホをいじりながらあっけらかんとしていた。

「常識的に考えて、私と陽信に子供がいるなんて噂、流れないよ。……まぁ、もしもそんな噂が出たらユキちゃんのママに説明をお願いしようかな？」

僕の考えていることを七海さんはピタリと当ててくれる。あえて言葉にはしなかったんだけど、確かに七海さんの言い分が正しいだろうな。

「……連絡先《れんらくさき》、交換《こうかん》してたんだ？」

「うん、せっかくだし交換させてもらったんだー。ユキちゃん可愛《かわい》かったしねー」

流石《さすが》は七海さん……コミュニケーション能力がものすごく高い。僕なら絶対に真似《まね》できないや。


結果的に、七海さんがその写真を見せたのは正解だった。

複数の噂が流れた時、よりインパクトの強い噂の方が広まるスピードは速い。今回は朝の噂がすぐに昼休みに否定された形になったのも大きいだろう。

放課後までに噂の内容は一変……「簾舞陽信と茨戸七海は休日に子供と一緒に親子のように出掛《でか》けている」「あの二人は完全に夫婦《ふうふ》」というものに上書きされていた。

それと、標津先輩も頑張《がんば》ってくれたんだろう。もしかしたら、七海さんの言った通り、集まった女子生徒達も根も葉もない噂を払拭するのに動いてくれたのかもしれない。

災《わざわ》い転じて福となすとはこういうことなのか。……いや、福かなこれ？　まぁ、変な噂が払拭されて安心したのは確かだ。

そう思って、僕も七海さんもすっかり安心しきっていた。

◇◇◇◇◇◇◇◇◇◇◇◇◇◇◇◇◇◇◇◇◇◇◇◇◇◇◇◇◇◇◇◇◇

「じゃあ、彼氏さーん。七海、借りてきますね～？」

「ごめんね、陽信……。こまめに連絡するし……後で待ち合わせて、一緒に買い物しようね？」

「大丈夫《だいじょうぶ》だよ、いってらっしゃい。楽しんできてね」

放課後——僕の目の前には捕虜《ほりょ》のようにガッチリと両脇《りょうわき》を固められた七海さんの姿があった。

固めているのは昼休みに集まった女子達で、そこには音更さんと神恵内さんの姿もある。

なんでこうなっているかというと……なんでも、僕と七海さんの進展具合を聞きたいので、大人数での女子会を開催《かいさい》することになったらしい。今まで進展具合が割と謎《なぞ》に包まれていたので、みんな興味津々《きょうみしんしん》だったのだとか。

だけどなかなか聞けずにいたところで、きっかけが起きた。それが今回の一件であり、あの写真だ。見せたことで噂は上書きされたけど、女子達の好奇心《こうきしん》が爆発《ばくはつ》してしまった。

普段《ふだん》ならきっと断っていただろうなぁ。

だけど、僕も七海さんも噂を払拭してくれたであろう恩があるので、それについては快《かい》諾《だく》した。七海さんも友達付き合いがあるだろうし、それに音更さんと神恵内さんが一緒なら安心だ。

僕は彼女達を見送って……それから一人で行動を開始する。

移動する場所はいつものショッピングモールだ。

最近は常に七海さんと一緒だったから、なんだか懐《なつ》かしい感じがする久方ぶりの完全な
一人……いや、たったの二週間ぶりか？　うわ、まだ二週間しか経《た》ってないんだ。

だけど、この一人の状況《じようきよう》というのは今の僕にはとても都合がよかった。

変なことをするわけじゃない。先日のデートから、僕の中には一つの考えが生まれた。

水族館のデートで僕は、手作りのものを貰うということの嬉《うれ》しさを痛感した。休日も彼《かの》
女《じよ》のお弁当が食べられることの幸せというのは極上《ごくじよう》だった。

だから僕も……彼女に手作りの何かを贈りたいと思ったのだ。

これは僕の考え方だけど、手作りして何かを贈るというのは気持ちが大事だから何でも
いい……というものではないと思う。

本当なら、食べ物の方が重すぎなくてちょうどいいんだろうとは思っている。彼女のた
めを思って作った僕の料理というのも考えた。

でも僕はまだまだ料理を七海さんに習っている途中《とちゆう》で……彼女に作って贈るなんてとて

も言えない。もしかしたら喜んでもらえるかもしれないけど……どうせなら……何か形に残るものを贈ってあげたかった。

そんなことを昨日の夜、バロンさん達とチャットの続きをしながら考えていた。その時に、僕は前にバロンさんから言われた言葉を思い出したのだ。

『プレゼントは、一ヶ月記念日とかの方が良いと思うよ』

そう、一ヶ月記念日……あと二週間後に迫《せま》ったその記念日だ。

僕にとっても、彼女にとってもその日はとても重要な意味を持つ。最初に彼女が提示された罰ゲームの期限が、その日だからだ。

その日に彼女がどういう行動に出るかは……僕にはわからない。

もしかしたらそこで別れを切り出されてしまうのかもしれない。何もないのかもしれない。逆に盛大《せいだい》にお祝いをしようとするのかもしれない。

彼女の心根は僕には正確にはわからない。想像するしかない。だからこそ……僕はバロンさん達との話が終わった後に、決めたことが一つある。

一ヶ月の記念日……僕は改めて彼女に告白する。

それは水族館のデート中に見た夢にも起因している。あの時、夢の中で僕は素直《すなお》に彼女に好きだと伝えた。それを現実にもしたいと考えたのだ。

……そして、その時に僕は彼女に手作りの物を贈りたい。一ヶ月記念……そして、僕からの改めての告白のプレゼントとして。

「ちょっと考え方が……重たいかなぁ……」

自嘲《じちよう》気味に僕は呟《つぶや》く。この辺りが女性経験の少なさ……いや、皆無《かいむ》な点が響《ひび》いてくる。その辺の匙加減《さじかげん》が分からず手探《てさぐ》りなのが怖いところだ。

でも……下手に高価な贈り物《おくもの》を買うよりも自分で作った手作りの物を渡した方が、気持ちが直接渡《わた》せる気がして……七海さんなら喜んでくれるんじゃないかという期待も持っている。

決意したのに迷っているというのが非常に僕らしくもあるのだが、それでもやれることは全部やっておこう。後悔《こうかい》しないために。

作るものは……レジンを使った手作りのネックレスを考えている。

最初は指輪を考えたんだけど、流石に難易度も高そうだし、それはあまりにも重いのではないかと自分の中で自主的に却下《きやつか》した。

その点、ネックレスなら作り方を乗せた動画も結構多いし、そのための材料が安価で手に入るのが非常に大きい。贈り物としても指輪よりは重くない……と思う。

だからそのための材料を買いに、僕は一人になったのをこれ幸いといつものショッピングモールに一人で来たのだが……。

「七海さん、これ可愛くない？」

と、ふとしたことで七海さんのことを呼んでしまうのだ。うーん、一人で来ているのに、これでは変な人である。怪《あや》しさ満点だ……。

それからはなるべく口に出さないようにはするんだけど、見るもの触《さわ》るもの、全てに対して七海さんを連想してしまう。

これは彼女へのプレゼントを考えているからだろうか？

それから目ぼしい材料を少し多めに買い終わって、七海さんからの連絡もちょくちょく受けながらショッピングモール内をブラブラと歩いているのだが……なんだか……こう……落ち着かないというか……。違和感《いわかん》というか……。

「なんか……寂《さび》しいなぁ……」

無意識に呟いたその一言で気が付いた。あぁ、そうか。僕は寂しいのか。

七海さんが隣《となり》にいなくて寂しいんだ。

なんせ土曜から今日の朝まで、なんならさっきまでずっと七海さんと一緒にいたんだ。

急に彼女がいなくなって、僕は喪失感《そうしつ》を感じていたんだ。今まで感じたことのない感覚だったから、気づくまで時間がかかっちゃった。

標津先輩に変わったって言えないなぁ。我ながら……変わってしまったものである。

これは良い変化なんだろうか？

荷物をカバンにしまった状態で、ショッピングモール内のベンチに腰掛《こしか》けて少しだけ天井《てんじょう》を見上げる。七海さんからは女子会も終わったのでそろそろ向かうというメッセージが来ていた。

それを見て、今度は意識的に僕は呟く。

「七海さん……早く会いたくて急いで来ちゃった♪」

「私も、早く会いたいなぁ……」

返答を期待してなかった僕の言葉に、僕が聞きたかった声がすぐに返ってきた。

驚《おどろ》いてその方向に視線を向けると……七海さんが、音更さんと神恵内さんと一緒に立っている。

「……どこから聞いてました？」

「寂《さみ》しいなぁ……ってところから？　もー……陽信ってばそんなに私に会いたかったんだー。寂しがり屋《や》だねぇ。ほら、甘《あま》えても良いんだよ？」

僕の隣にわざわざ腰掛けて、七海さんは僕を招くように両手を広げてきた。たぶん、ここで本当に抱き着きに行ったら赤面して慌てるくせに……。

まぁ、こんな場所で僕がいけないとわかっててやっているようだけど。

だけど、思わぬところから援護射撃《えんごしゃげき》が飛び込《こ》んできた。

「いやぁ、女子会の最中に七海が急に簾舞に会いたいって言い出してな。無理矢理《むりやり》にお開きにして急いで来たわけだ」

「ま～……皆も聞きたいことは全部聞いたし満足できたんじゃない～？　途中から完全に七海の惚気《のろけ》ショー、または七海ソロライブになってて～、もう空間が甘い甘い……」

「二人とも余計なこと言わないでよ!!」

広げていた手を閉じて二人に抗議《こうぎ》する七海さんである。……あの大人数に対して彼女が何を言ったのか聞くのが怖いので、僕はあえてその話題を広げないことにした。

「二人とも、七海さんを送ってくれてありがとうね」

「礼には及《およ》ばないよ。んじゃ、邪魔者《じゃまもの》の二人は退散するのでお二人さん、仲良く新婚《しんこん》の買い物を楽しんでねー」

「簾舞に七海ー、ばいばーい。また明日ね～」

「新婚じゃないから!!　普通《ふつう》に夕飯のお買い物だから!!」

「あはは、二人ともまた明日」

そのまま僕等は、手をひらひらと振《ふ》って立ち去る二人を見送る。

あとに残された七海さんと僕は、ほんのちょっとだけ無言になる。僕は彼女の朱《しゅ》に染まった横顔を見てなんだか嬉しくなって、彼女に手を差し出した。

七海さんが無言でその手を取ると、僕等はいつも通りに手を繋《つな》いで食料品売り場へと向かう。

うん……やっぱり……隣に七海さんがいるのってすごくしっくりくるな。そのまま僕等は、今日の晩御飯《ばんごはん》は何にするのかを話し合いながら買い物へと向かう。

七海さんの手の温《ぬく》もりを感じながら……一ヶ月の記念日……たとえどんな結果になったとしても僕から告白することを、僕は改めて決意するのだった。

◇◇◇◇◇◇◇◇◇◇◇◇◇◇◇◇◇◇◇◇

一ヶ月の記念日に、僕は七海さんに改めて告白する。

そう決意をしたのは良いし、準備もしているんだけど……。それとは別に、僕は現実的な問題に直面してしまっていた。

「うっわぁ……。これはヤバいなぁ……」

僕は先週行われた、数学の小テストの結果を見て机に突《つ》っ伏《ぷ》しながら呟く。

点数は……三十六点……。

だいぶヤバイ。赤点ギリギリの結果となっている。赤点じゃなくてホッとしたけど、今までで一番ヤバい結果となってしまっている。

今まではだいたい五十点〜六十点のそこまで良くも絶望的に悪くもない点数だったのに、ここにきてグッと点数が落ちてしまったのは痛い。

「陽信、テストの結果どうだったー？　ってだいぶ落ち込んでるねぇ……そんなに酷《ひど》かったの？」

七海さんが僕の席まで来たので、僕は無言で七海さんに答案を手渡《てわた》す。僕の落ち込みっぷりから察したのか、七海さんは無言で僕の答案を見て……。

「うわぁ……」

思わずといった感じで呟いてから、口元に手をやった。

こんなドン引きした七海さんの声を聞いたのは初めてである。また初めての声を聞いてしまったが、これは嬉しいという気分にはなれない。

なんかもうその「うわぁ……」の一言に色んな意味が込められていそうだ。これで蔑《さげす》んだ目で見られたら新しい扉《とびら》を開いてしまいそうな響きがその声にあったが、幸いその表情は苦笑いである。

「ま……まぁ、今回のテストはちょっと難しかったもんね。赤点じゃないだけ偉《えら》いよ？」

苦笑いを消しきれない表情をして、彼女は僕の頭を撫《な》でながら慰めてくれるのだが……僕は知っているからね……七海さんの成績が良いことを……。

……いや、まずは教室で頭撫でられるってことをツッコもうか僕。周りの視線がなんだか温かいのは気のせいだろうか？

「……七海さんの点数はどれくらいだったの？」

「えっと……こんだけ」

七海さんはそっと僕に答案を見せてくる……その点数は……八十七点?! ダブルスコア以上の点差が開いている。

ちょっと難しいと言っていたテストでこの点数なの？ だったら普段はどれだけの点数なのだろうか？

成績が良いとは聞いてたけど、まさかここまでとは。

「凄いね七海さん……。今回はなぁ……勉強とかあんまりできてなかったし……もうちょっと頑張らないとなぁ……」

「もしかして……私のせいかな？」

「それは違《ちが》うよ……単純に僕の努力不足……」

少し気に病《や》んだような七海さんの声を、僕は大きなあくびをしながら否定する。まぁ、確かに七海さんと一緒の行動は多かったけど……帰宅後に勉強する時間は取ろうと思えば取れていた。

それを筋トレやソシャゲ、さらにはバロンさん達への報告なんかに使って、単純に僕が勉強をサボっていたというだけの話だ……。

でもまずいなぁ……。彼女と付き合うようになって成績が下がるって、下手したら七海さんにも矛先《ほこさき》が行くぞ……それは避《さ》けないと。どうにかして勉強の時間を確保するかな？贈り物を作る時間も確保しなきゃならないよなぁ。こうなったら、ここは多少無理してでも徹夜《てつや》して……。

「いまさ、徹夜して無理してでも勉強の時間を確保しよう……とか考えてた？」

七海さんの半眼で睨《にら》むように言ってきたその言葉に、僕はギクリとさせられる。半眼のままの七海さんは僕に極限まで顔を近づけてきた。鼻がぶつかるほどの距離《きょり》で、僕はジトーッと睨まれる。

僕は彼女と目線を合わせることができず、目が泳ぎに泳いでしまう。これは考えてたことがバレたという点以外にも、距離があまりにも近すぎるということからなのだが……。

七海さんはそれで僕の考えを確信したのか、その距離のままでため息をつく。彼女の吐《と》息《いき》が僕にかかり、僕の心臓は大きく跳《は》ね上がる。無意識なんだろうけど、心臓に悪い行動だ。

「陽信は分かりやすいねホント……ダメだよ、徹夜なんて無理したら」

「でもほら、若いんだからちょっとくらい寝《ね》なくてもさ……」

「私が心配だからダメなの。もう……」

そう言うと僕から離《はな》れた七海さんは、額に手を当てながら呆《あき》れたように僕を窘《たしな》めた。うーん……七海さんに心配をかけちゃダメだし……徹夜はなしかぁ……。

そうなると、ソシャゲの時間を削《けず》るか……。いやまぁ、学生の本分は勉強だからそれが当然なんだろうけどね……。バロンさん達にはちょっとその辺を伝えておこう。

そんな風に僕が考えていると、七海さんはスマホで何かを調べているようだった。そして、一人で納得したように頷《うなず》くと、再び僕に顔を近づけてきた。

「陽信さぁ、今日からは……私と一緒に勉強しよっか？　今までは私の部屋でお喋《しゃべ》りしてたけど、その時間で勉強を教えてあげるよ？」

そんな願ってもない提案が七海さんからされてきた。

そしてよくよく考えたら……あの時間って七海さんの勉強の時間を奪《うば》っていたんだよね。それで成績を維持《いじ》しているんだから、彼女は本当にすごいと改めて実感する。

「うん……いや、僕としては嬉しいけど、七海さんは良いの？」

「別に問題ないよ？　そういうのって勉強デートって言うんだってさ。毎日放課後にデートできるって考えたら……素敵《すてき》じゃない？」

勉強デート……。何その矛盾《むじゅん》したような響きの言葉は。

勉強とデートって両立するの？　凄い難易度高くない？　なんでもデートに結び付けるって、世の中の発想が凄いなぁ。間違《まちが》っても僕には出ない考え方だ。

「あれ？　ということは……今までの七海さんの部屋でのお喋りも全部、デートに入るってことなのかな？」

なんとなく言った発言だったけど……その通りだったのか、七海さんは顔を赤くして僕の背中をバンバンと叩《たた》くのだった。うん、僕も言っててちょっと照れ臭《くさ》かった。

周囲からの視線は「またやってるよあいつら」という程度には、慣れたものになっている。さっき頭を撫でられた時もそうだったけど、なんか先日の一件から周囲が優《やさ》しくなった気もする。

実際にそうなのか、僕の気のせいかは分からないけど。

七海さんは「じゃあ今日からね」といって嬉しそうにスマホを操作していた。その日に学校で起こった出来事はその程度だった。

昨日の噂話《うわさばなし》もある程度は落ち着いている。もちろん、一部には噂《うわさ》はまだ流れているようだけど大人しいもので、誰《だれ》かが来るということは無かった。

それから学校も終わり……僕等はいつもの買い物と料理、夕食を終えてから七海さんの部屋に移動する。

さて、それじゃあ勉強をと思っていたら……七海さんは「ちょっと待っててね」と言ってから部屋から出て行ってしまい。僕は彼女の部屋に一人残された。

勉強道具は持ってきているし……何か準備があるんだろうか？

割と長い間待ったところで、まず厳一郎さんが部屋に入ってきた。厳一郎さんも一緒に勉強……なわけないよね。

彼はその手に小さな丸テーブルを持ってきていて七海さんの部屋の中央に置くと、「陽信君、頑張るんだよ」と僕にエールを送ってそのまま去っていく。

あぁ、わざわざ勉強用の机を持ってきてくれたのか。ありがたい。

そして、すぐ後ろから七海さんが入ってくる。僕はその姿を見て……絶句した。

「じゃあ勉強しようか。陽信君……今日のテストを出してください」

料理の時と同様に先生ムーブがはじまったのは分かったけど、言葉が頭に入ってこない。あまりの衝撃《しょうげき》に情報が整理できないのが分かった。

七海さんは……白いワイシャツに青いネクタイをして、ピシッとした黒いタイトなスカートを身に着けていた。前に見たのとは異なる銀縁《ぎんぶち》フレームの眼鏡までかけて、髪《かみ》は横で一つ縛《しば》りにしてサイドポニーのようにしている。

え？　なんで急にコスプレしてるの七海さん？　コスプレだよねコレ？

「七海さん……何……そのカッコ？」

「これ？　陽信に勉強を教えるって話したらお母さんが貸してくれたんだ。どう？　先生っぽいでしょ。可愛いかな？」

「う……うん、可愛いよ」

いや、可愛いっていうか……むしろ……ちょっと刺激《しげき》が強いというか……。タイトスカートなんて初めて見たから、その大人っぽさにドキドキしてしまう。

彼女は僕の向かいに座《すわ》ると、僕のテストを真面目な顔をして凝視《ぎょうし》している。

その真剣《しんけん》さを見て、僕は少し不純な気持ちを覚えた自分を恥じる。今ここにいるのは彼《かれ》氏《し》彼女《かのじょ》ではなく、教わる生徒と先生……それくらいの緊張感を持たなければ。

「答案を見ると……なんかケアレスミスっていうか……公式の選択《せんたく》ミス？　そんな感じの

が多いね？　もしかして……答えと問題を丸暗記してるタイプかな？」

「あー……そうなんだよね。なんか公式とかどれ当てはめて良いのかわかんなくなっちゃうことが多くて……問題から答えまで丸暗記して、その中のどれを使うかってやり方になっちゃっててさ」

「んー……数学は暗記よりも理解の方が重要だと思うよ。暗記するならパターンかなぁ？　問題と答えだけ覚えても、応用はできないから。その辺りって、実は文系と同じだと思ってるんだよね」

それから七海さんは僕の答案を確認しながら、間違えた問題に対して適切な助言を与《あた》えていってくれている。教え方も、答えは言わずにここは何故《なぜ》間違《まち》えたのか、正しい公式はこうだとか……そういう解説付きだ。

僕が理解していない部分に関しても、とても根気よく丁寧《ていねい》に説明してくれて……その口調は厳しくなく、とても優しいものである。

教えてもらうと、なんでこんな間違いをしたのかちょっと恥ずかしくなってしまう部分もあるけど……七海さんの教え方は丁寧だと実感する。

学校の先生には申し訳がないんだけれども、七海さんから教えてもらう方が百倍は頭に入ってきている気がする。これは先生の問題じゃなく、僕の心構えの問題なんだろうな。

七海さんは向かい合わせで座っているので、必然的に彼女は身体を伸《の》ばして僕に教えてくれる形となる。最初のうちは僕《ぼく》も真剣に聞いていたのだが……そのうち、ある一つのことに気が付いてしまった。

七海さんが着ているシャツにスカート……睦子《ともこ》さんの物だという話だけど、微妙《びみょう》に彼女の身体にフィットしていないようなのだ。

その……身体を伸ばした時にこう……シャツと身体の間に少しだけ空間ができてしまうんだよね。だから隠《かく》すのにネクタイをしていたんだろうけど、それが少し緩《ゆる》んでしまったようだ。

僕はそれを見ないように、慌てて目を逸《そ》らす。だけど……オレンジ色のちょっと派手な何かが視界の端《はし》に見えてしまったのは不可抗力《ふかこうりょく》だろう。

「……陽信、どうしたの？」

「七海さん……あの……胸元隠《むなもとかく》して……見えちゃってるから……」

僕の一言に七海さんは慌てて胸元《むなもと》を隠しながら、乗り出していた身体を戻《もど》す。それから少しだけ上目遣《うわめづか》いになりながら、僕をほんの少しだけ睨みながら呟いた。

「……見た？」

「ちょっとだけ……でもそんなには……ハッキリとは……」

「オレンジ色……」

その一言に、僕の身体がビクリと震《ふる》えた。見られた羞恥《しゅうち》からか、七海さんはプルプルと震えているので、僕は土下座の姿勢をとろうとしたんだけど……そこで彼女は立ち上がる。

「まぁ、陽信なら見られてもいいよ……。だけどちょっとだけ……ちょっとだけ待っててね……。着替《きが》えてくるから」

そういうと彼女は部屋から再度出て行った。これは……言う方が正解だったのか、言わない方が正解だったのか……。どう考えても答えが出てこない。

でも何というか……男としてはラッキーではあるんだけど、あの状況で見続けるのは不誠実な気がしてしまって……僕は七海さんに言ってしまったわけだ。

それから七海さんは、可愛らしいグレーの部屋着に着替えた状態で戻ってきた。「これなら……集中できるよね？」と言われて、僕は黙《だま》って頷いた。

「というかまぁ、七海さんが先生って時点でドキドキしっぱなしなんだけどね……その部屋着も可愛いし」

「褒《ほ》めてくれてありがとう……。でもさ、ほら……今は勉強に集中しようね？」

少しだけ頬《ほお》を染めた七海さんは、僕の数学の答案を見ながら授業を再開してくれた。最初に聞いていた話の分もあるのだが、今回のテストの問題についてはかなり理解が深まったと言っていい。

普段しているお喋りと違って体力も気力も非常に使うのだが……これはこれでどこか心《ここ》地《ち》良《よ》い疲労《ひろう》感が身体を満たしていた。

勉強が終わったタイミングで、睦子さんが温かい紅茶と小さめのチョコレートのお菓子《かし》を持ってきてくれた。七海さんが頼《たの》んでくれていたようだ。

紅茶を一口飲み、小さなチョコレートを頬張《ほおば》る……温かさと口の中で溶《と》けていく甘さが、疲《つか》れた身体に染《し》み渡っていくのが良くわかる。

「これから毎日、勉強見てあげるね。私も復習になるし、陽信の成績も上がるでしょ？」

「申し訳ないけど……お願いしようかな。七海さんは大学に行くんだっけ？　将来……何かなりたいものあるの？」

僕の言葉に七海さんは紅茶のカップを置いて、その顔に柔《やわ》らかい微笑《ほほえ》みを浮かべていた。

「私ね……将来……先生になりたいんだよね」

「……先生に？　だからあんなに教えるのが上手《うま》かったの？」

「まぁ、まだ漠然《ばくぜん》としているんだけどね」

「先生かぁ……七海さんならきっと、良い先生になれるよ……」

そう思って僕は、彼女の先生としての姿を想像するのだが……。想像と同時に嫌《いや》な予感が頭をよぎる。

仮に彼女が中学校や高校の先生になった場合……絶対にモテる。確実に好きになる男子生徒は存在して、場合によっては告白とかされるんじゃないか？

いや、下手したら同僚《どうりょう》の教師からもモテるかもしれない。というか生徒よりもそっちの方が確率は上だよね。彼女の夢を応援《おうえん》してあげたいが……同時に凄《すご》く心配になってくる。

「陽信……なんて顔してるの？　もしかして私が先生になった時のことを心配してい
る？」

「いやまぁ、心配というか……高校とか中学の先生になった七海さん絶対にモテるよね」

我ながら心配性《しんぱいしょう》だと思うのでそれ以上は言わない。だけど、まだまだ先のことに対して不安に思うことは無いのに、想像して勝手に不安になってしまう。

七海さんは、そんな僕の言葉に嬉しそうな笑みを浮かべると……わざわざ丸テーブルの下を潜《くぐ》り抜《ぬ》けて僕の方へと接近してきた。

なんでわざわざそんなことをと思ったら、そのまま七海さんは僕の膝に頭を乗せる。

これをしたかったのか。立ち上がるのが面倒《めんどう》だったのかな……。少しだけ驚きつつ呆れる僕をしり目に、七海さんは僕の方に顔を向けて、左手を大きく伸ばしてきた。

「そんなに心配ならさぁ……私が先生になったら、ここに仮でも指輪着けていけば大丈夫じゃない？」

「指輪を着けるって……魔除《まよ》け的な意味で？　そんなの効果あるのかなぁ、左手の薬指に着けても……。くすり……ゆび……？」

彼女が右手で指し示している個所《かしょ》を見て、僕はその意味をやっと理解する。

僕の反応を見た七海さんは、その顔に満足そうな笑《え》みを浮かべながらも、結局は照れくさくなったのか顔を赤くして僕から視線を外してしまった。

「いや、ほら……本物じゃなくてもそういうのを着けてれば……効果があるとゆーか……。先の話なんだけどね。どうなるか分かんないし、なんとなく言ってみただけだから」

しどろもどろになりながら言い訳のような説明をして……七海さんは黙ってしまった。僕もかける言葉が分からなくて、沈黙《ちんもく》してしまう。

声を絞《しぼ》り出すように、僕はゆっくりと口を開く。

「指輪ってさ、貰《もら》って重たくないかなぁ？」

「そんなことないよ。陽信から貰えるものなら何でも嬉しいよ。あッ、別におねだりとかじゃないからね!?　普通に一緒《いっしょ》にいてくれるだけで嬉しい……」

七海さんの言葉がか細くなってくる。でもよかった、七海さんは嬉しいと思ってくれるみたいだ。うん、じゃあ記念日に手作りのネックレスを贈るのは大丈夫かな。

それから、七海さんからの「これからも、二人で頑張っていこうね」という小声が僕の耳に届き、僕は「そうだね、頑張ろう」とだけ答える。

また二人の間に沈黙が流れて、それから僕等は顔を見合わせてどちらともなく微笑み合う。これからも頑張ろう。七海さんのことも、もちろん勉強も。

改めて、僕はそう決意するのだった。

幕間　左手と噂と

陽信《ようしん》が帰宅して一人になった部屋で、私はベッドに寝転《ねころ》んでいた。さっきまでは陽信の膝を枕《まくら》にしてたけど、今は普通の枕だ。

左手を天井に伸ばして、自分の薬指を見る。そこには何も無い。何も無いけど、視線はどうしてもそこから外すことができなかった。

陽信に勉強を教えてあげている時、将来の夢を語った。その時に心配する彼《かれ》に対して、私は思わず言ってしまった。ここに指輪があればって。

「あーもー、なーんであんなこと言ったのかなぁ。陽信も困ってたじゃん」

気を使わせちゃったのか、貰って重たくないとか聞かれちゃったし。アクセに興味はあるけど、あくまでお小遣《こづか》いの範囲《はんい》の安いやつだし。

この指に指輪を着けるのなんて、気が早いにも程《ほど》がある。気持ちがどうなるか分からないんだ。私じゃなくて、主に彼の。

でも……。

「陽信、私のことどれくらい好きになってくれてるんだろ？」

私は指先をそっと額に触《ふ》れる。そこは写真で見せてもらった陽信が私におやすみのキスしてくれた場所。少し撫でるとくすぐったい。

指先を離すと、私はその指で唇《くちびる》をそっと撫でる。

偶然《ぐうぜん》じゃなくて、自分からキスをしてくれたってことは私のことを好きになってくれてると思ってもいいんだよね？

男の子の気持ちがよく分からないけど、あの写真を見るとちょっとだけ不安な気持ちが薄《うす》れていく。本当に少しだけ。

そういえば、日曜日の夜もなんでと言いたくなるなぁ。なーんで私は寝ちゃってたんだろうか。もっと言えば、酔《よ》っちゃったんだろうか。

ウィスキーボンボン食べすぎたのが原因とはいえ……本当に惜《お》しいことをしたなぁ。

でもどうなんだろ、起きてちゃんとした状態だったら陽信は額にキスなんてしてくれたんだろうか？　もしかしたら普通に別れてキスとか無かったんじゃないかな？

だったら、偶然とはいえ私の行動は最適だったとも考えられるのかな。

「でも、もうウィスキーボンボンは食べない」

グッと拳《こぶし》を握《にぎ》り決意する。なんだったら二十歳《はたち》になってもお酒は飲まない。

それにしても、今週はまだ二日目だっていうのに、とんでもなく濃《こ》い二日間だった気がする。

月曜の朝はいつもだったらちょっと憂鬱《ゆううつ》なのに、その日は朝から幸せな日だった。起きたら陽信が隣にいてくれて、一緒に朝食を食べて、みんなで一緒に登校する。

起き抜けはなんだか具合が悪い感じだったけど、彼の顔を見たら驚きすぎてそんなものは吹《ふ》き飛んでいった。

良いことがありそうだなぁってウッキウキで学校に行ったんだけど……。……もうね、真逆の結果だったよね
人生のプラスマイナスは帳尻《ちょうじり》が合うようにできているとか聞いたことあるけど、そういうことなのかな?

まさかあんな噂が出るなんて……。陽信が浮気《うわき》とかそんなのするわけないし、ハーレムとかもありえないし……。まぁ、噂自体はみんなのおかげであっと言う間に収まった。代わりに別な噂は流れたけどそっちは些細《ささい》なことだ……。たぶん。

実は私、その噂を聞いてちょっとショックを受けていたんだよね。ショックを受けたのはハーレムとか浮気の方じゃなくて、陽信が私にフラれたって噂の方だ。

あの噂は……もしかしたら噂じゃなくなるかもしれないからだ。それも逆の形で。一ヶ

月後に私は改めて彼に告白する。謝罪もする。その結果……どうなるのかな。

それを想像した時に、怖《こわ》くなった。怖くなって、不安の裏返しで陽信にいつもよりスキンシップが多くなったりしてた。抱《だ》きしめたり、お弁当をあーんってしたり。

だから、女子会を終わらせて駆《か》け付けた時に、陽信が寂しいって言ってくれたのは本当に嬉しかったなぁ。

女子会では陽信との進展具合を聞かれたけど、質問内容がもう凄すぎて……圧倒《あっとう》されちゃった。キスしたのかとか、ど……どこまでしちゃったのかとか……。彼氏《かれし》持ちの子からはとんでもない質問も飛び出して絶句しちゃったりした。

最初のうちは質問に答えてたんだけど、最終的には私が一人で喋りまくってた。噂が解決したっていう安心感もあったんだと思う。

でも、私が帰る頃《ころ》にはみんななんか机に突っ伏してたけど……どうしたんだろうか？

今回の噂で一つ分かったのは、皆《みな》は思った以上に人の恋愛《れんあい》事情に興味津々《きょうみしんしん》ってことだ。変なことをしちゃったら、すぐ広まるんだなぁ。

……陽信が日曜日に泊《と》まったことは絶対に内緒《ないしょ》にしとこう。

それがもしも噂って形で流れたら……想像して私は身を震わせた。何を言われるか分かったものじゃないし、どんな形に噂が曲がるのか想像もつかない。

気をつけないとなぁ。私はともかく、陽信に迷惑《めいわく》をかけられないし。迂闊《うかつ》な行動は慎《つつし》まないと。でも一緒にはいたいんだよね。

だから今日も、あんな噂があったばっかりだっていうのに一緒に部屋でお勉強をしていた。いや、変な意味じゃないよ。でも、お母さんから服を借りて雰囲気《ふんいき》を出したのはちょっと失敗だったなぁ。

身体に合ってないから見えちゃってたかぁ……。そこで指摘《してき》してくるあたり、陽信も真《ま》面目《じめ》な性格だよね。そのままジーッと見ることもできたろうに。

陽信はそろそろ家に着いた頃かな？　お風呂《ふろ》入ったら後でまたメッセージを送ってみよう。明日からも勉強頑張《がんば》ろうねって。

それにしても陽信……勉強苦手だったんだなぁ。真面目だし、てっきり勉強得意だと思ってたよ。人は見かけによらない……私が言えたことじゃないか。

本当に、紳士《しんし》な性格の彼に救われている部分がいっぱいあるよね。日曜日に無防備に寝ちゃったのだって、私が逆だったらどうだったろう……？　陽信を……襲《おそ》っちゃう？

いや、しないしないしない！　しないよ?!

……誰に言い訳してるんだか私は。でも、想像するだけで頬が熱くなる。二人きりの時、目の前で彼が眠《ねむ》っていたら私はどうするんだろうか？　そんなことが起きるのかな？

考えても仕方ないと、私は身体を起こした。また明日から頑張ろう。陽信と一緒に、勉強も、恋愛も。そういえば、私の将来の夢は言ったけど陽信の夢って何だろう？　今度聞いてみようかな。それで可能だったら一緒の大学とかに行けたら……すごく嬉《うれ》しいなぁ。

陽信と一緒の大学に行く想像をしながら、私は少しだけ軽い足取りでお風呂に向かった。

第二章　小旅行と僕の嘘

週の初めには僕的にとんでもなく濃い事件が起きてしまい、今週はいったいどうなるんだろうかと戦々恐々《せんせんきょうきょう》としてたんだけど、それは全くの杞憂《きゆう》だった。

少なくとも、学校生活においては何の問題も起きることはなく平穏《へいおん》に過ぎていった。まぁ、僕のテストの点が悪かったというのは問題では無いだろう。

なので、七海《ななみ》さんとの一緒の時間をとても穏《おだ》やかに、安らかに、楽しく過ごすことができた。

朝は一緒に登校し、昼は一緒にお弁当を食べ、一緒に下校して夕食を食べて勉強をする。これは最高の環境《かんきょう》だと言っていいだろう。

でも、これを当たり前と思ってはいけない。あくまでもトラブルが無かったというだけで、毎日が特別な日だという意識は常に持っておかないといけない。

七海さんには週末も勉強するかを聞かれて、勉強のお礼もしたいしデートに行こうかと僕から誘《さそ》った。正直、この誘うという行為《こうい》がいつも緊張《きんちょう》するけど、何とか誘えたと思う。

デートについては七海さんも了承《りょうしょう》してくれたけど、帰ったら勉強もちゃんと一緒にしようねと言われた。……そんなに僕、勉強面で心配させてしまっているのだろうか。そうなんだろうな。

気を取り直して……了承してもらったし、次回のデートはどうしようかと頭を悩《なや》ませる。

うーん、ベタだけど動物園とかかなぁ？　ちゃんとプランを考えないと。

バロンさん達《たち》への日々の報告と相談も継続《けいぞく》してる。バロンさんは相談もういらないんじゃない？　と言ってたけど、話は聞いておきたかった。特に贈《おく》り物《もの》の件は、女性であるピーチさんからの意見を参考として聞いておきたかったからだ。

それに……。

「一ヶ月記念日、僕は改めて彼女《かのじょ》に告白しようかと思います」

不退転の覚悟《かくご》を示すために、僕はバロンさん達にそのことを宣言した。僕の中だけの決意だったものを明言するのは少しだけ恥《は》ずかしかったけど、それでもバロンさんは温かく迎《むか》え入れてくれた。

『なるほどね、そっちにしたんだ』

「意外でしたかね？」

『いや、意外でもないし、勝ち確だと思ってるから心配もしてないよ』

「慢心《まんしん》はできないですよ。なんせ僕、告白なんて生まれて初めてですから」

そう、それが問題だった。僕は告白というのを一切《いっさい》したことが無い。ラブレターだって書いたことが無い。いや、今の世の中やる人がいるか分からないけど。

だからどういう言葉で彼女に告白するか、それが非常に悩ましいのだ。

『告白の台詞《せりふ》については、アドバイスはいるかい？』

まるで僕の考えを読んだような絶妙《ぜつみょう》なタイミングで、バロンさんのメッセージが書《か》き込まれる。だけど僕はそのありがたい申し出を、丁重《ていちょう》に断った。

「ありがとうございます。でも、伝える言葉は悩んでも自分で考えたいんで」

『そうかい。若人《わこうど》の成長は眩《まぶ》しいね、我《わ》が事のように嬉しいよ……もう免許皆伝《めんきょかいでん》だね。別に僕、達人じゃないけど』

そんな大げさな。それでも、成長していると言われるのは嬉しいものだ。成長しているって自分では実感持ちづらいし。

『あー、そうそう。これは独り言なんだけど……下手にカッコつけたり言い回しを妙《みょう》に凝《こ》ったりすると……滑《すべ》る可能性があるからね？』

「……まさか？」

『ノーコメントで。とある男の悲しい失敗談だとだけ言っておくよ』

……悲しい失敗談は肝《きも》に銘《めい》じておこう。あえて誰とは聞くまい。聞いたら僕も悲しくなりそうだし。結局、アドバイス貰っちゃってるな。

『あの……いいですか？』

僕とバロンさんのやり取りを見守っていたのか、一段落したところでピーチさんのメッセージが表示される。そんなに気を使わなくてもいいのにと思いつつ大丈夫《だいじょうぶ》ですよと返すと、すぐに彼女からのメッセージが表示される。

『記念日に改めて告白って素敵だとは思うんですけど……。わざわざ告白しなくても、記念のお祝いだけでもいいんじゃないですか？』

「まぁ……。僕からの告白は一つのケジメみたいなものかな。色々とね」

『そうなんですか？　それが、キャニオンさんの結論なら……私もいいと思いますけど』

「ありがとうピーチさん。それでね、ちょっと聞きたいことがあるんだけど……」

僕はそこで、ピーチさんに一ヶ月目の記念日に贈るプレゼントについて相談する。告白と一緒に彼女に渡《わた》すネックレス。ちょっと重たいかもしれないけど……女性の意見が聞きたかった。

あ、バロンさんがなんか女性にアドバイスを聞けるなんてって感激してる。いや、そこで感激されても困るんですけど。僕は今までどう思われてたの。

考えてくれてたのか、少ししてピーチさんからの返答が書き込《こ》まれる。

『そうですねぇ、私はいいと思います。下手に高価な物を贈られても尻込《しりご》みしちゃいますけど、彼氏の手作りとかいいですよねぇ。素敵です。私も貰ってみたいです』

『そうだね、僕も同意見だ。手作りの物かぁ……久しく妻に贈ってないなぁ。僕もキャニオン君を見習ってやってみようかな？』

「よかったです。重たいかなとも思ったんですけど」

『重い重くないは……彼女さんの感じ方だと思うんで。その辺、なんか言ってませんでした？』

……その辺りは、前に指輪についての話が出たから大丈夫かな？　僕はその辺について、ちょっと濁《にご》してだけど迂闊にも書き込んでしまった。

『何それ!?　詳《くわ》しく!!』

『聞きたいですそれ！　そういえば水族館デートの後のお泊まり報告ってうやむやでしたけど、キスとかしたんですか?!　どうだったんですか?!』

やばい、藪蛇《やぶへび》だった！

デートした日の夜にチャットで少し報告はしたけど、肝心《かんじん》なところは誤魔化《ごまか》してたのに、変なところから掘《ほ》り起こしてしまった。

とりあえず、キス云々《うんぬん》は二人の思い出だからとか言って誤魔化した。いくらなんでもしたとかしないとかは恥ずかしくて報告できない。そう考えてたんだけど……。

『なるほど……思い出に残ることはしたと』

『高校生って凄い……』

前にノーコメントで乗り切ってたところだったのに、言い回しから推測されてしまった。くそう、慌《あわ》ててたとはいえ迂闊だった。

僕は少し無理矢理《むりやり》に、二人との会話を打ち切ってゲームを終了《しゅうりょう》する。

少しだけ焦《あせ》る事態は起きたけど、二人から大丈夫とのお墨《すみ》付きもいただいたし……気持ち的には凄く安心できた。

ただ、バロンさんからは少しだけデザインについて注意を受けた。男子的な感性のデザインじゃなくて、ちゃんと相手に似合うデザインを考えた方がいいよねと。

自身の失敗談であり、奥《おく》さんに久々に贈るから思い出話という体をとってはいたけど、それはきっと僕へのアドバイスでもあったと思う。本当にありがたい話だ。

みんなからアドバイスも貰って、最後の一週間を目前にしてるし気合いを入れないと……。そんなことを考える。僕にできることは全部やろう。

アクセサリーを作るなんて今までやったことがなかったけど、これはこれで楽しいし。

七海さん喜んでくれるだろうかと思うと、何でもできる気がしていた。

……少なくとも、週末までは、予想外のことは何事も無い、普通《ふつう》の日々だったと思う。

問題は週末に起きた。

いや、正確には問題ではないんだけど。予想外ではあった。その出来事は、僕の母親によって引き起こされた。

◇◇◇◇◇◇◇◇◇◇◇◇◇◇◇◇

「七海さん、陽信《ようしん》、温泉に行くわよ」

茨戸《ばらと》家に入ったら、玄関口《げんかんぐち》で僕らを出迎《でむか》えたのは僕の母さんだった。そして開口一番、意味不明な言葉を発していた。いや、なんでいるのさ?

僕も七海さんも、ただいまを言う前に現れた母さんの姿に目が点になってしまう。背筋をピンと伸ばして、堂々とした立ち居振る舞《いふま》いの母さんの姿に、情報の整理が追い付かない。

そんな僕らの姿を見た母さんは、自身の口元に手をやり少しだけ考《かんが》え込む。

「……私としたことが、気分が高揚《こうよう》しておかえりの挨拶《あいさつ》を忘れてたようね。とんだ不作法だったわ。おかえりなさい、七海さん、陽信」

「えっと、ただいま母さん……」

「志信《しのぶ》さん……ただいまです」

「二人とも、学校お疲れ様《さま》でした」

母さんは口《くち》の端《はし》を軽く持ち上げて柔らかく微笑むと、僕と七海さんにとても静かな声でねぎらいの言葉をかけてくる。

「母さん……随分《ずいぶん》テンション高いね」

「えっ？　志信さんテンション高いの……？」

七海さんが母さんと僕を交互《こうご》に見て、驚《おどろ》いた声を上げた。

確かに、知らない人が聞いたらテンションが高いとはとても思えない静かな声だけど、ちょっとだけ身体がソワソワと動いているんだよね。

これ、テンションが高い時の母さんのクセだ。これで意味不明で変な歌を歌い出したらテンションマックスってことになる。

いや、母さんのテンションについて考えても仕方ない。そもそもなんで、ここに母さんがいるんだろうか？　出張先から一時的に帰ってくるのは明日じゃなかったっけ……？

「二人ともおかえりなさーい。ビックリしたかしらー？」

後ろから母さんの両肩《りょうかた》に手をかけつつ、睦子《ともこ》さんがヒョコッと顔を出す。

母さんの後ろに隠れていたようだけど、ニコニコといつもの笑顔を浮《う》かべているので何を考えているのかは窺《うかが》い知れない。

「ビックリしましたよ。いきなり母さんがいるとか聞いてませんでしたし……」

「うふふ、私のアイディアなの。驚いてくれて嬉しいわぁ」

「やりましたね、睦子さん」

二人は微笑み合いながらハイタッチする。まるで往年の友達同士のような姿だ。いつの間にこんなに仲良くなったんだろうかこの二人……？

「志信さん、お久しぶりです。先週はご挨拶できずにすみません」

さっきまで引きつっていた七海さんが、ハッとしたと思うと母さんへと頭を下げた。いや、そんなことしなくていいですよ七海さん。母さん、楽しんでるだけだから。

母さんは睦子さんから視線を外すと、七海さんの目を真《ま》っ直ぐと見つめる。

「気にしないで七海さん。うちの息子《むすこ》がいつもお世話になってます。先週のデートは楽しかったかしら？」

「はい！　凄く楽しかったです！」

「そう、それは良かった。この子ったら恥ずかしがってデートの詳細《しょうさい》を教えてくれないのよ。後でお話し聞かせてね」

「喜んで！」

勘弁《かんべん》して。

いや、高校生男子がデートの内容を親に話すとか無いでしょ……。七海さんも喜ばないで、二人の思い出に大事にしまっておいて。

……もしかして、それが聞きたいがためだけに早退してきたとか？　いや待て、母さんはさっきなんて言った？

確か……温泉……って言ったよね？

「みんな立ち話もなんだから入って入って。志信さんからお土産《みやげ》いただいたから、着替えたらお茶にしましょう」

僕が考えはじめるより先に、睦子さんが絶妙なタイミングで手をパンと打つ。確かに玄《げん》関先《かんさき》で立ったままなのもおかしな話だ。

促《うなが》された僕も七海さんも一度顔を見合わせるんだけど、七海さんはどこか楽しそうだった。まさかデートの詳細を話すのを楽しみにしてるわけじゃないよね……？

それがちょっと不安だったけど、ひとまずそれは置いて僕と七海さんはそれぞれ着替えて、リビングに集まる。テーブルの上にはお茶の準備がされていた。

席に着き、まず気持ちを落ち着けるためにお茶を口に含《ふく》んだところで……母さんから爆《ばく》弾《だん》が飛び出した。

「そういえば陽信、日曜日のお泊まりは楽しかったかしら？」

「ッ?!」

人って驚きすぎたら、本当にお茶吹きそうになるんだ。

いや、危なかったよほんと。いきなりなんだもん。

なんとか吹き出しはしなかったものの、思わずむせてしまった僕はゲホゲホと咳《せ》きこむ。

そんな僕の背中を隣《となり》の七海さんはゆっくりとさすってくれていた。

「陽信、大丈夫？」

咳きこんだままで声が出せない僕は、七海さんにVサインをして大丈夫だということをアピールする。それでも彼女は、僕の咳《せき》が止まるまで背中を優《やさ》しくさすり続けてくれた。

それから少しして咳がおさまると、母さんが再び口を開く。

「お泊まりは楽しかったかしら？」

「もう一回言わなくていいって。楽しかったよ。それがどうしたんだよ？」

同じことを繰《く》り返す母さんに、僕は若干《じゃっかん》ムッとした口調で返答してしまう。我ながら子供っぽいかもしれないなぁと思って、横の七海さんを見ると、彼女は少し楽しそうだ。

「普段《ふだん》の口調とか態度とかが違《ちが》う陽信も新鮮《しんせん》だねぇ」

……本当に楽しんでいた。なんだろう、改めて指摘されるとちょっと恥ずかしい。だけど母さんに対してかしこまるのも変だよな……。

「いえね、まさか息子が嫁《よめ》入り前のお嬢《じょう》さんにあんなことをするなんて思ってもみなかったから……。これは少しばかり叱《しか》らないといけないかと思ったのよ」

再び僕はむせそうになる。ここにきて普通のお説教……しかも至極《しごく》真っ当なお説教である。それを言われると何も言えない。

後悔《こうかい》先に立たず。というか母さんが知ってるってことは睦子さん……バラしたのか。チラリと視線を睦子さんに送ると、ニコニコした笑顔で小さくVサインを返されてしまった。楽しんでるし……何も言えないよ……。

「……ちなみになんだけど、七海さんはそれをご存じなのかしら？」

母さんはそこで少しだけ言葉を濁す。これは母さんなりの配慮《はいりょ》なのかもしれないけど、七海さんは顔を少し赤くしながらも、静かにコクリと頷《うなず》いた。

「そう、ご存じなのね。ごめんなさい、息子が変なことをして」

「いえ、あの……その……」

七海さんは下を向いて両手をもじもじと合わせている。それから口ごもりながらも母さんに対してハッキリと告げた。

「嫌じゃなかったんで……。むしろ嬉しかったです……」

隣の僕は一気に汗《あせ》が噴《ふ》き出して、七海さんは言い終わってから恥ずかしくなったのか両手を顔で隠してしまった。僕も汗をひとしきり噴き出させた後、七海さんの反応を見て顔を赤くしてしまう。二人して無言になってしまったところで、母さんが息を一つ吐《は》いた。

「やっぱり即《そく》電話して根《ね》掘《ほ》り葉《は》掘《ほ》り聞くべきだったわね……出張が憎《にく》いわ。私達がいない間にこんな状態になってるなんて……若い子は進展早いわぁ……」

「何言ってんだよ」

怖いこと言い出した。

いや、聞かれても答えないよ。七海さんからも聞こうとしてたからそれは全力で止めたいんだけど。でも絶対に止まらない気がする。

だいたいなんで今ここにいるんだよと思ったところで、僕は母さんの先ほどの発言を再び思い出す。なんか、温泉って言ってたよね？　行く？

「というわけで二人とも、温泉に行きましょうか」

何が「というわけ」なのかは分からないけど、母さんは僕が疑問に思ったタイミングで先ほどの発言を口にする。僕も七海さんも首を傾《かし》げながら黙っていると、珍《めずら》しく母さんが少し焦ったように汗を一筋垂らした。

「あれ……？　もしかして……七海さん温泉嫌《きら》いだった？　陽信は割と好きよね温泉」

「あ、いえ……温泉大好きです」

「僕《ぼく》が大好きって言ったの昔の話でしょ……。最近は行ってないから何とも言えないよ」

唐突《とうとつ》な母さんの弱気な発言に、七海さんは気を使ってなのか肯定的《こうていてき》に答える。僕はといえば少し意地が悪いかもだけど、本心を答えさせてもらった。

なんせ、親との外出で温泉なんて……小学校以来行ってない気がする。中学に入った頃はゲームにハマったし、高校に入ってからは言わずもがなだ。

普通に母さん達は仕事が忙《いそが》しいし、旅行がなかなか難しいというのも理解してたからねえ。別にどうしても行きたいってわけでもなかったし。

それに温泉が好きかと聞かれても……広い風呂なら銭湯と同じじゃないの？　という感覚しかない。温泉好きの人には怒《おこ》られるかもだけど。

だけど僕のその言葉を受けて、母さんは真面目な表情を作る。いつも真面目だけど、そこにはちょっとした圧力のようなものが感じられた。

僕が少しだけその迫力《はくりょく》に気圧《けお》されていると、母さんはゆっくりと口を開いた。

「陽信、あなたは今まであまり他者と関わってこなかったわね。それはあなた個人の考えだし、私はそれを尊重していたわ。あなたの人生の選択《せんたく》を、あなたに任せていた」

「いきなり何を……？」

首を傾げる僕に、母さんは静かに、背筋を正してからお茶を少しだけ口に含む。コクリと喉《のど》を動かすと、ふぅというため息と共にさらに言葉を続けた。

「でも七海さんと付き合うのであれば、これからも一緒にいるのであれば、人付き合いをしっかりとしていく必要があると思うの。そのためにはいろんな場所に行って見識を広める必要があるわ」

「そのための温泉なの……？」

「そう。温泉旅行に行って二人で親睦《しんぼく》を深め、見分を広めてこれから先の成長に繋《つな》げるのよ」

「……本当は何が目的なのさ？」

母さんは黙《もく》して僕の疑問に答えない。……なんかこじつけというか、無理矢理な気がする。別に温泉に行かなくても見識を広めることはできるだろうに……。

しばらく僕が母さんを見ていると……母さんがかけている眼鏡のつるを撫《な》でるように触れていた。この仕草って、母さんがごまかしたり、何か隠《かく》し事《ごと》をしている時の無意識の癖《くせ》だ。

　ということは……さっきの発言はこじつけか。

　やっぱり土日は温泉じゃなくて、普通に七海さんとデートにするかなぁ……。僕がそう断ろうとしたところで、母さんは最後の最後で僕の精神に揺《ゆ》さぶりをかける。

「言い方を変えるわ……。湯上がり浴衣姿《ゆかたすがた》の七海さん……見たくないの？」

　その言葉を聞いた瞬間《しゅんかん》、一瞬《いっしゅん》で僕の頭の中に浴衣姿の七海さんが思《おも》い浮かぶ。湯上がり……湯上がりだと？

　この前のキャミソールは露出《ろしゅつ》が多くて目のやり場に困った。可愛《かわい》かったけど。だけど浴衣《ゆかた》は肌《はだ》の面積は極端《きょくたん》に出ていないのに色気が醸《かも》し出されるという、日本古来の伝統衣装《いしょう》だ。

　ソシャゲの夏衣装《なついしょう》における、浴衣キャラの色気を見れば即座《そくざ》に理解できる。

　その浴衣を七海さんが……着る？　目のやり場に困ることなく見ることができる浴衣を……？

　僕の決意がぐらりと揺れてしまう。チラリと横の七海さんを見ると、ちょうど七海さんも僕を見ていたようで、目が合った。

「七海さんどうする？　土日のデートをどこにしようかって今日決めようと思ってたから、

温泉はありと言えばありだけどさぁ……。母さん達と一緒ってのが……」

「私は全然ありだと思うよ？　温泉久しぶりに入りたいし、浴衣も着てみたいしねぇ。陽信も着るでしょ浴衣？　着るよね？　ねっ⁈」

なんか、七海さんの圧が強い。さっきの母さん以上だ。

まぁ、確かに僕も着るか。僕は黙《だま》って頷くと七海さんの目が少しだけキラリと光った気がする。気のせいだろうか？　うん、七海さんがいいなら僕も異論は無いんだけど……。

やっぱり両親と一緒ってのがネックだなぁ……。

「心配には及《およ》ばないわ」

僕の考えを見透《みす》かすように、母さんはニヤリと笑う。僕が初めて見る母さんのいかにも企《たくら》んでますって表情だ。

「当然だけど、現地に着いたら二人は別行動よ。私もお父さんとデートするし」

「私とお父さんと沙八《さや》は、三人で行動する予定だから気にしないでー」

うちの親の最後の情報は聞きたくなかったです。

というか、普通はそういうイベントって親は止めるもんじゃないのかな？　先日の睦子さんもそうだったけど、なんで両親がノリノリなの。怖いんだけど。

「本当の目的はね、七海さんという彼女が息子にできて、睦子さんにも厳一郎さんにも沙八ちゃんにもお世話になって……私達は何もできなくて心苦しいから、そのお礼で企画《きかく》した小旅行よ」

僕が悩んでいると、母さんが真意という名の絶妙に断りづらい話を出してくる。確かに皆にはお世話になってるからお礼と言われてしまったら……。

まぁ、現地では別行動だっていう話だし、七海さんと遠出できるなんて……こんな機会でもなかったらできないよね。うん、了承してもいいかな。

「……分かったよ。じゃあ、お言葉に甘《あま》えるかな。七海さんもそれで大丈夫？」

「うん！　陽信と旅行できるなんて楽しみだよー。志信さんありがとうございます！」

七海さんが嬉しそうでよかった。確かに、僕もこんな形で七海さんと旅行できるなんて思ってなかったから、そう思うと受けてよかったかも。

高校生同士で一泊《ぱく》旅行なんて、親同伴《おやどうはん》じゃないと普通できないしね……。

「良かったわ。二人のお泊まりイベントを聞いてズルいって思って、私もなんか企画したいって考えたのが無駄《むだ》にならなくて」

「よかったですねぇ、志信さん。悔《くや》しがってましたもんねぇ」

「睦子さんもありがとうございます。皆さんへのお礼なのは確かなので、旅行楽しみましょうね」

それが本音かぁ……。いや、母さんのことだからどっちも本音なのだろうけど。

僕と七海さんのお泊まりイベントを自分も見たい。そして、茨戸《ばらと》家へのお返しもしたい。

それを同時にやろうとしたんだろうな。それに睦子さんも乗っかったと……。よくやるよホント……。

「それで、どこに行くのさ？　あと……出発は明日の何時くらいなの？」

まぁ、こうなった以上は楽しむだけだ。どこに行くのかが分からないと調べようもないから何の気なしに聞いたんだけど、僕は何と言うか……舐《な》めていたんだと思う。

イベントを楽しむことに全力を出した大人というモノを。あと、イベントにノリノリな一家のノリと勢いの凄《すご》さというモノを。

「これからよ」

「……はい？」

そのタイミングで、まるで母さんの言葉を待っていたかのように玄関《げんかん》から足音が聞こえてくる。睦子さんは楽しそうに笑っていて、母さんは握り拳を作っていた。

「ただいま。おや、志信さんいらっしゃい。さて、準備はできましたか？」

「ただいまー。あー、やっと言えるよー。ホント、言いたくて仕方なかったんだからねぇ」

厳一郎さんと沙八ちゃん……知ってたんだね旅行のこと。当然か。知らなかったのは僕と七海さんの二人だけっぽい。

「さぁ、小旅行へ出発よ！」

「おー！」

　僕と七海さんを除いたみんなが、ノリノリで拳を掲《かか》げて声を上げる姿を……僕と七海さんは呆然《ぼうぜん》と見守るしかなかった。

◇◇◇◇◇◇◇◇◇◇◇◇◇◇◇◇◇◇◇◇

　結局、僕等の準備があったのですぐに出発とはいかなかった。

　荷造り自体は事前にある程度終わらせてくれていたんだけど、細かいものが準備できてなかったし。あと、僕等の心の準備とかも。

「どうしましょう、僕の家族と彼女の家族とのお泊まりイベントが発生しました」

『それ結婚《けっこん》後のイベントじゃん』

『よくわかんないけど、グッドラックです』

　そんな準備の最中に、たまらずバロンさん達にチラッと言ったらそんな言葉が返ってきた。うん、僕も了承してから気づきました。両家の旅行ってたぶんそういうイベントですよね。

どうしてこうなった。

「どうしてこうなった」

「ど……どうした陽信君？」

思わずそのまま漏《も》れた心の声が、運転している厳一郎さんにばっちり聞かれてしまう。

いつも帰りに送ってもらっている関係上、厳一郎さんの隣に座《すわ》っているのには抵抗《ていこう》はないんだけど……今日はいつもよりも緊張感を持ってしまっている。

少し焦った僕は俯《うつむ》き加減だった姿勢を正した。

「あ……いえ。なんでもないです。今回は母がすいません」

以前に、母さんの行動でそれを身をもって知ってしまっていた。だからこその緊張感だ。僕は今回、母さん、バロンさんから下手なサプライズというのは逆効果だと聞いた覚えがある。まぁ、逆効果なのは僕だけなのかもしれない。なんせサプライズだったのは僕と七海さんにだけだし。

厳一郎さんは気にした風もなく、少し大げさに笑っていた。

「いやいや、遠出なんて久しぶりだからね。とても楽しみだよ。旅行を計画してくれた君のお母さんには感謝してもしきれないよ」

「ちなみに、どれくらい前から計画してたんですか？」

「君がうちに泊まった翌日からかな。志信さんが日頃《ひごろ》のお礼も兼《か》ねて是非《ぜひ》って。遠慮《えんりょ》したんだけど、最後は根負けしたよ」

そんな早くから計画してたのか……。全く情報を漏らすことなく一緒《いっしょ》に過ごしてたと思うとビックリだ。

「それにしても今日移動とか……。しかも移動時間、かなり長いですよね。申し訳ないですよ」

「そうかい？　夜移動って私も昔はよくやってたよ。夜のドライブって楽しいからねぇ。綺麗な夜景も見られるしね」

巌一郎さんは楽しそうに運転してる。僕はあまり運転に興味はないんだけど、そんなもんなんだろうか？

レースゲームなら割と好きだけど、なんだか馴染《なじ》みのない話だなぁ。まぁ、そもそも遠出をほとんどしたことがないからかもしれない。

僕は巌一郎さんの言葉を受けて、助手席から外の景色を眺《なが》める。

日は完全に落ちきっていなくて、ほのかなオレンジ色の光が外を照らしている。昼間よりも眩しく感じるのは日の光が直接目に飛び込んでくるからかな。

ジッと見続けると目をやられそうだけど、日の入りをこうして見るのは初めてかもしれない。なんだか、少しだけノスタルジックな気分になる。

この景色を七海さんと見られたら……と思ったけど、今はこの車にはいない。この車は今、僕と厳一郎さんと……そして……。

「お母さん、お菓子《かし》食べる？　あ、お義兄《にい》ちゃんもよかったらどーぞ」

「あ、ありがとう沙八ちゃん」

「沙八……お父さんにはないのかい？」

「あなたには私から食べさせてあげますから。ほら、あーん」

沙八ちゃんと睦子さんも後部座席にいたりする。今は、茨戸家の中に僕が一人いる状態だ。緊張するのも仕方ないだろう。

七海さんは……あっちの車で大丈夫だろうか……？　母さんと二人だけって……。

「陽信君も、免許《めんきょ》を取ったらドライブしてみるといい。楽しいし、ハマるよ」

「うーん、なんかピンと来ないですねぇ」

「若者の車離《ばな》れってやつかねぇ。でも、七海と一緒にドライブデートとか楽しみじゃないかい？　私なんかは昔、早く妻を乗せて運転してみたかったよ」

「まぁ、あなたったら」

睦子さんの言葉が、珍しくどこか照れたような響《ひび》きを含んでいた。

ドライブデート……ドライブデートかぁ。なんか、言葉の響きはいいな。移動できる範《はん》囲《い》も広がるだろうし。あんまりピンと来ないけど。

ちょっとだけ僕は想像してみる。僕が運転する車の助手席に七海さんがいて、彼女と一緒に運転する。行き先は海か山か。彼女が楽しそうに僕の横で笑っていて、お菓子食べたり、食べさせてくれたり……。

いや想像だけど、わき見運転だなコレ。ダメだな。

でも、ドライブがちょっといいなって気持ちは分かった気もする。僕が免許取れるまで……あと数年？　うちの高校って免許取得OKだったかな？　帰ったら調べてみようかな。

……いきなり僕、免許取ることに前向きになってるな。ピンと来ないとか言っておいて、七海さんが絡《から》むと途端《とたん》に乗り気になるのは良いのか悪いのか。

「本来なら七海と一緒が良かっただろうに、大丈夫かい陽信君？」

「あ、はい。大丈夫です。七海さんとは着いたらずっと一緒ですから。それに七海さんから話を聞きたいって言ったのはうちの母ですし……」

七海さんは……母さんが運転する車に乗っている。母さんが話がしたいって言ってたけど……何を話すつもりなんだろうか？

変なこと言ってないよなぁ。今更《いまさら》ながら、母さんの所に七海さんを行かせてしまってよかったんだろうか？　何聞かれてるか……そして、何を答えているのか……凄く心配だ。

思わずため息が出る僕を見て、厳一郎さんは再び笑う。後部座席の二人も笑っていた。僕の心を知ってか知らずか……そんな厳一郎さんの笑い声に、僕もつられた。

「ま、途中《とちゅう》で休憩《きゅうけい》を挟《はさ》んだ時には交代もするから。その時には一緒にこっちの車に乗ればいいさ。それまでみんなでドライブとしゃれこもう。なんなら、七海の昔の話でもしようか？」

「聞きたいですけど、聞いていいんですかソレ？」

「ま、差しさわりの無い範囲でね。可愛いエピソードがいっぱいだぞ」

「あ、私もお姉ちゃんの可愛いエピソードあるよ」

「そうねぇ、この機会に色々と教えちゃおうかしら？」

悪いと思いつつも……。三者三様の七海さんの可愛いエピソードが聞けると聞いて、ちょっとだけワクワクしている自分がいた。

◇◇◇◇◇◇◇◇◇◇◇◇◇◇◇◇◇◇◇◇◇◇

「睦子さん、今日泊《と》まるのってどんなところなんです？」

「露天風呂《ろてんぶろ》からの景色がとても良いところなのよ。お風呂《ふろ》に入りながら見る夜景って凄く綺麗《きれい》だから、楽しみにしててね」

「凄く楽しみです！　行ったことある場所なんですか？」

「そうなのよ。お父さんとの思い出のホテルなの。そこに皆《みな》さんをご招待できて嬉《うれ》しいわ」

今、私はひょんなことから志信さんと二人っきりの状態だ。陽信のお母さんと二人きりって緊張《きんちょう》するかと思ったら、そんなことはなかった。とても話しやすい人だ。

初対面の時は凄くビックリしちゃって変なことも言っちゃった気がするけど……。あの時のことを思い出すと、もうちょっと何とかできたんじゃないかなと……。

志信さんの運転する横顔をチラリと見ると、その真剣《しんけん》なまなざしはどこか陽信に似ていた。カッコいい女性って感じだ。陽信は性格面でお母さん似って話だけど、目元も似てるんだなってよくわかる。

「ちなみに貸切の家族風呂も別にあるから、入ろうと思えば一緒にお風呂に入れるわよ」

「入りませんよ⁉」

思わずいつもの調子でツッコんじゃった。咄嗟《とっさ》に口元を押さえるんだけど、志信さんは私のツッコミをどこか嬉しそうに笑って受け止める。

……いきなり心臓に悪い発言をするところも陽信そっくりだ。いや、志信さんに陽信が似てるのか。でも、陽信でもこんなことは言わないかな？　なんか混乱してきた。

でも、よ……陽信と一緒にお風呂って……お風呂って……?!　家族風呂って高校生同士良いんだっけ?!　いや良くないよね?!　普通止めるんじゃないのこういう時……？

「冗談《じょうだん》よ。さすがに高校生で一緒にお風呂は……まだ早いわ」

「もー！　志信さん!?」

真っ赤になった私を見て、志信さんは口の端を持ち上げてさらに楽しそうに笑う。揶揄《からか》われたのは分かるけど、クールなのにこういう可愛い所もあるとかズルい。

あれ？　でも今「まだ」って言ったよね？　しょ……将来的にはありってことなのかな？　それっていつ……？

私は陽信との一緒のお風呂を想像して、あわあわしてしまう。志信さんの表情は少しだけ微笑《ほほえ》んだままで、その内心を窺い知ることはできそうもない。私は思わず両頬《ほお》を押さえてしまう。

掌《てのひら》に頬の熱が伝わってくる。かなり顔が赤いだろうな今の私。

「ごめんなさいね、七海さん」

志信さんはそんな私にとても優しく……謝罪をしてきた。いきなりの謝罪に、私は両頬を手で押さえたまま首を傾げる。さっきの冗談の謝罪だろうか？

でも、志信さんの謝罪の意味は違っていた。

「本当なら陽信と一緒にいたかったでしょう？　でも……どうしても七海さんと話をしたくてね」

「大丈夫ですよ。現地ではずっと一緒ですし、電話で声も聞けますから」

そうだった。話をしたいから一緒に行かないって言われたんだっけ。でも、どうしてもしたい話って何だろう？

私としても陽信のお母さんだし仲良くしたいなって思ってたから、一緒の車でお話をしないってお誘《さそ》いは渡りに船だった。志信さんは一見クールだけど、可愛いなと思える人だし。彼氏《かれし》のお母さんにする評価じゃないかもだけど。

うちのお母さんとはタイプがだいぶ違うなぁ。だからこそ、まさかお母さんとあんなに仲良くなってるとは思わなかった。

「それと、うちの息子がごめんなさいね。寝《ね》ている女の子にキスするとか、寝込《ねこ》みを襲《おそ》うようなことを……」

志信さんは改めて謝罪をしてくる。私は全然嫌《いや》じゃなかったし、何だったら嬉しかったくらいだってのはもう伝えてるのになんでだろ？

やっぱり謝罪の言葉はお母さんとして言わざるを得ないのかなとか、そう思っていたんだけど……。

「まったく、寝ている時じゃなくて起きている時にやれば良いのに。我《わ》が息子ながら奥手《おくて》だわ」

「そっちですか?!」

謝罪の意味がさっきと全然違っていた。私が嫌じゃなかったと聞いてのことなんだろうけど、その言葉を聞いて思わず笑ってしまう。志信さんも一緒に笑っていた。

志信さんはそこから一拍置くと……改めるようにゆっくりと口を開く。

「あの子とのお付き合いはどうかしら? 七海さんに優しくしてる? まさかあの子が彼《かの》女《じょ》を作るなんて思ってなかったから、私も色々と混乱しちゃって……初対面では失礼したわ」

それは、さっきまでのクールな口調とは一転した、とても優しい声色《こわいろ》だった。陽信のことを大切に思っているのと同時に、私のことも気にかけてくれているようで、嬉しかった。

「そんな、私こそあの時は……」

そこまで言いかけて私は思い出した。私と志信さんの初対面って……陽信にほっぺたにキスされちゃった時だ。あれ? 志信さんアレは忘れてるかな? 私はその時に彼《かれ》が触《ふ》れた頬を撫でる。

　そのタイミングで信号が赤になり車が止まる。志信さんは視線だけを動かして私の方をチラリと見ると、あぁと一言だけ呟《つぶや》いた。

「そういえば……起きてる時にしてたわね。ほっぺだけど。あの時は混乱してたから……」

　思い出された!!　いや、マズくはないんだけど……あの時ってレンタル彼女って言われたからそっちに気を取られて……改めて考えたら恥《は》ずかしくなってくる。

「陽信はね……小学生のころまではよく家に友達《ともだち》を連れて来てたのよ。男女分《わ》け隔《へだ》てなく仲良くしてて、ゲームよりもむしろ外で遊ぶことの方が多かったわ」

「えっ……？」

　だけど、志信さんはその話は深く掘《ほ》り下げず、唐突に陽信の昔の話をはじめる。きっと彼からは聞くことのできない、彼の話を。

　聞いてもいいんだろうかという想《おも》いと、聞きたいという想いが私の中でせめぎ合うけど……私は志信さんの話を遮《さえぎ》ることができずに黙ってしまう。

　赤信号は青になり、車が走り出した。

「私もお父さんも共働きだったから寂《さび》しかったはずなのに……でもあの子はそんな私達に、

友達と一緒に遊んでるから平気だよって、笑顔《えがお》で言ってくれてたの」

失礼な考え方かもだけど、ちょっと前の陽信からは想像もつかない姿だ。だって彼は大人しくて、クラスでの遊びも参加しなくて、いつも一人でいる。話したことのないクラスメイトだった。

その姿だって、今は付き合っているから当時はそうだったなぁって思うけど、付き合ってなかったらきっと認識《にんしき》もしてなかったんだと思う。我ながら……ちょっとゾッとするけど。

「今と全然違うでしょ?」

少しだけ寂しそうに微笑んだ志信さんに、私は何も言えなかった。頷くことも、首を振ることもできず、ただ黙ってお話を聞くことしかできなかった。

志信さんは話を続ける。少しだけ、車のスピードが上がったような気がした。窓の外を見ていないから分からないけど、なんとなく志信さんの表情からそう思った。

「それが、ある時から急に友達と遊ばなくなったの。私達が家に帰ると必ず一人でいるようになって、外で遊ぶこともなくて……家で一人で遊んでいることが多くなった」

「急にって……何かあったんですか?」

「それがね、話してくれなかったのよ。学校の先生にも聞いたんだけど、クラスでは普通にお友達と話しているし、とても礼儀《れいぎ》正《ただ》しい良い子ですよって言われたわ」

なんだか変な話だ。一見すると何も変わってないようなのに、それまでとはがらりと行動が変わっているなんて……。私の中で嫌な想像が膨《ふく》らむ。

「まさか、いじめとか……？」

「それも疑ったんだけど、調べてもそういうのも無かったわ。私達が聞いても、何でもないって言うばかりで」

いじめじゃなくてホッとしたけど、やっぱり疑問は湧《わ》き起こる。それと同時に……私は陽信のこと何にも知らないんだなとちょっとだけ寂しくなった。過去のことだけど、寂しく感じた。

何があったのか知りたいとも思うけど……ご両親に話していないことを私に話してくれるとは思えないし。何か傷ついたなら、それを癒《いや》してあげたいとも思った。

「それでね、あの子一度お父さんと大喧嘩《おおげんか》したのよ。一人が気楽なんだから構わないでくれって」

「え？　陽信って怒るんですか？　それって凄い意外です」

「反抗期《はんこうき》ってのもあったんでしょうけど、私はその喧嘩《けんか》でちょっとだけホッとしたの。喧嘩して、お互《たが》いに言いたいことを言った方が正常だもの」

志信さんはちょっとだけ悲しそうに、だけど懐《なつ》かしそうに微笑む。なんだか泣きそうな表情にも見えて、私の胸が痛んだ。志信さんはそんな私の表情を見て、やっぱり悲しそうに微笑んだ。

「ごめんなさいね、暗い話をしちゃって。七海さんには感謝してるって伝えたかったのに、少し回りくどくなっちゃったわ」

「感謝って……私は何も……」

何もしてない。そう、私は彼に何もしてあげられていない。何かしてあげたいとは常々思っているのに、その倍以上のことをもらっているんだから。

だけど、志信さんは前を見ながら静かに首を横に小さく振《ふ》る。

「そんなことはないわ。七海さんと一緒にいる陽信って、まるで昔の活発だったころの陽信を見ているみたいで……私もお父さんも涙《なみだ》が出るほど嬉しかったの」

昔の陽信……。

確かに思い返すと、陽信の行動力って凄いもんね。私を助けてくれたり、デートだって連れてってくれたり、キス……だって……。

「陽信の意志は尊重してたけど……私達では息子を変えられなかった。親として情けない話よね」

そんなことはないと言いたかった。陽信はあんなに素敵《すてき》な人になっているのは、間違《まちが》いなく志信さん達の力もあるって言いたかった。私みたいな子供が生意気な意見だと思うけど……それでも言いたかった。

でも言えなかった。

志信さんの次の言葉を聞いて、私は言葉を失った。

「だから七海さん。ありがとう、陽信を選んでくれて。あなたのおかげで陽信は変わった。あなたとお付き合いできた息子《むすこ》は、とても幸せ者だわ」

その言葉を聞いて、私の心臓がドクンと大きく鼓動《こどう》する。変な汗が出てきて、全身が熱を失って冷たくなる。特に指先が、氷の中に直接突《つ》っ込《こ》んだみたいに冷たい。

違う、違うんです。

私が陽信を選んだんじゃないんです。私は言われるままに彼に告白しただけで、そこに私の意志はなかったんです。今ならきっと私の意志で彼に告白するけど……それでも選んだのは……違う。

言いたくても言えずに、私は胸の前で手をギュッと握《にぎ》ってしまう。それを見た志信さんは……少しだけ不思議そうに首を傾げた。

私はゆっくりと、ゆっくりと呼吸をする。

「七海さん、大丈夫《だいじょうぶ》？　ごめんなさいね、旅行に行く途中で変な話して」

志信さんは私を心配してくれている。その言葉を聞いて、私は更《さら》に申し訳なくなる。ここ最近、頭から意識的に排除《はいじょ》していたものを、改めて考えてしまう。

ごめんなさい、ごめんなさい。私は心の中で志信さんに謝る。

「大丈夫です。……私も、陽信と付き合えて変わったんです。変われたんです。だから……お礼を言うのは私の方です」

「そう、息子は果報者ね。旅行先では二人でゆっくり楽しんでちょうだい」

「ありがとうございます」

ごめんなさい。私は再度、志信さんに謝った。ここにはいない陽信のお父さんにも謝罪する。

全部終わったら……改めて謝罪させていただきます。そこでどうなろうとも私は構わないです。だからお願いします。あと少し、あと少しだけ今の関係でいさせてください。

ズルい私は、心の中で誰《だれ》にともなく願った。

それから、志信さんは運転しながら陽信の昔の可愛らしいエピソードを色々と教えてくれて……自己嫌悪《けんお》してた私の気持ちも、徐々《じょじょ》にだけどいつも通りに戻《もど》っていくのを感じた。

そのことにも少しだけ自己嫌悪しちゃうけど、旅行中に皆の楽しい気分を下げたくないから——私はその気持ちに蓋《ふた》をした。

◇◇◇◇◇◇◇◇◇◇◇◇◇◇◇◇◇◇◇◇

車での移動時間は、想像していたよりもあっという間だった。

道中の全く知らないお店で晩御飯《ばんごはん》を食べたり、休憩に寄ったサービスエリアは楽しかったし、夜のコンビニはなんだか妙《みよう》に気分が高揚《こうよう》する。

これは普段と違う行動をしているからなのか、それとも皆がいるからだろうか？

ワイワイとお菓子を買ったり、飲み物を買ったり。出不精《でぶしよう》の僕でも、みんなでの移動ってのも悪くないなと感じていた。

だけど、最初の交代の時に七海さんがちょっとだけ元気がなくなっていたように見えたのが気になった。表面上はいつもの七海さんだけど、なんだかいつもと違っていて……母さんと何の話をしたのか聞いてみると……なんか僕の昔について話をしたらしい。

正直、勘弁《かんべん》してよと思った。思ったけど——僕も厳一郎さん達から昔の七海さんの可愛い話を聞いてたから何も言えなかった。

「そっちもそんな話になってたんだ？」

「だねぇ……。どんな話聞いたの……？」

僕等はお互いに牽制《けんせい》するように確認《かくにん》するけど……顔を見合わせると笑ってごまかした。

親から何を話されたかって聞きたいけど怖《こわ》いから聞きたくない。そんな二律背反した思いが胸に湧き上がる。二律背反の使い方が合ってるか知らないけど。

そこからは、基本的には僕と七海さんはずっと一緒にいることになる。親が余計な話をしないようにという想いもあったけど、なによりも七海さんが心配だった。

元気がないと感じたのは気のせいかもしれないけど、せっかくの旅行なんだから少しでも楽しい気分にしないといと思い、七海さんの隣《となり》で僕は彼女を安心させるために手を握っていた。

ちょっと茶化《ちゃか》されたりもしたけど、それでも続けた。そのおかげなのか……七海さんは到着《とうちゃく》する頃《ころ》にはすっかり元気になっていたと思う。

「七海さん、大丈夫？」

「うん、大丈夫だよ。いやぁ、到着したねぇ」

「久々の長距離《ちょうきょり》運転だったよ。はるばる来たぜぇってところかな？」

「厳一郎さん、何ですかソレ？」

「あー、若い子は知らないかぁ……」

車から降りた厳一郎さんが大きく伸《の》びをして、七海さんはホテルを見上げていた。割とでかいホテルで、僕も一緒にホテルを見上げる。

「ねえ、陽信……。このホテル、立派過ぎない？　ここに泊まったことあるの？」

「いや、僕も初めて来たよこんな立派なホテル……」

修学旅行とかで止まったホテルの何倍立派なんだろうかここ。建物自体に高級感がある。僕も七海さんも場違《ばち》いなんじゃないかと気後《きおく》れしてしまう。

「ねぇ、私大丈夫かな？　ドレスコードとか無いのかな？」

「それ言ったら僕も普段《ふだんぎ》着だし……ノーネクタイで断られるとかあるかな……？」

今の七海さんは少しモコモコとした部屋着みたいな服装で、僕も普通《ふつう》のTシャツにジーンズだ。こんな立派なホテルには不釣《ふつ》り合《あ》いなんじゃないかと思ってしまう。

混乱してノーネクタイとか言ったけど、アレは高いレストランとかそういうのか。全然ホテル関係ないや。

とりあえず僕と七海さんは揃《そろ》ってホテルに入る。受付も落ち着いた雰囲気でどこか暖かい光が周囲を照らしている。周囲を少し見渡《みわた》すと、そこには見覚えのある人がソファに座っていた。僕等が見つけると向こうもこちらに気づいて、にこやかに近づいてくる。

「やぁ陽信、移動お疲《つか》れさま。手を繋いじゃって、相変わらず仲良いようで何よりだよ」

「父さん」

スーツ姿の父さんが僕《ぼく》等を少し揶揄うように迎《むか》えてくれた。ちょっと前ならここで手を離《はな》すところだけど、僕と七海さんは手を繋いだままで、それを父さんはどこか嬉しそうにしていた。

「随分《ずいぶん》早いね。後から合流するかと思ってたけど」

「出張先がこの近くだからね。あぁ、チェックインはもう済ませているよ。これ、部屋のキーね」

そういうと、父さんは僕にカードを渡《わた》してくる。カードキーか。こういうのを無くして部屋から閉め出されるってベタな話があるから気をつけないとなぁ。

父さんは僕にカードキーを渡すと、七海さんに柔《やわ》らかく微笑む。七海さんは少しだけ身体を震《ふる》わせて、僕と繋いだ手に少しだけ力を入れる。

「七海さんも、お久しぶりです。いつも陽信がお世話になってます。旅行、楽しんでくださいね」

「こ……こちらこそお世話になってますっ！　今日は素敵なところにご招待いただいて……」

七海さんは僕から手を離すと、父さんに頭を下げた。父さんは気にしないでと笑っていたけど、僕ですら落ち着かないのに七海さんにそれは難しいんじゃないだろうか。

頭を上げても七海さんはどこか恐縮《きょうしゅく》したままだったけど、父さんは母さんや厳一郎さん達の所に向かっていく。僕の手の中にはカードキーだけが残されていて、思わずそのキーを眺めた。

「あぁ……緊張したぁ……」

ふぅと息を吐《は》くと、七海さんは胸をなでおろす。よく見ると頬も紅潮して額に少し汗《あせ》をかいている。そんなに緊張したのか。

「母さんは割と平気だったのに、父さんには緊張するんだ」

「だってほら、大人の男性だし……やっぱり緊張するよ」

「七海さん男性苦手だもんね……。僕の父さんでもダメかぁ」

僕で少しは慣れてくれたかと思ったけど、まだそこまで交流の無い人はダメなのかな。そう思ってたんだけど、理由はそれだけじゃなかった。次に出てくる言葉は僕の予想外のものだった。

「それも少しあるけど……陽信ってお父さん似じゃない？　大人になった陽信ってこんな感じかなって思うとちょっとドキッとしちゃうよね……」

凄い複雑な気分になることを言われてしまった。僕、父さんに似てるだろうか？　いや、それよりも七海さんがドキッとするってちょっとなんか複雑な気分だ。

僕は父さんへと視線を送る。

今、父さんは母さんや厳一郎さん達と話をしている。沙八ちゃんとも何か話をして笑っていた。凄いなぁ、打ち解けるのが早い。僕と違《ちが》って凄く社交的で、会社の人との交流も多いって聞く。そういうの面倒《めんどう》くさくないんだろうか？

中学の時は大喧嘩もしたっけ。完全にあれは僕が悪かったよな。だけど、父さんは喧嘩した時も冷静に……僕を諭《さと》すような感じだった。

見た目が似てるだけで、僕と父さんの内面は全然似ていない。

そうそう、キャンプに行ってみないかとか誘われたこともあったっけ。結局、面倒だって断ったけど。なんだか、今なら一緒に行こうって素直《すなお》に言える気がする。これも彼女の影響《えいきょう》なんだろうか。

僕は隣の七海さんをチラリと見る。その視線を受けて、彼女は首を傾《かし》げていた。

「父さんみたいに、カッコよくなれたらいいんだけどね」

自嘲《じちょう》気味に僕は呟いた。だけど七海さんは、そんな僕の言葉をコロコロと笑いながら受け止めてくれる。

「だいじょーぶ。きっとカッコいい大人になるよ。今もカッコいいもん」

少し下から僕を覗《のぞ》き込むようにして、七海さんは僕を励《はげ》ましてくれた。今もカッコいいとか言われ慣れていない言葉を受けて頬が熱くなってしまう。そんな僕を七海さんは楽しそうに見つめてきた。

思わず僕は視線を彼女から外して、父さんの方へと送ってしまう。その視線に気づいたのか、父さんも僕の方へと視線を移した。

「もう夜遅《よるおそ》いから外出は難しいけど、部屋から夜景でも見るといい。とても綺麗だよ」

確かにいつまでも受付にいるのもなんだし、部屋に行こうか。荷物も置きたいしね。僕と七海さんは再び手を取ると改めて歩きだす。そこで……。

「あ、そうそう。部屋で二人だからって変なことしちゃダメだからね？　夜景を見るにとどめとくんだよー」

「んなこた分かってるよ?!」

父さんから言われた一言で、僕は歩みを止めてスっ転びそうになった。僕等を見ていたみんなも、父さんも、この状況《じょうきょう》を楽しんでいるのか笑っている。

全く、笑うなんて酷《ひど》い……って思ってたら、隣の七海さんまで笑ってた。普段《ふだん》言わないような言葉使いなのが面白《おもしろ》いらしい。なんでそんなに面白いのか……僕は少しだけ頭を抱えながら、それでも七海さんと部屋に移動する。

その時、沙八ちゃんにも一緒に行くって声をかけてみたんだけど、断られてしまった。

「いや、わざわざ二人が夜景見るのについていくって拷問《ごうもん》のお誘いかなんかなの？」

まさか部屋に移動するのを拷問に例えられるとは思わなかった。どうも沙八ちゃんは母さんに懐いているようで、楽しそうに母さんと話をしている。

ともあれ、断られてしまったので僕と七海さんは二人で移動する。部屋番号は……10 31か。割と高い位置にある部屋みたいだな。

エレベーターに乗り、部屋の階のボタンを押す。すぐにエレベーターが動いて僕の身体が独特の浮遊《ふゆう》感に包まれる。

……なんだろう、普通に移動しているだけなのに妙にドキドキしてくる。なんでだ？ 何でこんなに心臓の動きが速いんだ？

それは隣の七海さんも同様なのか、エレベーターに乗った直後から完全に黙《だま》ってしまっている。少し俯いて、両頬を染めていた。

七海さんに声をかけようとするんだけど、何故《なぜ》か声が出ない。口の中が乾燥《かんそう》し過ぎてカラカラになって、変な呼吸音が出てしまう。

まるで永遠にこの中にいるんじゃないかと錯覚《さっかく》するくらいに、エレベーターでの移動が長く感じられて……やがて目的の階に到着したことを告げる音が鳴る。

その音が鳴った瞬間《しゅんかん》、僕も七海さんも身体をビクリと震わせた。

心臓が痛くなり、身体が震え、手から汗が出る。七海さん気持ち悪くないかな？　チラリと横を見ると、七海さんも真《ま》っ直《す》ぐに閉じたエレベーターの扉《とびら》を見つめていた。

そして、隙間《すきま》から光を漏れさせながらゆっくりと扉は開く。

エレベーターから一歩出ると、廊下《ろうか》に敷《し》かれた絨毯《じゅうたん》の感触《かんしょく》を靴越《くつご》しに感じる。エレベーターから一歩出て、扉が閉まるまでの間……僕も七海さんも動けないでいた。

やっと動けたのは、エレベーターが移動した音を聞いてからだった。

「……い、こうか」

言葉が上手《うま》く出なくて、声が裏返る。七海さんは僕の言葉に静かにゆっくりと頷《うなず》いた。

一緒に歩く……それだけがとても困難な動作のように思えた。いつの間にか七海さんが僕の腕《うで》に自分の腕を絡めてる。密着部分から、彼女の心臓の音が聞こえてくる気がした。

そこでやっと僕は、なんでこんなことになっているのか気づいた。

ホテル内の部屋に向かって二人で移動するという、日常ではありえない状況に緊張しているんだ。普通の移動ならまだいいだろう。だけど……ホテルで移動っていう言葉の響きがまずかった。無意識にアレを意識してしまったんだろうな。

正確に言うと、父さんのあの余計な一言で強制的に認識させられた。

たぶん、七海さんも同じなんだろう。部屋が近づくにつれて足取りがゆっくりになっている気がする。

畜生《ちくしょう》、父さんめ余計なことを言ってくれたなぁ！　今度また喧嘩か？　喧嘩するのか？

さっきまであった父さんへの尊敬の念とか、そういったものが全部吹《ふ》っ飛んでいく。

一歩ずつ、一歩ずつゆっくりと進んで……まるで長い長い道のりを旅してきたかのように、僕と七海さんは部屋の前まで到着した。

二人で同時に、ごくりと唾《つば》を飲《の》み込む音を響かせる。僕がゆっくりとカードキーを扉の鍵《かぎ》部分にかざすと機械音の後に扉が開く音がした。

ただ、僕等は部屋に来ただけだ。何かするつもりもない。できるはずもない。それなのに、なんでこんなにドキドキするんだろう？　会話らしい会話ができていない。

僕等は一緒に……部屋に入る。

これが普通の部屋なのかどうかは、他のホテルを良く知らないから分からないけど、部屋にはベッドが二つ、奥《おく》の畳《たたみ》の置かれている場所には布団《ふとん》が一つ敷かれていた。合計三つ……ってことは、ここがうちの部屋になるのかな？

僕と七海さんはその部屋の中を見て、ほとんど同じタイミングで大きなため息を吐いた。

それがちょっとだけおかしくて、二人で顔を見合わせて笑う。

部屋の中を見渡して、やっと緊張が解《ほぐ》れてきたみたいだ。

「……素敵なお部屋だねぇ。なんか落ち着いてて、明かりも明るすぎない感じ」

「そうだね。奥の窓から夜景が見えるみたいだ。ここからでも分かるくらい綺麗だ」

やっと僕等はいつも通りの会話ができるくらいにまでリラックスする。この短い間ではあるけど、会話らしい会話ができてなかったよなぁ。妙に意識しちゃって。

「窓に近づいてみようか」

「だねぇ。どんな景色かなぁ」

二人で荷物を適当なところに置くと、僕と七海さんは揃って窓に近づいていく。窓は少し段差のある畳の敷かれている場所にあるので、僕等は靴《くつ》を脱《ぬ》いで窓際《まどぎわ》まで行く。

そして、僕等は敷かれていた布団の奥にある窓の傍《そば》に腰《こし》掛《か》けると……窓から外を眺めた。

「うわぁ……」

思わず二人で感嘆《かんたん》の声を漏《も》らす。

テレビでしか見たことのないような、眩《まぶ》しいくらいの明かりがそこかしこを照らしている。泊まっている船や水に反射する光、レンガ造りの建物を照らす光、道行く車の光……色んな光が目に飛び込んできた。

二人とも言葉もなく、その夜景に目が釘付《くぎづ》けになる。室内の照明が少し薄暗《うすぐら》い位に抑えられているからか、窓の外の光が余計に強く、綺麗に感じられた。

窓の外からの光は室内も照らしていた。それは当然、見ている僕等も外の光に照らされている形になる。僕は視線を七海さんに移す。

彼女の嬉しそうな表情が夜景に照らされて、とても綺麗だった。僕の視線に気づいた彼女はこちらに視線を移して微笑んでくれる。僕も彼女に微笑み返す。

ふとそこで、彼女の表情がほんの少しだけ曇《くも》る。いや、曇るというよりもこれはどこか焦《あせ》ったような表情の方が近いだろうか？

七海さんは窓の外を見ながらも、すぐ後ろをチラチラと気にしていた。何を気にしているんだろうか？　僕も後ろを振り返ると……。

「あっ……」

そこには……布団が敷かれていた。

慌《あわ》てて窓の外に視線を戻すんだけど、一度気にしてしまったら後ろが気になって僕もチラチラとそっちに視線を送ってしまう。

やがて七海さんは徐々に僕に近づいてきて、窓の外を見ながら僕の肩《かた》に自分の身体を預けてきた。彼女の重みが心地《ここち》よく僕の身体に伝わってくる。いや、軽いけどね。

少しすると、彼女はチラチラと見る視線を僕の方に変える。僕も夜景よりも、そんな彼女が気になってついつい視線を移動してしまう。

そして、僕等は夜景よりもお互いを見つめ続けて……彼女との距離《きょり》がまるでゼロになったような錯覚を覚える。いや、実際に近づいてきているのだろうか？

瞳《ひとみ》を潤《うる》ませ、頬を紅潮させ、こんなに距離が近いのに、僕はさっきまで緊張してたのが嘘《うそ》のようにとても安らいだ気持ちになり、そして……。

そのタイミングで、部屋の入り口の方から大きな音が鳴った。

僕も七海さんも驚《おどろ》きから身体を大きく震わせてそっちを見ると、僕等以外の全員が揃って隠《かく》れながら僕等の方を注視しているところだった。

大きな音はスマホの音のようで、父さんが母さんに恨《うら》みがましい目で見られてることから父さんが鳴らしてしまったんだろう。

僕も七海さんも驚きから固まって、距離が近いままで皆を見ていた。母さんは僕等に見られていることに気づくと、気を取り直すように一つだけ小さく咳払《せきばら》いをする。そして、いつもの冷静な口調で僕等に告げる。

「続けて」

「続けられるかぁ!!」

七海さんの耳を両手で塞《ふさ》ぎつつ、僕は全力で叫《さけ》び声《ごえ》を上げた。

◇◇◇◇◇◇◇◇◇◇◇◇◇◇◇◇◇◇◇◇

窓の外から、鳥の鳴き声が小さく聞こえてくる。

普段、家の周辺では聞かないような鳥の鳴き声……どこか猫《ねこ》の鳴き声にも似ている気がする。ウミネコってやつだろうか？

僕はその声を耳にして意識が覚醒《かくせい》する。どうやらいつの間にか眠《ねむ》っていたようだ。

「ん……んー……ッ!!　はぁ……起きたぁ……」

寝っ転《ころ》がったままの姿勢で僕は呟いた。寝ていたベッドは僕の部屋にあるものよりもフカフカで、思ったよりも気持ちよく眠れていたけど……えーっと……僕、昨晩は何をしてたっけ……？

寝ぼけた頭で、僕は昨晩のことをぼんやりと思い出す。えっと……確か……。

あぁ、そうだ。七海さんと夜景を見てたらみんなが部屋に来てたんだっけ。全く、覗きが好きな人達だ……。

カードキーは、実は二つあった。

渡された一つだけだと思《おも》い込んで、部屋には誰も入ってこられないと無意識に油断していた僕は、七海さんと布団の近くでちょっといい雰囲気《ふんいき》になっていたんだよな。いや別に何かするつもりはなかったんだけどさ。

……つもりはなくても、しそうにはなるってのがよく分かったけど。

そしてその後は、僕も七海さんも続きなんかできるわけもなく……。そうそう、確かみんなでささっと温泉に入ったんだっけ。それから、部屋に戻ってベッドに寝っ転がったんだ。

思ったよりも移動の疲れってやつは身体に重くのしかかっていたらしく、ただベッドに寝っ転がっただけのつもりがいつの間にか眠ってしまっていたんだな。いわゆる寝落《ねお》ちだ。

……えっと、スマホはどこにやったっけ？

寝ぼけたまま僕は周囲も見渡すことなく手を伸ばしてスマホを探す。すると、ベッドの感触とは違う柔らかいものが僕の掌に触れた。……柔らかい……もの？

僕は思わず反射的に、その掌を動かす。

「んゅ……ぁん……」

……は？

柔らかい心地いい感触と共に、少し上擦《うわず》った小さな声が僕の耳に届く。柔らかくて……

いつまでも触《さわ》っていたいような感触だけど……。

……まさかッ?!

想像通りのよくあるお約束な展開かと、僕の目は一気に覚める。すぐに思考はクリアになり、ベットから上半身を勢いよく起こす。

僕が手を伸ばした先には……七海さんが寝ていた。そしてまさかと思い、僕は恐《おそ》る恐る伸ばした手の先に視線を送ると……僕は彼女に確かに触れていた。


ただし……触ってたのはお腹《なか》だ。


「あー……焦ったー……」

ある特定の部位じゃないことに僕は安堵《あんど》したような、どこか残念なような複雑な気持ちになってしまう。いや、良かったよね、ベタな場所じゃなくて。寝てるときに触るってベタすぎる。

でも……なんで七海さんも一緒《いっしょ》に寝てるんだっけ？

よくよく自分の体勢を確認すると、僕はベッドに対して垂直になっていた。七海さんもおんなじような体勢で、ホテルの浴衣が少しはだけていた。割とベッドが広いからこの体勢でも寝られてたみたいだ。毛布は身体から落ちてしまっている。

「んー……あれー……陽信おはようー……。お互い寝ちゃってたみたいだねぇ……」

七海さんは顔だけを少し上げて僕の方へと視線を送る。半開きの目でまだまだ眠たそうだけど、その視線が自分のお腹に移ったところで、彼女はピタリと止まった。

僕が彼女のお腹を触っている手に視線が釘付けだった。しまった、手を離すの忘れてた。

「……おはよう、七海さん」

「うにゃはあぁぁぁぁっ?!」

七海さんが文字通り飛ぶように起きて、その衝撃《しょうげき》で僕の手は彼女から離れた。掌《てのひら》から温かい感触がなくなって少し寂しくなるけど、これは仕方ない。というかいつまでも触ってた僕が悪い。

「なんでお腹触ってるの?!　女の子のお腹は不可侵《ふかしん》なんだよ!?」

「あ、いや、ごめん。えっと……スマホを探して手を伸ばしたらそこに偶然《ぐうぜん》……」

「ううう……これなら胸触られた方がマシだよぉ……よりによってお腹なんて……!!」

そうなの!?

え?　女子にとっては胸よりお腹触られるのが嫌なの?!　いや、普通どっちも嫌がるとは思うんだけど。朝から情報が多くて処理しきれない。

僕は七海さんに改めて謝るけど、彼女からの返答はない……ちょっとだけ焦っていると、七海さんは小さく何かを呟いた。

「えっと……なに？」

「……どうだった？」

ど……どうだったとは？　え？　感想を求められてるのこれ？　どうしたものかちょっと悩《なや》む。だけどここで変に嘘を吐くと、すねちゃうかもしれないし……。

「柔らかくて良い感触でした」

「うわぁぁぁぁん!!　バカァァァァ!!」

間違えた!!　回答を間違えた！　七海さんは真っ赤になって、いつの間にか手にした枕《まくら》で僕をボフボフと叩《たた》いてくる。僕はとりあえず抵抗《ていこう》することなく彼女の攻撃《こうげき》を受け入れる。

「ごめんごめんごめん！　でもほら、僕も前にお腹触られたからお相子ということで……！」

「うー……ちょっと太ったかもだから触られたくなかったのに……なかったのにぃ……」

枕は弱々しいながらも僕にぶつけられている。さっきもだけど、全く痛くはなくむしろじゃれてきている感じがとても楽しい。

太って……るかなぁ？　全然そんなことないと思うんだけど。むしろ痩《や》せてるでしょ。

僕が慰《なぐさ》めようとしたところで……七海さんは枕を捨てた。そして……。

「よし、陽信のお腹触ろう」

「なんでそうなるの⁉ こないだ触ったでしょ！」

「私それ、よく覚えてないもーん」

枕を捨てた七海さんは、両手をわきわきと別個の生き物のように器用に動かしながら、じりじりと膝《ひざ》立ちの姿勢で僕に迫《せま》る。

正直、七海さんに組《く》み伏《ふ》せられても確実に余裕《よゆう》で撥《は》ね除《の》けられる。曲がりなりにも力なら男である僕の方が上だからだ。

だけどどうしたことか……僕の中に彼女《かのじょ》を撥ね除けようとする意思は全く感じられなかった。うん、どうしたことかじゃないね。

「うーん……二人ともうるさい～……」

「あら、起きたのかしら……？」

僕と七海さんがベッドでじゃれ合っていると、後ろから声が聞こえてきた。そうだそうだ、ベッド二つあったんだった……って……ベッドから声が二人分聞こえてこなかったか今？

僕は首だけを動かして隣のベッドを見ると、母さんと……沙八ちゃんが一緒のベッドに寝《ね》ていた。待って、なんでそうなってるの？　七海さんも二人を見て、ピタリと動きを止めていた。

「全く朝からイチャイチャイチャイチャして……。お盛《さか》んだねぇ二人とも……ふわぁぁ……」

「さて、みんな起きたなら朝食に行きましょうか。ここのバイキングは美味《おい》しいわよ」

あくびをしながら二人はむくりと同時に起き上がる。その姿を、僕と七海さんは呆然《ぼうぜん》と見守るしかなかった。かたや妹、かたや母親である。

「意気投合したのよ」

「昨日は志信さんとおしゃべりしてたんだよー」

同時に拳《こぶし》をぐっと突き出して二人は僕の疑問に答えてくれる。答えになってないけど、それ以上何かを追及する気にはなれなかった……。

彼女の妹と自分の母が一緒に寝てるとか、理由を聞くのが怖い。

「なんで一緒に寝てるかというと……」

「説明しなくていいから！」

母さんの言葉を遮《さえぎ》って僕はベッドからするりと下りる。カーテンのかかった窓の外からは光が漏れ出ており、今日の天気も良いであろうことを予測させた。うん、気分を変えようか。

……よく見ると奥の布団には父さんが寝てる。うわ、僕等がベッド専有してたからかな？

申し訳ないことを……。

「心配しなくていいわよ。お父さんは畳に布団って絵面にテンションが上がって、自分はこっちで寝るって言い出してたから」

あぁ、そうですか。なんでさっきから僕の考えてることが分かるのさ？　という疑問は、このとんでもなく混沌《こんとん》として状況に比べると、非常に些細《ささい》なことだった。

◇◇◇◇◇◇◇◇◇◇◇◇◇◇◇◇◇◇◇

どこか混沌とした朝を終え、僕等は今やっと二人きりになっていた。

なんか朝からドッと疲れた気がしたけれども、二人になったらそんな疲れもどこかへ吹き飛ぶんだから、現金なものだと我ながら思う。

ちなみに他のメンツについてだけど、睦子《ともこ》さんと厳一郎《げんいちろう》さんは二人で、父さんと母さんは沙八ちゃんと一緒に遊びに行っている。それぞれ行ってみたいところがあるみたいだ。

沙八ちゃんはすっかり母さんに懐《なつ》いていて、母さんは母さんで娘《むすめ》ができたみたいだとノリノリだ。ちなみにそこで……ちょっとだけ七海さんが嫉妬《しっと》したのは……また別な話だ。

　こっちに来る前に母さんは父さんとデートするって言ってたけど、それは出張中とか別な日にでもいつでもできるからと今回の旅行では沙八ちゃんと過ごすことに決めた。沙八ちゃんも、自分の両親を二人っきりにしたいという想《おも》いもあったらしい。

　つまり、母さんと沙八ちゃんの思惑《おもわく》が合致《がっち》したわけだ。というか、父さんと母さん……外で会ってたのか。全然知らなかったよ。仲が良いなぁと呆《あき》れてたんだけど……。

「出張先で会うから陽信も来ないかって誘《さそ》っても、めんどくさいって毎回来なかっただろう？」

　父さんからツッコまれた。そうでした。迎えに来るって言われてもめんどくさいし、ゲームのイベント周回したいからって断ってたんだった。人間、都合の悪いことはすぐに忘れるものだね。

　まぁ、父さん達《たち》のことはいい。今は七海さんと一緒の時間を楽しもう。

「二人っきりだねぇ」

「だねぇ」

　どこか感慨深《かんがいぶか》げに、噛《か》みしめるように七海さんも呟《つぶや》く。僕等は今、ホテル近くにあるベイエリアに来ていた。今日の七海さんは海が近いということもあってか、髪《かみ》の毛《け》を一本の三つ編みにして肩から下ろしている。

薄手《うすで》のシャツにミニスカートという動きやすい簡素な服装に小さなバッグ……。僕もTシャツにチノパン……完全に普段着だ。オシャレに興味なかった僕が言うのもなんだけど、二人ともデートと言うにはいささか寂《さび》しい服装にも見える。

実は、この服装にしているのには理由があったりする。昨日、七海さんと車中で話をしている中で一つ面白い場所をみつけたんだよね。僕等は今、二人でそこに向かっている。

「なーんか、ドキドキするねぇ」

「今更《いまさら》だけどさ……僕はやんなくてもいいんじゃないかなぁ？」

「だーめ！　つき合ってくれるって言ったでしょ？」

はい、言いました。短いやり取りを繰《く》り返しながら、僕等は並んで目的地までゆっくりと歩く。急がずのんびりと……天気も良いし、ただ歩いているだけで気持ちがいい。

でもなぁ、昨日はなんかノリと勢いでオッケーしちゃったけど、どっちかというとそういうのは七海さんメインじゃないかなぁと思ったりするんだよ。

何のことを言っているかというと……。さて、お目当ての場所に到着した。思ったよりも近かったなぁ。

「うわぁ、素敵《すてき》……!!」

目の前にあるのはレンガ造りのどこかレトロな雰囲気が漂《ただよ》う建物だ。この辺はレンガ造りの建物が多いけど、ここはまた少し雰囲気が違う。七海さんはその建物を見て期待に目をキラキラと輝《かがや》かせていた。正確に言うと、建物の中にある物に対して期待しているのかな。

僕等は建物に入り、そのまま二階に向かう。階段を上がった瞬間に目に飛び込《こ》んできたのは、色鮮《いろあざ》やかな服の数々だった。本当に、色々な衣装《いしょう》がある。

ここは、いわゆる貸衣装屋《かしいしょうや》さんだ。

それも普通の服じゃなくて着物や振袖《ふりそで》、洋風なドレスだってあるし、大正ロマン風の袴《はかま》なんかも貸し出してくれる。女性用だけじゃなくて男性用の衣装も貸し出してて、新撰組《しんせんぐみ》の衣装とか刀とかも合わせられるらしい。

店内を見ると既《すで》に着付けをしてもらっている人が何人かいて、みんなどこか楽しそうだ。女性ばっかりかと思ったんだけど、男性客も何人かいるなぁ。ちょっと意外だ。

「それじゃあ陽信、お楽しみに！」

「楽しみにしてるよー」

「ちゃんと陽信も選んでよねー」

しっかりと僕に釘《くぎ》をさして、七海さんは衣装を選びに行く。一緒に選ぶんじゃなくて、驚きが欲《ほ》しいということでそれぞれ衣装を選ぶことにした。

……何が良いかなぁ？　基本的にこういうのって隣に立っても恥《は》ずかしくないカッコを選んだほうが無難だよな。新撰組《しんせんぐみ》は……好きなら良いけどデートには適さないかも？　ちょっと刀を腰《こし》に差すってやってみたかったけど、さすがに今回は自粛《じしゅく》しようか。あくまでメインは七海さんだ。

僕は無難な薄《うす》いグレーの着物を選ぶ。七海さんは袴を選ぶって言ってたし、これなら違和感《いわかん》ないだろうな。着付けはあっと言う間に終わり、僕の所に七海さんが嬉《うれ》しそうに駆《か》け寄ってきた。

袴姿《はかますがた》の、七海さんが。

「わぁ！　陽信、着物似合うねぇ、カッコいい‼」

僕の前で立ち止まると、開口一番に七海さんは僕を褒《ほ》めてくれた。いや、僕が先に言いたかったよ。七海さんも物凄《ものすご》い似合ってるよ。

言えなかったのは、駆け寄ってくる七海さんがあまりに綺麗《きれい》で言葉が出なかったからだ。いいかげん、場慣れがしたいものだけど……。一生慣れない気がする。

僕は改めて七海さんをじっくりと観察する。

下は紺色《こんいろ》の袴に薄いピンク色の華《はな》の模様が描《えが》かれている。上は明るい緑のグラデーションの振袖で、花の柄が入っている。梅の花かなこれは？　そして、ここに来た時と同様に彼女は綺麗な髪を三つ編みにして、身体の前に持ってきていた。

「……七海さんも凄《すご》く似合ってるよ」

絞《しぼ》り出した僕の言葉に、七海さんは嬉しそうに、満開の華のような笑《え》みを浮《う》かべて、両手を上げながらクルリと回る。動きに合わせて揺《ゆ》れる三つ編みと、可愛《かわい》らしい仕草に僕も笑《え》みをこぼす。

三つ編みにしたのって、この服を見越《みこ》してなのかな……？　花の髪飾りも似合ってる。

「それともう一つ……これね！」

いつの間にか七海さんはその手に一つのアイテムを持っていた。それは……眼鏡だった。カバンから取り出したのかな？

一見するとフレームが無いようにも見えるくらい細い銀縁《ぎんぶち》の眼鏡で、前に勉強を教えてもらった時の眼鏡と似てるけど、レンズの形は完全に丸だった。見るのは初めての眼鏡だなぁ。七海さん、何個眼鏡持ってるんだろ？

彼女はゆっくりとそれをかけると、僕に対して小首をかしげてくる。

「どーお？」

「最高」

本当に最高である。正直、僕に眼鏡属性はなかったけどこれはとても良い。眼鏡と着物というのがこれほどまでに合うとは思ってもいなかった。後で写真を撮《と》らせてもらおう。しばらく彼女はその場で、まるで僕に全身を見せるように、踊《おど》るようにクルクルと回る。そんな彼女はとても綺麗で、周囲の人まで見惚《みと》れているようだった。

七海さんにそっと手を差し出すと、彼女はピタリと止まり笑顔で僕の手を取ってくれた。服装のせいだろうか、良いとこのお嬢《じょう》さんをエスコートする時みたいな緊張感《きんちょう》が僕の中に生まれる。

それくらい、今の七海さんは綺麗だ。

それは僕だけが感じているわけじゃないようで、街中を七海さんと二人で歩くと、道行く人が振《ふ》り返るのが分かった。特に男性が振り返っているようで、七海さんを見ているのは確定だな。

自分の彼女と一緒であろう男性も振り返って、彼女さんに怒《おこ》られている姿も見えた。

僕も七海さんといる時には他の人に目移りしないように気をつけないと……いや、ありえないか。僕の隣《となり》で楽しそうにお喋《しゃべ》りをする彼女を見て、誰《だれ》かに目移りするような人間はいないだろう。絶対にないと言い切れる。

手を繋《つな》いで、一緒に歩く。それだけで景色も世界も素晴《すば》らしいものだと思えた。

そうしていると、周囲からは少しだけ声が聞こえてくる。それは七海さんへの称賛《しょうさん》と、僕への疑問っぽい声だ。と言ってもあからさまじゃなくて七海さんを見て、僕を見て「えっ？」とか呟くとかそういうのだけど。

漫画《まんが》とかだとよく見るけど、ほんとにあるんだな。まぁ、仕方ないとは思う。

でもなんだろうな。普通《ふつう》ならこんな時って卑屈《ひくつ》な考えを持ったり、やっぱり釣《つ》り合わないよなとか、僕は彼女に相応《ふさわ》しくないかもとか、後ろ向きなことを考えるんだろうけど……。

全然、そんな考えが浮かばない。

むしろ七海さんへの称賛の声がとても嬉しく、そんな彼女の横に立つ自分が恥ずかしいことはできないと胸を張る。情けない姿を見せるな、堂々としろ。そんな気持ちが湧《わ》いてくる。

今なら何でもできるような気がしてた。気のせいだけど。

「どしたの？　陽信？」

「んー……七海さんとこうやって綺麗な景色を見ながら散歩できて、幸せだなって」

「なーんだ。私が綺麗だから見惚れているのかと思ってたのに。陽信は景色の方が綺麗だと思ってたんだ？」

「何言ってるのさ。もちろん、七海さんも綺麗だよ。周りの人も七海さんを見てるじゃない」

驚いた七海さんは顔を真っ赤にさせながら僕《ぼく》の背中をバンバンと叩いてくる。ちょっと痛い。というか真っ赤になるくらいなら、最初から突《つ》っ込まなきゃいいのにと思うんだけど……。

まぁ、無理か。さすがに僕もその辺は分かってきた。

「うー……。周りの人には陽信が見られてるんじゃないの？」

「それはないね、絶対に見られてるのは七海さんだよ」

僕の確信を持った声に、七海さんは赤くなった顔を隠してしまった。その姿はますます彼女を可愛らしく見せるだけだけど、見られているってのを意識して七海さんが楽しめないのは問題だなぁ。余計なことを言っちゃったかな。

何とかする方法はないかなと、僕は道の先に視線を送ると……そこにちょうどいいものがあった。周囲の視線を気にすることもないし、今の格好に非常にマッチしたものだ。

「七海さん、あれ乗ってみない？」

僕がそれを指さすと、顔を隠していた七海さんも僕の指の先に視線を送る。それを見て、七海さんは不思議そうに首を傾げた。

「あれって……人力車だ。人力車なんてあるんだ」

そう、人力車だ。正直に言うと名前が出てこなかったけど、よく七海さんあっさり名前が出てきたな。法被《はっぴ》を着た、僕より筋肉のある精悍《せいかん》なお兄さんが傍《かたわ》らに立っている。彼《かれ》は僕の視線に気づくと、その顔に爽《さわ》やかな笑みを浮かべる。

「そこのカップルさん、思い出にいかがです？　ちょうどお二人で乗れますよ」

近づくとそう声をかけられた。僕等の会話はちょうど聞こえていなかったようで、僕も七海さんも思わず顔を見合わせた。お兄さんはそんな僕等を少しだけ不思議そうに見る。

「よろしくお願いします」

「はい。ご希望の場所とかはございますか？」

僕も七海さんもこの辺りには詳《くわ》しくないし、そもそも七海さんがあまり注目されないようにと人力車を選んだので、コースはお任せすることにした。

人力車は座《すわ》ってみると思ったよりも快適で、昨日の車よりも七海さんがピッタリと近くに感じられた。実際にくっついてるわけだけど。

「それじゃあ、行きますね」

掛《か》け声とともに、人力車がグンと大きく動く。目線が一段高くなって、見える景色が違ってくる。背の高い人……先輩《せんぱい》とか見る景色はこんな感じなんだろうか。横の七海さんが小さく悲鳴を上げて、僕の手を掴《つか》んできた。

僕は彼女を安心させるように握《にぎ》った手に力を軽く入れると、七海さんは安心したように一度だけ僕と目線を合わせて、すぐに景色に視線を移した。

自分で動いてもいないのに、風を受けながら進むというのはとても不思議な体験だ。自転車をこいでるときと少し似てるけど、それとも違《ちが》う感覚。

宙に浮いてるのに、座席によってしっかりと身体は固定されている。車に似てるけど、遊園地のジェットコースターの方が近いかなこれは。

車の座席よりも高い視点から眺《なが》める景色がゆっくりと水平に後ろに流れていって、日差しの暖かさもちょうど良くて、風も穏《おだ》やかでとても気持ちがいい。

隣の七海さんも最初は小さな悲鳴を上げてたけど、慣れると周囲の景色に目をやったり、僕の方を見て楽しそうに話したりと余裕が出てきた。

人の少ない道を走ってくれてるのか、周りの音も少ない。坂道の上から船が動く海が見えて、少しだけ船に乗ってみたくなる。どこに行く船なんだろうか?

人力車を引くお兄さんは、行く先々で建物の歴史や文化を説明してくれながら走ってくれた。レトロな街並み、和洋折衷《わようせっちゅう》の建物、授業では習わない話に、僕も七海さんも興味がつきない。これが旅行の醍醐味《だいごみ》ってやつか。

人力車はたまに止まって、そんな街並みと一緒に僕ら二人の写真を撮ってくれる。サービスの一環《いっかん》らしく、本当に思い出になる。写真だけ見ると、昔にタイムスリップしたような印象だ。いや、よく知らないから、そういう雰囲気を感じるってだけだけど。

……父さんと母さんの誘いを毎回断ってて、申し訳なかったなぁ。出不精《でぶしょう》だった僕がこんなに楽しめるなんて思ってもみなかったよ。過去を悔《く》やんでも仕方ない。これからは父さんと母さんの誘いにも乗ろうかな。

隣の七海さんは景色を見たり写真を見たり……今なんか、僕にピッタリくっつきながら鼻歌を歌って上機嫌《じょうきげん》だ。

「和服着て人力車って、なんか良いとこのお嬢様《じょうさま》って感じしない？」

「お嬢様かぁ……。ではお嬢様、人力車から降りたらどちらに参りましょうか？」

「くるしゅうないー、くるしゅうないよぉー」

「それ違わない？」

我ながら、かなり能天気な会話までしてしまう。そんな楽しい時間はあっという間だ。色々と寄り道をしながら、辺りをグルリと回った人力車は元の場所に戻《もど》る。お兄さんはだいぶ時間をサービスしてくれたみたいで、色んな所を教えてくれた。後で改めて行ってみてもいいかもしれないなぁ。

そのまま人力車から降りるんだけど……僕はちょっとだけそこで遊び心を出してみる。

「お嬢様、お手をどうぞ」

七海さんは目を丸くして驚くけど、その後すぐに柔《やわ》らかく微笑《ほほえ》んで僕の手を取った。その笑みが本当にお嬢様みたいで、僕は不意にドキリとさせられる。もっとはしゃいだ笑顔を想像していたのに、してやられた気分だ……。

「ありがとう」

心なしか声の出し方も今までとガラッと変えているようだった。どこか艶《つや》のある、でも落ち着いた心地いい声に、思わず僕は赤面する。

僕の手を取って人力車から降りた彼女は、眼鏡越《ご》しに僕を上目遣《うわめづか》いで見ながら舌をペロリと出す。

「ドキッとしたかな？」

その悪戯《いたずら》っぽい言葉と笑みに、僕は苦笑《くしょう》してしまった。いつもなら彼女が先にやって僕が応えて……って流れなのに、完全に逆転してしまったようだね。

お兄さんにお礼を言って立ち去る際、彼は僕等にさらにサービスをしてくれた。

「よければお使いください」

それは飲食店の割引券だった。ありがたく僕等はそれを受け取ると、改めてお礼を言ってその場から立ち去る。お兄さんは僕等に深々と頭を下げていた。

驚いたのは、良い人だったねと七海さんと話してるときに後ろをチラリと見ると、お兄さんはまだ頭を下げたままで、それは僕から彼が見えなくなるまで続いていた。遥《はる》か年上の人なんだろうけど、その仕事の姿勢に尊敬の念を覚える。あれをプロ意識っていうんだろうか。

「すごいねぇ、着付けしてくれた人達もそうだけど……プロの仕事って感じだ」

七海さんもその姿に感心したように呟く。七海さんの夢は教師だったから、そういう大人の仕事を見て何か思うところがあるのかもしれない。一方の僕は……どうなんだろうか？

すでに将来の夢があって、その夢に向かっている七海さんを眩しく感じて目を細める。僕にも夢って見つかるんだろうか？

「そういえばさ、陽信って将来の夢ってあるの？　聞いたことなかったよね」

「うーん……別にないんだよねぇ。趣味《しゅみ》でゲームやりながら普通に暮らせれば何でもいいかなぁ程度しか思ってなかったから……」

非常にタイムリーな質問に、僕はつまらない答えを返してしまう。七海さんに比べて何もないことを呆れられないか少しだけ心配になるけど、七海さんは「そっかぁ」とだけ呟くと黙《だま》り込んでしまった。

もっと気の利《き》いたことを言えば良かったと僕が後悔《こうかい》する中で、七海さんは繋いだ手に彼女から力を込めてきた。ちょっと珍《めずら》しくて、僕は首を傾《かし》げながら彼女の顔を見る。

「じゃあさ……」

七海さんは少しだけ言葉を詰《つ》まらせる。ちょっとだけ珍しい反応だ。何を言うのか気になって、僕は彼女の言葉を待つ。少しだけ彼女と僕の間に沈黙《ちんもく》が流れた。

しばらく僕等はそのまま歩く。そろそろ貸衣装《かしいしょう》の時間も終わりに近づいてきた。戻って、別な服に着替《きが》えたりした方がいいだろうか。七海さんの袴姿を見られなくなるのはちょっと寂しいな。

ぼんやりとそんなことを考えていたら、七海さんは沈黙を破るように口を開く。

「……一緒に将来の夢、見つけられると良いね」

少しだけ小さな声で、彼女は僕にはにかんだような微笑みを向けてくれる。一緒の夢か。それが見つかったら、どんなにすばらしいことだろうか。

「そうだね、確かに——見つかったら嬉しいね」

僕も微笑みを返すと、七海さんは嬉しそうに繋いだ手を少し大げさにブンブンと振る。

今の僕には将来の夢なんかまだまだ見つからないけど、一つだけ夢ができた気がする。

彼女と一緒にいること。

それが今の……絶対に現実にしたい、僕の夢だ。人から見たら小さくてくだらないと思われるかもしれないけど、初めて自覚した夢だから、どう思われようとも問題ない。

誰に言うわけでもないしね。僕だけが認識《にんしき》していればいい。

誰にともなく心の中で、僕は夢をかなえる決意を改めて固めていた。

◇◇◇◇◇◇◇◇◇◇◇◇◇◇◇◇◇◇◇◇

「いまいち眠れないなぁ……」

ベットの上で、僕は一人呟く。

昨日はあんなにぐっすりと眠れていたのに、昨日とはうって変わって疲労《ひろう》感はあるのに妙《みょう》に目が冴《さ》えているのだ。原因は隣のベッドだろうか？　僕はそっちに視線を送る。

隣のベッドでは、七海さんと沙八ちゃんが姉妹仲睦《しまいなかむつ》まじく一緒になって眠っている。この非現実的な状況《じょうきょう》に目が冴えてしまってるのかもしれない。いったい僕はどれだけ彼女と同部屋で寝るんだろうか。嬉しいけどさ。

すやすやと布団《ふとん》の中で寝息《ねいき》を立てている二人を微笑ましく思う。なんでこうなったのかには当然ながら理由がある。なんにでも理由はあるものだ。決して僕が連れ込んだとかそういう話ではない。

なんてことはない。今頃《いまごろ》、隣の部屋では大人達が酒盛りの真っ最中のはずだからだ。きっとまだ続いてるのだろうけど、音は聞こえないから全く分からないや。

お酒のある部屋は先日の失敗からちょっと怖《こわ》かったので、僕等はこっちの部屋に避難《ひなん》してきた。大人達に負けじとジュースとお菓子《かし》でワイワイやってたんだけど、沙八ちゃんも七海さんも割と早い段階でおねむとなった。

まぁ、七海さんも色々と歩き回って体力使ったし、疲《つか》れてたんだろうな。沙八ちゃんも母さんと一緒にはしゃいでたらしいから電池切れだろう。温泉に入った後というのもあるかもしれない。

で、僕が最後に残されたわけだ。

どうしたものか……スマホでもいじるかな？　そういえば、今日はゲームほとんどやってなかったっけ。とりあえず起動っと……。

「誰かいますー？」

　チャット欄《らん》に書《か》き込むと、すぐに反応が返ってきた。おなじみバロンさんとピーチさんだ。いっつもいてくれるなこの二人。ありがたいけど。いつ寝てるんだろうか？

『いるよー。どしたのキャニオン君？　旅行楽しんでるかい？』

『いますけど、旅行中じゃないんですか？　彼女さんとちゃんと思い出作らないとダメですよ、もう』

『そうそう。ゲームは後でもいいから。今はイベントも落ち着いてるし。夜はこれからじゃないか高校生。僕なんて旅行した時は徹夜《てつや》だったよ』

　ワイワイと二人は僕に対してのお説教交じりの疑問を書き込んでいく。うーん、いきなりにぎやかだ。ありがたいな。

「いや、彼女なら僕の隣で寝てまして……」

　その言葉を書き込んだ瞬間《しゅんかん》、にぎやかだったチャット欄がピタリと止まった。あれ？　と疑問に思って僕は二人にもしもしと書き込み続けるんだけど、反応がなかった。

　反応があったのは、それから少ししてからだった。

『キャニオン君……とうとう……？』

『え？　とな？　と……？　隣って……？　隣？　そういう意味です？』

　……何だろうこのリアクション？

と思ったんだけど、僕は自分の書き込みを見てやっと字面《じづら》のヤバさに気が付いた。これじゃ誤解を生むのも無理はない書き方をしている。自分で思ったよりも僕の脳は働いていないようだ。やっぱり疲れてるのかな？　だったら眠《ねむ》れてもいい気がするんだけど……。

「訂正《ていせい》します！　彼女は僕の隣のベッドで寝ています！　一緒には寝ておりません！」

『なんだぁ。それはそれでつまんないねぇ』

『あー……なんか無駄《むだ》に焦《あせ》りましたよぉ』

バロンさんは酷《ひど》い言いぐさだ……。これ、不可抗力《ふかこうりょく》だったけど昨晩は一緒のベッドで寝たって言ったらどうなるんだろうか。まぁ、言わないけど……。なんとなく僕はそのままチャットを続ける。

別になんか明確な相談があったわけじゃなくて、二人と話せばいつの間にか寝落ちできるかなと思ったんだけど、目はますます冴えてくるみたいだ。

『どうだい、旅行は楽しんでるかい？　相手の家族と旅行なんて僕は結婚《けっこん》してからだったのに、最近の若者は進んでるねぇ』

『バロンさん、これ絶対にキャニオンさんが特殊《とくしゅ》ですから。高校生でって普通ありえませんよ……』

「うん、自分が一番よく分かってるよ。実はうちの両親が言い出したんだよ。僕が彼女の家に泊《と》まったイベントがズルいって言い出してさ……。こんな旅行、計画してたなんてビックリだよ……」

『へぇ、ご両親が。なるほどねぇ……なんとなく気持ちは分かるかもね』

バロンさんまでズルいと思っているのだろうか？　勘弁《かんべん》してと思ったんだけど、バロンさんは何かを理解したような、納得《なっとく》したような感じだ。僕の反応を待たず、バロンさんは更《さら》に言葉を続ける。

『たぶん、ご両親は嬉しかったんじゃないかな。自分の息子《むすこ》の変化が。キャニオンくん、中学からゲーム優先だったろう？　それが急にデートやらお泊まりやらって……人との関《かか》わりを積極的に見せているよね』

「まぁ……確かにそうですけど。でも、ゲームではバロンさん達と関わってるじゃないですか」

『見え方の問題だよ。ネット上の関係ってのは第三者からは見えにくいからね』

確かに言われてみればそうか。僕がネット上には友人がいるって言っても、父さん達には分かりにくいよな。ずっと家にいるのは変わりないし。

『……僕にはまだ子供はいないけど、想像するとそういう変化は嬉しく感じると思うんだよね。あ、別に過去の君を非難してるわけじゃないけどさ』

文字だけだと誤解が生じやすい部分までフォローするとは、バロンさんは相変わらず大人だ。ピーチさんも思うところがあるのか、バロンさんの言葉に感心を示している。

変化……変化ねぇ。確かに僕は変わった部分もあるとは思うけど……それで両親が喜ぶのか……？　いや、七海さんが彼女だって紹介《しょうかい》した時は喜んでたか。ちょっと意味合いが違うかもしれないけど。

別に過去の自分が間違《まちが》っていたとは思わない。アレもアレで楽しかったからね。だけどまぁ、今の自分も嫌《きら》いではない。

その結果、両親が喜んでくれているならそれはそれで結果オーライか。

まさかバロンさん達とそんな話をすると思ってもなかったよ。もうちょっと、両親と一緒《いっしょ》の時間を過ごしてもいいのかもしれない。でも……今更だよなぁ。ちょっと照れ臭《くさ》い。どうしたものか。

「……なんか考えもまとまらないし……もう一回、温泉にでも入ってこようかなぁ」

『お、良いねぇ。温泉に入ってあったまれば眠くなるんじゃない？』

『いいですね温泉。私も入りたいです。温泉いいなー』

ピーチさん、中学生にしては渋《しぶ》い気がする。バロンさん達とも話せたし、温泉入って気分転換《てんかん》をしようかな……。確かアイスとかも自販機《じはんき》で売ってたよな。風呂《ふろ》上がりのアイスか……。うん、行ってみようかな。

「じゃあ、ちょっと行ってきます」

僕がそう言うと、二人とも快く僕を送り出してくれる。さて、準備をしようかな。せっかくだし、浴衣《ゆかた》持っていこう。七海さん達は寝てるから起こさないようにこっそりと……。細心の注意を払《はら》い準備を完了《かんりょう》させた僕は、ゆっくりと、静かに移動をはじめようとする……。その瞬間、僕は背中を軽く引っ張られた。

歩き出そうとした僕は、その弱々しくも確かな力に足を止める。いや、いきなり引っ張られるとかかなりビックリしたんだけど、後ろを向いたらそこにいたのは……。

「陽信……こっそりどーこ行くのかなぁ？」

当然ながら、七海さんだ。

小声で下から僕を見上げるようにして、悪戯が成功した子供のような笑みを浮かべている。よく見るとその手の中には、僕と同じお風呂の準備が成されていた。いつの間に……。

僕は七海さんに近づいて、沙八ちゃんを起こさないように小声を出す。

「七海さん、起きてたの？」

「もともと、ちょっとウトウトしてただけだよ。ひどいなぁ、私も一緒に温泉行こうと思って準備してたんだから。声かけてよぉ」

「いや、てっきり寝てるかと……」

七海さんは両頬《ほお》を膨《ふく》らませて僕に抗議《こうぎ》の声を上げた。到着後にみんな一緒に入ったけど、その後はバラバラに入ったっけ。七海さん、沙八ちゃんと入ったり、母さんと入ったりしてたし。

僕は僕で、一人で入ったから……結局、旅館の浴衣姿《ゆかたすがた》の七海さんを見たのは、昨日の夜と今朝だけだな。じっくり見られてないかも。チラリと視線を送ると、七海さんの用意したものの中には旅館の浴衣があった。

僕と一緒で準備万端《ばんたん》だし、断る理由は無いよね。むしろ一緒の方が楽しそうだし。二人だけで温泉に行くのは初か。

「じゃあ、一緒に行こっか」

「うん。一緒に入るの楽しみだねぇ」

「いや、混浴じゃないでしょ……混浴じゃ……」

「いーの、露天風呂《ろてんぶろ》とかに同じタイミングで入ってれば実質混浴なの！」

何その超理論《ちょうりろん》は。

どっちかっていうと男子が言いそうなセリフじゃないそれ？　実質混浴って……まぁ確かに女湯とは壁《かべ》を隔《へだ》てて隣同士《となりどうし》みたいだけどさ。

あ、言った後に照れてるし……。赤くなるなら言わなきゃいいのに。勢いだろうな。

ともあれ、僕と七海さんは一緒に温泉に行くことにした。誰もいない二人っきりの廊下《ろうか》を歩くのは、このホテルに到着《とうちゃく》した時が一番強く印象に残っている。

だけど、あの時と違ってリラックスした状態で僕等は歩いている。昨日は……本当に緊張したなぁ。部屋に二人で向かうってのも理由の一つにあったかもしれない。

今は温泉に二人で向かってるけど、入るのは別々だしね。だけど……歩いてる途中《とちゅう》に、家族風呂の暖簾《のれん》があった。男女別の暖簾よりも先にあった。

七海さんがさっき混浴とか言ったもんだから、変に意識しちゃうよ。七海さんは……あ、顔を下に向けて赤くなってる。七海さんも意識してるんじゃないか。

「そ……それじゃ、後でね」

「うん、後で。先に出たら待ってるから」

脱衣所《だついじょ》前で分かれて、僕は男湯の方に入っていく。実は混浴とか脱衣所間違いとか、手違《てちが》いで男女の暖簾が間違ってて女湯に……とか、そんな展開はなかった。当たり前だけどね。

温泉に入ると、ほとんど人はいない。もう夜も割と遅《おそ》めだし数人いる程度で、まるで貸切風呂のようにも見える。七海さんの方もそうなんだろうか……。

湯船にゆっくり浸《つ》かっていると、色んなことを忘れていく。なんだか細かいことがどうでもよくなって、このまま眠ったら気持ちがいいだろうなとかそんなことを考えて……僕はふと、一つのガラス戸を目にする。露天風呂へと続くドアだ。

「露天風呂かぁ……」

ガラス戸の外は真っ暗で、光がほとんど見えない。……行ってみようか。七海さんがさっき露天風呂って言葉を口にしたから、妙に意識してしまっているようだ。夜の露天風呂ってどんな感じなのか気になるし。

屋内から外に出ると、夜の風が僕の身体全体を撫《な》でるように吹《ふ》いていて少しだけ肌寒《はださむ》く感じた。気温自体はそこまで低くないはずだけど、屋内で温まった身体との気温差でそう感じているんだろう。

外には明かりがいくつかあるだけで足元は暗くて危ないけど、肌寒さから思わず早足になって僕は湯船に急いで浸かった。入った瞬間に身体は少しだけ震《ふる》えて、お湯の熱さに少しだけ顔を顰《しか》める。

もしかして屋外だから温度が高めなんだろうかと思いながら、僕は露天風呂から外の景色を見る。母さんから聞いていたように、そこから見える景色は確かに絶景だった。

下から建物の光や山に設置されている外灯の明かりが目に飛び込んでくる。移動している光は車だろうか？　ゆっくり動いているのは船の光かな？　よくよく見るとあちこちで移動する光があって、それがまるで流れ星みたいにも見えた。まるで星空を見下ろしているような気分だ。

露天風呂には誰もいないから完全に貸切状態で、それがこの景色をより贅沢《ぜいたく》に感じさせた。昨日も露天風呂に来ればよかったと、少しだけ後悔する。

本当にいい景色だ。七海さんもこの景色を見ているだろうか……そう思っていたら、七海さんの声が聞こえたような気がした。とうとう幻聴《げんちょう》まで聞こえるか僕……。

……いや、違うな。実際に聞こえてくるぞ。錯覚《さっかく》だろうと思ってたらこれは……七海さんの鼻歌だ。どうやら露天風呂は女性用のお風呂とかなり近い位置にあるらしい。同じ景色を見えるようにだろうか。

七海さんと同じ景色を見ていることに感動するけど、彼女《かのじょ》の鼻歌を聞きながらお風呂に浸かっていると――まるで七海さんと一緒にお風呂に入っているような錯覚に陥《おちい》ってしまう。もしかして、向こうもこっちみたいに誰もいないのだろうか？

彼女の声が聞こえてるってだけで、別に七海さんがこっちに話しかけてきたりしているわけではないのに、僕はなんだか悪いことをしているかのように息をひそめてしまう。心臓がドキドキとしてきて、湯船に沈《しず》みながら鼓動《こどう》が静まることを祈《いの》る。

そのまま僕は、七海さんの声が聞こえなくなるまで湯船に浸かる。彼女の綺麗な歌と、綺麗な夜景……最高の気分だ。大人だったら、これでお酒でも飲むんだろうか。お盆《ぼん》の上に乗せたりとか。実際にあるのかは知らないけど。

僕が湯船から立ち上がったのは七海さんの鼻歌が聞こえなくなってからだったんだけど、立ち上がったところでクラリとめまいがして身体が揺れる。うぉ……のぼせた……？

心臓がドキドキしていて、血流がドクドクと全身を巡《めぐ》っているような感覚。足取りが少しおぼつかない……これちょっとマズいんじゃないだろうか？

ちょっと調子にのって湯船に浸かりすぎたようだったので、僕はそれからほどなくして風呂からあがる。幸いにも倒《たお》れることはなかったので、少し涼《すず》みながら慣れない浴衣を着た。

外に出て周囲を見渡《みわた》すけど七海さんの姿はなかった。まだお風呂かな？　休憩《きゅうけい》用のスペースは広くて、壁際《かべぎわ》の窓から夜景が見えるようだ。……まさか僕みたいにのぼせてないよね？　少し心配になるけど、確かめる術はない。少し身体が落ち着くまで待つかな。何か飲むか……。

そう考えながら適当な椅子《いす》に座った瞬間、僕の首筋に冷たいものが押《お》し当てられる。

「うひゃあッ?!」

いきなり変な声が出て振り返ると、そこには……七海さんがビンの牛乳を二本持って立っていた。驚《おどろ》いた顔で僕が固まっていると、七海さんは牛乳を持ちながら指を二本立てる。

「いぇーい、悪戯成功ー！　陽信の悲鳴って珍しいかな？　可愛いねぇ」

まるで子供みたいな無邪気《むじゃき》な笑みを浮かべた彼女に、僕はちょっとだけ文句を言おうと思ったんだけど……彼女の全身を視界に入れたところで言葉に詰まってしまう。

浴衣姿の七海さんが、そこにいたからだ。

振り返った僕が何も言わないことを不思議に思ったのか、七海さんは不思議そうに首と身体を少しだけ傾《かたむ》ける。それに伴《ともな》って浴衣の合わせの部分がほんの少しだけはだけた。彼女の少しだけ上気した肌《はだ》がチラリと見えて、僕は頬を染めてしまう。

浴衣姿の七海さんは、昼の袴姿とはまた違う魅力《みりょく》を持っていた。ほとんど露出《ろしゅつ》がないのに、妙にドキドキする。色っぽいという表現でもなお足りないかもしれない。

僕と同じ旅館の浴衣なのに、まったく違った装《よそお》いに見える。髪《かみ》の毛《け》はアップに纏《まと》められていて、正面からも首がハッキリと露出していた。いや、たまに首を露出することはあるんだけど、いつもと見え方が違うだけでこんなにも見るのに緊張するのか。

うなじにほんの少しだけ髪の毛がかかっていて、それがなんとも言えない色気を演出しているのかもしれない。思わず後ろから見てみたくなってしまう。

……いや、僕って別にうなじフェチとかじゃなかったはずなんだけど。今日だけで色んな扉《とびら》が開いてしまっていないか？

「どしたの？　ボーッとして？」

「あ、ごめん。浴衣姿が凄い綺麗だったから見惚れて……」

声をかけられて僕は、思わず反射的に思ったことを口にしてしまう。僕も七海さんも、揃《そろ》って頬を上気させる。この熱さは温泉上がりのせいだけじゃないはずだ。

七海さんは少しだけ半眼になって、僕を睨《にら》むようにして顔を近づける。その距離《きょり》の近さに、僕はますますドキリとした。

「もー！　もー!!　そういうことばっかり！　昨日も見たでしょ！」

「いやいやいや、昨日はみんないたから、ここまでじっくり見てなかったからさ思わず……」

「いいからほら!!　牛乳一緒に飲もッ！　フルーツとコーヒー、どっち？」

「あ、じゃあコーヒーで」

七海さんからコーヒー牛乳を受け取ると、彼女は僕の隣の椅子に腰《こし》かける。ちょうど壁際の席なので、二人で並んで夜景を見るような形になった。

僕は受け取ったコーヒー牛乳も飲まず、七海さんに視線が釘付《くぎづ》けだった。牛乳瓶《びん》の蓋《ふた》をゆっくりと開けて、彼女は瓶の縁《ふち》をゆっくりと唇《くちびる》に持っていく。ピンク色の唇が透明《とうめい》なガラス瓶に触《ふ》れて、柔らかく形を変えた。瓶を傾け、七海さんは中に満たされた少し色のついた液体を喉《のど》をコクコクと鳴らしながら少しずつ飲む。

「ふぅ……」

ため息を一つついて、七海さんが瓶から唇を離す。ほんの少しだけ白く濡《ぬ》れたその唇を、七海さんはペロリと舌を出して艶《なま》めかしく舐《な》めとり綺《き》麗《れい》にする。その動きをじっくりと見てしまった僕は、自身の牛乳瓶を持つ手に力を込《こ》めるばかりで動けないでいた。

「……一口欲《ほ》しい？」

七海さんは僕の視線を欲しがっているからと解釈《かいしゃく》したのか、瓶を傾けて僕に微笑みかけてくる。子供みたいじゃないかと恥《は》ずかしくなるけど、七海さんは黙って僕に自分の瓶を渡《わた》してきて、僕はそれを手に取った。

代わりに七海さんにコーヒー牛乳の瓶を渡すと、彼女はまだ飲んでないじゃんって笑いながら瓶を夜景の光に透《す》かすようにかざす。その横顔がとても綺麗で、僕は熱を冷ますようにに彼女から受け取ったフルーツ牛乳を一口飲んだ。

甘《あま》くて、冷たくて、懐《なつ》かしい味が口に広がった。

僕も彼女と同じく、ふぅと一息吐《は》いて瓶から唇を離《はな》した。そこで、今度は僕が七海さんからジッと見られていることに気づいた。見られてるって気づいた僕は、彼女に視線を合わせると……七海さんはニヤリと笑って、楽しそうに口を開いた。

「間接キスだねぇ……狙《ねら》ってたの？　陽信ったらやーらしんだー」

え？　あッ……。言われて気が付いた。いや、それをしたかったわけじゃないんだけど、結果的にそうなってしまって僕は慌《あわ》てる。せっかく一息ついたっていうのに、変な汗《あせ》が出てきてしまう。もう一回温泉に入った方がいいだろうか。

「こっち、一口もらうねー」

「あ、うん。どぞ……」

今日の僕は随分《ずいぶん》と後手後手に回っている気がする。不意をうたれた形で了承《りょうしょう》した僕の言葉を受けて、七海さんはコーヒー牛乳の瓶の蓋を外すと一口飲んで僕に渡してくる。改めて言うまでもないことだけどこっちも……。

「これでどっちも間接キスだねぇ？」

これに僕はどう応えればいいのだろうか。自分で考えなければならない。

言葉だけ同意する、黙って飲む、反論する、あえて七海さんが口をつけたところに口をつける……最後のはダメだな。いや、思春期的には正しいのかもしれない。正しいか？　ダメだろ僕。ちょっと冷静になれ。そもそも、七海さんが口つけたのってどこだっけ……？

まごまごしてる僕は、もうどうにでもなれと何も考えずにコーヒー牛乳に口をつける。さっきとは違う、甘さとほんの少しの苦さが口の中に広がった。

一気に半分以上を飲むと、僕は少しだけ大げさに牛乳瓶を机に置く。チラリと横を見ると、七海さんがすぐそばにいる。彼女もフルーツ牛乳をゆっくりと飲むと、優《やさ》しく瓶を置いた。

ニコニコと笑いながら、七海さんは隣《となり》の僕に少しだけくっついてきた。夜景を綺麗に見るためなのか周囲はぼんやりと明るい程度で、他の人から視線を感じるようなこともなかった。というか、割とカップルや親子連れもまだいるみたいで、一緒にワイワイと夜景を見ている。

「……七海さん、もしかしてテンション高い？」

「高いよォ。昼より高いかも。もうね、マックスだねぇ」

二人で夜景を見ながら、七海さんは僕にまた少しだけ近づいてきた。

さっきも思ったけど、この旅行はなんだか流され気味というか……僕は受け身に少しなりすぎているような気もする。七海さんのこの姿勢を見て余計にそう思う。

母さんが企画《きかく》した旅行に連れてこられて、移動も車で大人に任せて、自分から何かやろうって言ったのは昼間の衣装《いしょう》を着るときくらいだ。七海さんがこうやって積極的に来るんだから……僕も少しくらい積極的に行った方がいいのではないだろうか。

……とりあえず、七海さんの手を握ろう。

ワンパターンだけど今の僕にできるのはそれくらいだと、くっついてきた彼女の手を僕は握る。七海さんは一瞬《いっしゅん》だけピクリと身体を震わせて、それから嬉《うれ》しそうに僕の肩《かた》に頭を乗せてきた。

「お風呂気持ち良かったねぇ」

肩に頭を乗せたからか、七海さんのシャンプーの匂《にお》いが僕の鼻腔《びこう》にまで届いていた。いや、さっきから良い匂いはしてると思ったんだけど、今やっとそれが彼女のものだと気づいたといった方が正しいか。いつもの香りと違っていたから気づくまでに時間がかかってしまった。

「七海さん、いつもと香りが違うね。良い匂いがする」

言ってから思った。これセクハラじゃないか？　やばい、少しは積極的にと思ったのが裏目に出ている。血の気が一気に引いて、せっかく温泉に入ったのに身体が一気に冷えた気がする。

七海さんも僕《ぼく》の言葉に驚いたのか、一瞬目を見開いていた。やっちまったかと思ったけど、すぐに七海さんの表情は柔らかいものになる。

「ホテルのシャンプーの匂いだからじゃない？　陽信がそういうこと言うの初めてじゃないかな？」

「……すいませんでした」

「いや、謝《あやま》らないでよ。別に良いし、それにほら……陽信と一緒の匂いだよ」

僕に鼻を近づけて七海さんはスーッと息を吸《す》い込んだ。いきなりのその行動にビックリした僕は、思わず彼女から離れてしまう。僕が離れたことで寂《さび》しそうな表情を見せる七海さんだけど、僕のこの行動の理由を察したのか、すぐに歯を見せて笑うと僕に飛び掛かる。

今度は僕が驚く番だった。予想外の行動に、僕の身体は硬直《こうちょく》する。

「逃《に》げるなー！」

ここで逃げるという選択肢《せんたくし》は無かったので、僕はあえて彼女を迎《むか》え撃《う》つことを選択《せんたく》する。いや、別に反撃《はんげき》するというわけじゃなくて、僕は飛び掛《か》かってきた彼女を両手を広げることで受け入れただけだ。

それが七海さんには予想外だったのか、彼女は僕に触れる直前でピタリと止まった。なんかお互《たが》いに変なポーズで固まって、しかも触れ合う直前ということもあって、僕等はしばらく止まったままだったんだけど……やがてどちらともなく笑い出す。

「いや、なんでそこで止まるのさ。僕、来ると思って待ち受けてたよ？」

「待ち受けてたからだよ！　陽信が手を広げてたら……その……抱《だ》きしめる形になっちゃうでしょ……!?」

「自分から来たのに？」

「女の子は複雑なの！」

複雑と言うけど、実際は自分から来る分には照れてしまういつものやつだろうなぁ。分かってたわけじゃないんだけど、偶然《ぐうぜん》そういう形になってしまった。さすがに僕も外で抱きしめ合うのはちょっと照れる。できても手を繋《つな》ぐまでだ。

ちょっとだけ口を尖《とが》らせた七海さんは、飛び掛かろうとしていた身体を戻して残っていたフルーツ牛乳を再び飲む。外の光に照らされた七海さんを見ながら、僕も残っていたコーヒー牛乳を口にした。

お互いに飲み物を飲み終わったタイミングで……僕は改めて口を開く。

「ごめんね七海さん。今回、母さんの旅行に巻き込んじゃってさ。僕もなんだか流された形になっちゃったし……」

「謝んないでよ。私は気にしてないし、普《ふ》段《だん》は行けない遠出でのデートともいえるじゃない。みんなでお出かけも楽しいしさぁ」

「そう言ってもらえて良かったよ。言い訳になるけどさ、こんな旅行なんてたぶん小学校ぶりだからさ……僕も戸惑《とまど》っちゃって」

「小学校……」

バロンさん達《たち》から言われて思い返したけど、純粋《じゅんすい》な旅行なんてそれこそ小学校以来な気がする。出かけるとかはあったけど、こんな大掛《おおが》かりなものはなかったし……。だから七海さんに不快な思いをさせてないか心配だったんだけど、それは大丈夫《だいじょうぶ》だったようだ。

正直、小学校の時のことってロクに覚えてないんだけどね。だから具体的にいつからしてないかって言われると実は困るんだけど、そこは本題じゃないはずだ。

でも七海さんは、小学校と呟《つぶや》いたところで少しだけ表情を曇《くも》らせた。気にしてないって言ってたけど……少しは思うところがあるんだろうか？

「……車でさ、小学校の時の陽信の話を聞いたって言ったじゃない」

七海さんから出た言葉は、僕も予想外のものだった。車？　それって、母さんと七海さんが一緒に乗っていた時の話？　僕の昔のことを聞いたって言ってたけど、詳《くわ》しいことは聞かなかったんだよね。何言われたか怖くて聞けなかったってのが正しいか。

僕は七海さんの次の言葉を待つ。口を挟《はさ》むことはしなかった。七海さんの僕を見る眼差《まなざ》しがとても真剣《しんけん》で、僕は彼女が何を言うのか……とても気になったからだ。ここで僕が何かを言えば、七海さんはそれを黙ったままだって、そんな気がしていた。

「その時に志信さんに聞いたんだ。小学校の時の……陽信は昔はよく外で遊んでたって。ある時からあんまり友達と遊ばなくなったって、そんな話を聞いちゃったんだ……」

「あぁ、そうなんだ――」

僕は、自分でも驚くほどに冷たい声を出していた気がする。それが理解できたのは七海さんの表情を見たからだ。とてもショックを受けた、泣きそうな表情を浮《う》かべてしまっていた。さっきまで笑っていたのに、一転してそんな表情をさせてしまったことを僕は恥じる。

……でも、なんで僕はそんな声を出したんだろうか。分からない。分からないけど、なんだか僕はそのことを七海さんに知られてしまったのが、とても不快だった。

母さんが余計なことを言ったとか、恥ずかしいとかじゃなくて、ただただ、何かが不快だった。その何かは分からないんだけど……。どうもそのせいで、無意識に冷たい声が出てしまったんだろう。

「……ごめん」

「あ、謝んないでよ。志信さんから話を聞いちゃったのは私だし。でね、言いたいのはそうじゃなくて……私ね、その時に志信さんからお礼言われちゃったの。私と付き合うようになって、陽信が変わったたって。昔みたいになったたって……」

「うん。でもね、私としては陽信が変わったんじゃなくて昔からそういう人だったんじゃないかなって、それでうまく言えないいんだけど、私がお礼を言われるのってなんか違《ちが》うなって……」

「昔の……僕？」

　母さん、そんなことを七海さんに言ってたのか。なんだかバロンさんの言ったことにも繋がるなぁ。あの人、ほんとはどっかで見ているんじゃないよね？　実は正体は……とかそんな超展開《ちょうてんかい》は無いと思いたい。

「ごめんね、うまく言えなくて。陽信が小学校ぶりって言ってたからさ。気にしなくて大丈夫だよってのと、勝手に話を聞いてごめんねって言いたかったんだ」

　七海さんの表情は、沈《し》んだままの気分で無理矢理《むりやり》に笑っているように見えた。その笑顔《えがお》を見て、なんだか胸が締め付けられる感覚になる。

　そんなこと気にしなくてもいいのに。七海さんの小学校の時の話も僕は聞いているんだから、それはお相子ってヤツだ。そのことを彼女に伝えると、少しだけ表情が安堵《あんど》したものに変わる。

でも、昔の僕って――どんなだったんだろうか？

小学校の頃《ころ》のことなんてすっかり忘れていた。そんなことあったっけって、どこか他人事のように感じる。こうなると簡単には思い出せないだろうな。僕に何かあったんだろうか？　……何も無いと思うんだけどな。

おおかた、ゲームが楽しくなってそっちに興味が移ったとかそんな程度じゃないだろうか。記憶《きおく》に残らないってことは、そんなつまらない理由なんだろうきっと。

考えても仕方ない。止めだ。

でも、七海さんが車から出て来た時に少し暗かった理由は理解できた。それは気のせいじゃなかったんだな。罰《ばつ》ゲームの告白に対してお礼を言われたら……そりゃ気持ちは沈むよな。

僕だって、前に七海さんの両親からお礼を言われた時は少し気持ちが沈んだ。あの時は色々あってそこまで気を配れなかったけど……。騙《だま》しているのは僕も一緒なんだ。

だからそんなことを気にしなくてもいいよって伝えたいけど、今は伝えられない。伝えたら、僕が罰ゲームを知ってることも伝えなきゃならない。

それはまだ、もうちょっとだけ……。だから代わりに僕は、少しだけ話題を逸《そ》らす。

「変わったのは、七海さんもじゃない？　だってほら、男の人苦手だったとは思えないほど、その……」

「その……？」

「チョロいというか」

「チョロい?!」

わざと言い方を間違えた僕に、七海さんは声を上げる。口を滑《すべ》らせた体で僕は咄嗟《とっさ》に口元を隠《かく》す。自然に見えているだろうか？　七海さんはさっきまでの沈んだ表情から一変して、驚きと少しの羞恥《しゅうち》を含《ふく》んでいるように見えた。

「チョロい……それ、初美と歩にも言われたよ……。え？　私ってチョロい女なの？」

両手で頬を覆《おお》い隠しながら、七海さんは自問自答をする。まさか、あの二人からも言われてるとは予想外だった。そんなこと初めて知ったよ。ちゃんとフォローしておかないと。

「まぁ、チョロいは語弊《ごへい》がある言い方だったかな。ほら、七海さんって僕への態度を見ると男性苦手だったとは思えないから、随分と変わったんだなって思ってさ」

「それはほら……。相手が陽信だからなんか平気だったんだよね。自分でも不思議なんだけどさ」

「あ、そうなの……」

僕はまた沈黙《ちんもく》してしまう。そんなこと言われてすぐに気の利《き》いたことを言える人っているんだろうか？　少なくとも僕は無理だよ。自分なら大丈夫とか言われて、なんて返せばいいんですかね。

「陽信だって、私に対してグイグイ来るでしょ。前にも言ったけど、女の子慣れしてるって思ってたんだから」

「あー……それは」

……よくよく考えたら、最初のデートの時にそれ言われたっけ。その時は服装の件だけで終わってたから詳しく説明してなかったけど……そろそろ、七海さんにもバロンさんを紹介してもいいのかもしれない。

「それについてだけどさ、そのうちちゃんと教えるよ。……理由があるんだ」

「……やっぱり元カノとか」

「違う違う違う！　安心して、元カノとかいないから」

普通《ふつう》に考えたら、バロンさん達と合わせるのはリスクかもしれないけど……。なるべくなら心のしこりは解消しておきたい。僕が、七海さんにちゃんとした気持ちで向き合うためにも。

負い目を無くして、彼女の隣にいられる僕になりたい。だから僕一人の力で向き合ってたんじゃないって、七海さんには伝えるんだ。

「ま、お互いに異性に慣れていなかったってことで、なんだか僕等は似ているのかもしれないね」

そんな無難な答えでこの場の話をまとめた。なんだか妙《みょう》な話になったけど、旅行中でもなければできない話だったと思えば来た甲斐《かい》はあったか。

七海さんも納得したように頷《うなず》くけど、何かに気が付いたように人差し指を立てて口元に持っていく。

「でも、私と陽信で一つだけ違う点があるよ？」

違う点……？　いや、それは一つどころか沢山《たくさん》あると思うけど、一つだけって何のことだろうか。思い至らない僕が首を傾《かし》げると、七海さんはその人差し指を僕の方へと持ってきて、チョンと口元に触れる。

その仕草にドキリとしてしまい、そんな僕の隙《すき》をつくように彼女は口を開く。

「陽信が、私のことを『さん』付けで呼んでることだよー」

そして、彼女は何かを期待するような視線を僕に送ってくる。……そこツッコまれるかぁ。僕の方を見る七海さんは、姿勢を正して期待に満ちたキラキラした瞳《ひとみ》を僕に向けている。

夜景の光で、余計に目の光がキレイになっているようだ。目の中に、星が見えるような錯覚すら覚える。七海さんを呼び捨て……して欲しいのだろうか？　呼び捨て……呼び捨てかぁ。

『七海』

自分が七海さんを呼び捨てにする姿を想像してみる。なんだか、どうにもしっくりこなかった。いや、それどころかなんだか背筋がゾクリとするような、変な感覚に陥る。

その感覚の正体が分からなくて、僕は試《ため》しに七海さんの名前を口にする。

「七海……さん」

ダメだった。何かが僕の中で邪魔《じゃま》をして、彼女の名前を呼び捨てにすることができなかった。なんでだろうか、名前までは言えるのに、どうしても呼び捨てに対する拒否《きょひ》感がある。

「むー、呼び捨てでいいのにー」

「ごめん、やっぱりなんか照れ臭いみたいだ」

僕はここで照れ臭いと嘘《うそ》を吐いた。

さっきまで、彼女に負い目なく七海さんに向き合うと考えていたのに、そんな決意が揺らいでしまっている。呼び捨てに対するどこか奇妙《きみょう》な忌避《きひ》感がぬぐえない。

自分の中にあるよく分からない感覚について、不思議に思いながらも僕は照れ臭いだけなんだろうなと口にして、自分を納得させる。

僕がこの呼び捨てに対する忌避感の原因を知ることになるのは、そう遠くない話だと――この時の僕は知る由もなかった。

幕間　彼の気になる反応

窓から差し込む光に照らされた陽信《ようしん》へ目を奪《うば》われながら、私は彼とお喋りをする。

お昼のデートで楽しかったことや、お風呂の話、明日はどうしようかって予定……。するのはそんな他愛《たあい》の無い、大切な話だ。

彼と一緒ならいつでも、どこでも、なんでも楽しいと思える。そう思えることが何より嬉しい。

でも今回のデートは正直ビックリしたなぁ。素敵《すてき》なことだと思うことと驚きは別問題だよ。なんせ、志信さん……陽信のお母さんからいきなり「温泉に行くわよ」だもん。相手のご両親との旅行って普通なら緊張《きんちょう》すると思うんだけど……あんまりしなかったなぁ。

道中でちょっと気持ちが沈むこともあったけど、それも陽信のおかげで晴れることになった。自業自得《じごうじとく》なんだけどね。……この旅行が終われば、とうとう最後の一週間になるのかぁ。あっという間だったな。

最後にならないように、私はできてるかな？　陽信の横顔を見ながら、私はちょっとだけ頬杖《ほおづえ》をついて考える。陽信は何を考えてるのかな？　私と一緒《いっしょ》で楽しいかな？　ゲームとかしたいのに無理してないかな？　そんなことを考える。

「七海《ななみ》さん、喉渇《のどかわ》かない？　飲み物買ってくるけど何がいいかな？」

黙《だま》って眺《なが》める私に気が付いた陽信は、椅子から立ち上がりながら私に尋《たず》ねてくる。牛乳は飲み干しちゃったし、確かに少し喉渇いたかも。優しいなぁ陽信は。

「あ……じゃあ烏龍茶《ウーロンチャ》で。無かったら、お茶系ならなんでも」

「了解《りょうかい》。僕は炭酸にしようかな……」

「炭酸もいーねー。一口交換《こうかん》しよっかぁ？」

そんな優しい彼の提案に、ついつい私は揶揄《からか》うような、誘《さそ》うようなことを言ってしまう。さっきの間接キスを思い出してちょっとだけ頬が熱くなるけど、それは陽信も同じだった。

こんな風に言うと、ちょっとだけ頬を染めるのも陽信の可愛《かわい》いところだ。実は私も恥ずかしいの我慢《がまん》して言ってるんだけどね。そしてたまに反撃されるけど……それはそれで楽しいから困ったものだ。

……だいぶ前に初美達にもしかして七海って軽いM《エム》なの？　とか言われたの思い出しちゃった。違うから、そうじゃなくて交流を楽しんでるだけだから。Mじゃないから。

あ、でも陽信に迫《せま》られるのは……違う、何考えてる私。顔が熱くなるけど、陽信にバレてないよね？　と思ったらもういなかった。飲み物を買いに行く陽信の後姿を見ながら、私は彼のあの言葉を思い出す。

「あぁ、そうなんだ――」

それはただの同意の言葉だけど、聞いた瞬間《しゅんかん》に……心臓がドキリとした。

雰囲気《ふんいき》が違う陽信も良いねぇとか旅行前に言ったけど、そんなことはとても思えなかったからだ。アレはそういうものとは全く違う。

あんなに冷たくて、暗くて、水底のような低い声を私は初めて聞いた。まだ付き合って三週間ほどだけど、いつもの彼の優しくてどこか温かさを感じる言葉とは真逆の言葉。どこか悲しそうにも感じられる言葉だった。

思い出すと、まるで胸に氷を詰《つ》め込まれたような寒気と痛みを感じる。うまく言えない感覚ではあるけど、胸の痛みはそうとしか表現できないんだよね。

そのすぐ後に陽信は私に謝罪していつもの彼になったし、今だってさっきの雰囲気を微《み》塵《じん》も感じさせない。どちらかというと謝罪するのは私の方だ。きっと、私の言葉の何かが彼の心の触れてほしくない部分に触れてしまったんだろう……。

それが何かは分からないけど……。いや、ちょっとは分かっていることもある。小学校の頃の話をしたからだ。勝手に聞いちゃったのが申しわけなくて、ついつい何を聞いたのか言っちゃったけど……それがきっとマズかったんだろうな。

失言だったけど……逆に気になることも出てきちゃった。

「……何があったんだろうねぇ」

陽信は昔の自分を語らなかった。言いたくないって雰囲気じゃなくて、どっちかというと昔のことを全く覚えていないのかもしれない。それってなんだか……。

私がその考えに思い至る瞬間、首筋に冷たい何かが触れる。

「うひゃあぁんッ⁈」

「うわっ、ビックリしたぁ」

いきなり何なの⁈　悲鳴を上げて振《ふ》り返った私の後ろに、陽信がペットボトルを持って立っていた。凄《すご》くビックリしてる。考えるのに集中してたから変な声出ちゃったじゃん‼

私は驚きすぎて少しだけはだけた浴衣《ゆかた》を元《もど》に戻しながら、陽信を下から見上げるように睨みつける。

「えっとー……さっきのお返しということでね？」

ばつが悪そうに頬《ほお》をポリポリとかいた彼が申し訳なさそうに呟いた。そういえば、私も牛乳瓶でおんなじことやったっけ……。うー、でも悔《くや》しい。考えてたことが吹っ飛んじゃった。そう思ってたら陽信が私にお茶を手渡《てわた》して隣に座《すわ》る。

ペットボトルの蓋を開けると、パキリと軽い音が鳴る。ここで陽信に一口ちょうだいってやっても、さっきやったから今更《いまさら》だなぁ。

頬杖を突《つ》きながら陽信の方に視線を向けていたら、彼はペットボトルをテーブルに乗せて一度大きく伸《の》びをする。その際に少しだけ浴衣がはだけて、彼の胸の辺りがチラリと見えて——私の視線がそこに移動した。

……え？　私何やってるの？　自分で自分の行動に驚くと、私は慌てて視線を彼の顔に向けた。目が合うと陽信は私に微笑《ほほえ》みかけてくれて、邪《よこしま》な想《おも》いを抱いてしまっていた私は羞恥に頬を染める。何やってるのさ私は⁉

でもそっか、私の胸を見てた男子達ってこんな感じだったのかな？　確かに動いてたら視線がいくねこれ……。うん、無防備な格好してたら視線が確かに行くんだなってやっと実感できたよ。これは反省しなきゃいけないね。

うーん、これは制服の露出減らそうかなぁ？　私も人のこと言えないって分かっちゃったし。でも、今の制服の方が可愛くて好きなんだよなぁ、悩《なや》む。そうだ、陽信はどっちがいいか聞いてみて決めても……。

自らの服装を振り返って反省して、陽信に質問しようとした瞬間、私は固まってしまった。とある人達を見つけてしまったのだ。本当に、なんで今まで気が付かなかったのか不思議だけど……。それだけ陽信しか見てなかったってことなんだろう。それはきっと、彼も同じなんだろう。だから気づかなかった。

陽信は私の表情から何かを悟《さと》ったのか、それとも私の視線の先が気になったのか……。そのまま背後をゆっくりと振り返る。そして……私と同じように固まった。

「……なんでいるのさ？」

呻《うめ》き声《ごえ》にも似た、震《ふる》えるような低い声を陽信は出す。低いけど、さっきみたいに怖《こわ》い雰囲気は無くて、そのことに安堵した私は苦笑《くしょう》を浮かべた。

私達に見られていることに気づいたその人達は、大きく手を振って笑顔を浮かべてる。今の私達の苦笑いとは大違《おおちが》いの満面の笑《え》みだ。うん、誰《だれ》かって言うまでもないよね。うちの両親の一団だ。

なんでいるのってのは私も陽信に賛成だ。部屋でお酒飲んでたんじゃなかったの？　両親だけじゃなくて、沙八までいるんだから。何良い笑顔を浮かべてんのあんたは。寝《ね》てたんじゃなかったの？

……まさか沙八が私と陽信が部屋にいないことバラしたのかな……？　ありえそうだと、

私は思わずため息を吐いた。

私達に気づかれたお母さん達は揃って近づいてくる。沙八以外は全員が頬を赤くさせているから、お酒飲んでいるんだろうな。テンション高くてめんどくさそうだ。

「……酔《よ》っ払《ぱら》いの相手をしなきゃならないのかぁ」

私がウンザリとした思いを口にすると、陽信はちょっとだけ吹《ふ》き出す。別に面白《おもしろ》いことを言ったつもりはないんだけど？　私の視線を感じたのか、陽信は謝りながら口を開いた。

「いやほら、酔っぱらった七海さん相手にした時に比べたら、まだ良いかなって思っちゃって」

それひどくない⁈　いや、確かに前後不覚にはなってたけどさ‼　めんどくさかった？めんどくさかったの⁈

すっかりいつも通りの陽信に安心してたけど、私はちょっとだけ怒《おこ》ってしまった。だから、無言でポカポカと陽信を両手で叩《たた》く。近づいてくる皆《みな》が、私達を見て笑うのが分かった。

陽信は私に叩かれて、ゴメンゴメンと謝りながら苦笑を浮かべていた。

第三章　彼女の妹の想い

朝、僕が目を覚ますと目の前には天使のような寝顔《ねがお》をした七海《ななみ》さんがいた。まさに目と鼻の先という至近距離に、七海さんの顔がある……え？　なんで？

誤解を与《あた》えそうな言い方ではあるけど、昨日一緒に眠《ねむ》っていた時にはこんな目と鼻の先にはいなかった。一緒に寝ていたということにすら気づかなかったんだから当然だ。

それが今、目を閉じた彼女の顔が超至近距離《ちょうしきんきょり》にある。改めて見ると七海さんってすっごい美人なんだよなぁ……お人形さんみたいって表現は少し古いかな？

まつげ長いなぁ。二重《ふたえ》瞼《まぶた》なんだ。肌もキレイだし、唇も……。いや、女性の顔をまじまじと観察するとか失礼かもだし止めておこう。

顔から目を逸らすと、彼女は浴衣姿《ゆかたすがた》で、僕の方を向いていて、毛布が軽く身体にかかってて……。あ、浴衣がちょっとだけはだけてる。

しまった……。前が全開ってわけじゃないけど、はだけた浴衣は目のやり場に困るので、僕は彼女に毛布をかけ直した。浴衣を直すとかはできるわけがないし。

はだけた部分に視線を送るとかは、七海さんはそれで前に嫌《いや》な思いをしているんだから自重しなければ。

どうしようかな。まずはスマホを……スマホは……あぁ、電池があまり残ってないな。ゲームを起動すると、バロンさん達がチャットで今頃《いまごろ》僕《ぼく》等が何をしているのかと予想しているログが残っていた。夜景を見ながらキスとかできませんでしたよ。

とりあえず、スマホは置いといて……。

なんで僕、七海さんと一緒に寝てるんだっけ……？　身体を起こしたところで、僕は全部を思い出した。なんせ目の前には……全員が揃っている光景が広がっていたからだ。

隣のベッドでは、母さんと睦子《ともこ》さん、沙八ちゃんが一緒に寝ている。奥《おく》の布団《ふとん》では父さんと厳一郎さんが並んで寝ている。

昨日、僕等が温泉から上がって話をしていたらみんな集まって……それから部屋で軽い宴会《えんかい》みたいなのがはじまったんだっけ。母さん達はさすがにもうお酒とか飲んでなかったけど。

それにしたってテンション高すぎだった。母さんなんて陰から見守るのができて満足だとか言ってたけどさ……。写真もいっぱい撮《と》られてたみたいだし。

あれ？　でもおかしいな……記憶の最後だと僕は七海さんと別に寝てたはずなんだけど

……？　なんで一緒に……？

改めて彼女の寝顔を見ると……七海さんは幸せそうに眠っている。こうして見ると信じられないけど、僕の彼女なんだよね、この可愛い寝顔の人が……。

「う……ん……」

彼女が身じろぎすると、その上にかけられた毛布が少しだけ動いてずり落ちる。そうなると浴衣のはだけた部分が出てしまって……自然と、視線はそこに向いてしまう。

うん……いや、何がとは、詳しくは言わないけどさ。寝てるからか形が変わってというか……強調されて凄いことになっているんだけど……。こんな風になるの？　いや待て僕、実況《じっきょう》するな。さっき自重するって考えたばかりだろ。

起きているのに起きられなくなってしまった自分を少しだけ恥じて、再び僕はベッドに倒《たお》れる。僕が倒れた衝撃《しょうげき》で少しだけベッドが跳《は》ねた。

ちょっと七海さんに背を向けるようにその場でそっと回転したら、そのタイミングで……背中から小さな声が聞こえた。

「んー……なにー……？　どうしたのー……？」

どうやら、七海さんを起こしてしまったようだ……。僕は申し訳なさを感じるのだが、すぐにそんなことが吹き飛ぶ事態が発生する。

寝ぼけた七海さんは、僕の腕《うで》の隙間《すきま》に自身の腕を通すと……抱《だ》き枕《まくら》にするがごとく僕に抱き着いてきた。

「さーやー……起こすならもっと優しくしてよー……あれー？　なんか……身体大きくなったー？」

抱き着かれたことで、僕の背中には擬音《ぎおん》で「むにゅうぅぅっ」とでも言うべき感触《かんしょく》が押《お》し付けられ……僕は一気に目が覚める。いや、元々覚めてたけど。カッと目を見開いてしまう。

七海さんはそのままうごうごと、自分の身体をこすり付けるように動いてくる。せっかく色々と収まったのに、また起き上がれなくなるよ⁉

ヤバいヤバい、七海さん寝ぼけてる。起こさないと。

「七海さん……あの……沙八ちゃんじゃなくて……僕ですよー……？」

「僕って……なーに陽信《ようしん》みたいなー……。って……あれ？　よ……陽信？　陽信⁉　えぇッ⁉」

抱き着いている対象が僕だと気づいた七海さんは、飛び起きて慌てて僕から離れた。それと同時に背中の感触も無くなり……。それを確認《かくにん》してから、僕は再び七海さんの方を向く。

「お……おはよう、七海さん」

「おは……おは……おはよう、陽信……。えっと……。一緒に寝るの二回目だね？」

いきなりとんでもないことを言われてしまった。七海さんも言った後で違うのと訂正《ていせい》してきた。

「なんでこうなってるの……？」

視線を下げて自分の体勢を見ながら、七海さんは不思議そうに首を傾げていた。てっきり七海さんが寝ぼけて一緒のベッドに来たのかと思ったんだけど、どうもそれは違うみたいだ。

朝の挨拶《あいさつ》を終えてたがいに微笑み合う。ちょっと照れ臭《くさ》いけど、こうやって『おはよう』って言い合える朝は凄く良い。最近は起きた直後は一人だから余計にそう思う。

目覚めた時こそ驚《おどろ》いたけど、なんだか頭の中がとてもスッキリとしていた。今まで靄《もや》がかかっていたような気分があったのに、それがきれいさっぱり無くなっている。

これも七海さんと一緒に寝た効果なのかな？　いや、一緒に寝たって言っても健全だけどね。

「ふむ……二人とも目覚めは良いようだね。おはよう」

唐突《とうとつ》に声をかけられて、僕等は二人揃《そろ》って身を震わせた。特に七海さんなんかは目を見開いて、口を大きくあんぐりと開けていた。

「お父さん⁉　なんでここで一緒に寝てるの⁉　よく見たらみんないるし⁉」

「ハッハッハ。昨日は皆で騒《さわ》いだ後、せっかくだから皆でここで寝ることにしたんだよ。勢いというやつだね。大人にはたまにそういう時があるんだ」

どんな大人ですか。厳一郎さんは七海さんの言葉に朗《ほが》らかに笑っている。段々と昨晩のことが鮮明《せんめい》になってきた。お酒を飲んだ両家の大人達から非常にめんどくさい絡《から》み方されたんだよね。

どこまで進んだとか、夜景を見ながらキスすれば良かったのにとか。飲んで色々とタガが外れているからか、両方ともに遠慮《えんりょ》がなかった。

普通だったら厳一郎さんって止める立場なんじゃないのと思ったんだけど、そんなことは全くなくてむしろ僕と七海さんを煽《あお》るような感じだった。いやまぁ、認められないよりはいいんだけど。

それでも……僕は身体を起こして厳一郎さんに向かうと、そのまま頭を下げる。

「厳一郎さん、すいません。嫁入《よめい》り前のお嬢《じょう》さんと二日連続で一緒に寝るなんてことをしてしまって……」

「あぁ、頭を上げてくれ陽信くん。気に病《や》む必要はないから」

前に泊《と》まりだと何をするかわからないと殺気とも怒気《どき》ともわからない何かを向けられた身としては、こうやって笑顔を向けて許してくれるのが凄くありがたかった。

ほんと、ここ最近は一発くらいぶん殴《なぐ》られることを覚悟《かくご》してたからね。

「なにせ、七海を陽信君の隣《となり》に寝かせたのは私だからね」

本当に気に病む必要がなかった。何してるの厳一郎さん。あなた最初の頃は認めないとか言ってたじゃないですか。なんでいきなりベッドに運んでるんですか。七海さんも口をあんぐりと開けて驚いていた。

「お父さん……何やってるのさ……」

頭を抱《かか》えた七海さんに、厳一郎さんは楽しそうに笑う。なんだか微笑ましいものを見るような、僕と七海さんを見る目が温かいのは気のせいだろうか？

「それにしても……全員がここで寝てるとか驚きましたよ」

「私もビックリした……。いっつもお父さん、酔って帰るとお母さんに甘《あま》えて一緒に寝るとか言うのに……」

「七海……その件はちょっとお口にチャックしようか。みんないるから」

ちょっとだけ詳しく聞きたい気になる話が出てきたけど、厳一郎さんは先に七海さんに口止めをする。厳一郎さん、そうなんだ……。

僕《ぼく》の視線を受けて、厳一郎さんは照れたように頬を染めて僕等から顔を背ける。ずいぶんと可愛い反応だ。

「ともあれ、せっかく早めに起きたんだし朝風呂《あさぶろ》にでも行こうか。皆も行くかな？」

話を逸らした厳一郎さんは、そのまま他の寝ている人達に風呂《ふろ》に行くかを聞いて回る。どうやらみんなも起きかけてたみたいで、朝風呂に全員で行くことになった。七海さんは反撃《はんげき》が不発に終わってちょっとだけ不服そうだ。

そんな七海さんを宥《なだ》めながら、お風呂へ行く準備を行う。お風呂の後はそのまま朝食に……という算段だ。

皆でワイワイと移動して、男女に分かれて朝風呂に入る。途中《とちゅう》に見かけた家族風呂を睦子さんが目ざとく見つけてそっちでもみたいなことを言い出すけど、全力で固辞させてもらった。

そっちでもってのは僕と七海さんが二人でって意味だったけど、それでも全力で固辞した。一瞬《いっしゅん》だけ七海さんが嫌なの？　って悲しそうな顔をするけど、嫌とかじゃなくて高校生で一緒にお風呂は早すぎでしょと、僕の中にある常識と理性が叫《さけ》んでいるからだ。

何より親の前で朝からそういう話はキツい。キツすぎる。睦子さんも僕をからかっているだけだってのは分かってるけど。

ともあれ、僕等は朝風呂を堪能《たんのう》する。よくよく考えると、父さんと一緒にお風呂って何年振《ぶ》りなんだろうか？　ホテルについた時も昨日も一人で入ってたし……。少し照れくさいけど、なんだか父さんが嬉《うれ》しそうに見えたのは気のせいかな。

風呂に入っているという開放感からか、普段なら家でもしないような会話を僕と父さんは静かに、淡々《たんたん》とする。最近の生活の話や、学校なんかの他愛無《たあいな》い話。厳一郎さんも加わって、男三人の裸《はだか》の付き合いってやつを僕は初めてしていた。

面倒《めんどう》だと感じていた少し前と違って、僕はなんだかそれを楽しく感じていた。

「……陽信、今楽しいか？」

目を細めた父さんが、どこか感慨深《かんがいぶか》げに僕に聞いてくる。厳一郎さんは何も言わずに僕の返答を待っているようだった。

今が楽しいか。

この質問が、言葉の通り父さん達と風呂に入っている今を指していないのはさすがに理解できる。父さんは、七海さんと付き合うようになってからのこと全てを指して今楽しいかと聞いているんだろう。

それに対する僕の答えは決まっている。だけど、僕は少しだけ景色を見ながら考える。

朝の少しだけ靄がかかっている街並みを湯船につかりながら眺める。朝の光に照らされる街並みは、昨日の夜景と雰囲気が全く違っていた。

走っている車や、海の上を移動している船がハッキリ見えて、それを見るとどこか懐《なつ》かしいような気持ちが湧《わ》き上がってくる。少なくとも家にいた時には味わえない気持ちだ。

少し前まで、僕にとっての楽しいことは部屋の中だけで完結していた。

こういう景色も、きっとネットを探せば動画が沢山あるんだろう。それもそれで綺麗《きれい》だと思っていたし、満足できていたはずだ。

だけど僕の世界は、この少しの間に広がった。それは思いもよらなかった出会いからだし、七海さんと一緒の日々があって、僕が感じ取れるようになったものだ。だから当然、僕の答えは……。

「楽しいよ」

一言だけ、簡潔に父さんに伝える。楽しいよ。本当に、僕は今この状況《じょうきょう》を楽しいと思っている。嘘じゃない。そんな僕の答えに、父さんも厳一郎さんも満足気に頷いていた。

自分の心情を吐露《とろ》するのは少しだけ気恥ずかしい。それが父さん相手ならなおさらだ。

だけど今日は少しだけ、気持ち的にすんなりと言えた気がする。これもお風呂の効果なのか、旅行中だからなのかは分からない。

「良い顔するようになったな。息子《むすこ》の成長が嬉しいよ」

父さんにそう言われて、むず痒《がゆ》いような嬉しいような気分になってくる。顔が熱くなるのはお湯につかっているからだけじゃなさそうだ。

「素敵な息子さんですね」

「ええ、本当に……。七海さんのおかげです」

「そんなことはないですよ、陽信君の人柄《ひとがら》ですよ」

厳一郎さんにも父さんにも褒《ほ》められて更《さら》に照れ臭くなってしまう。昨日の夜に酔っぱらって一緒に寝てたとは思えない程に落ち着いた会話をしている。雰囲気が壊《こわ》れそうだからツッコまないけど。

でも、七海さんのおかげっていうのは本当にその通りだと思う。きっかけを考えると皮肉かもしれないけど、僕がここまで変わるとは思ってもみなかった。

それから少し話をした後で、僕等は温泉から上がる。また牛乳でも飲みたいところだけど、朝食が控《ひか》えているのでここは我慢だ。

僕等三人が上がったタイミングでちょうど女性陣《じょせいじん》も上がってきていた。三人で待つかなとも話してたんだけど、タイミングはバッチリだった。

七海さんと顔を合わせると、なんだか僕を見る目がほんの少しだけ違《ちが》っていた。どこか照れ臭そうで、それでいて何かを期待するかのような目に見える。チラチラと僕を見ては、目が合ったら照れたように視線を逸らす。

同じく出て来た他の女性陣は……あぁ、もうニコニコと楽しそうに笑ってるし。いったい温泉で何を話したんだろうか？　何言ったんだか教えてくれないだろうなぁこれは。

七海さんも、母さん達の笑顔《えがお》に気づいたのか気合いを入れるように頬をペチペチと軽く叩くと、気持ちを切り替《か》えたのかいつもの笑顔に戻った。

一見するとまるで気にしてないという感じだけど、大丈夫《だいじょうぶ》だろうか？

「あー、お風呂入ってサッパリしたらお腹《なか》空いたよー。ご飯楽しみだねぇ」

「えっと……うん、そうだね」

「あれ？　陽信お腹空いてない？」

「いや、僕もお腹ペコペコだよ。バイキングだし楽しみだね」

彼女は僕の隣で嬉しそうに微笑みを浮《う》かべている。さっきまでの視線は何だったんだろうか？　ちょっとだけ聞くのが怖いけど……。ま、悪いことじゃなければそのうち教えてくれるか。さっきの照れた感じからするとなんかまた変な入れ知恵《ちえ》をされたんだろうな。

それについては僕は何も言えない……。なんせバロンさんとかに教えてもらってる立場だから。性質は違うけど似たようなものだ。

そのまま七海さんと隣《とな》り合って歩くんだけど、僕は歩幅《ほはば》を縮めてみんなの後ろをついて歩くように調整する。必然的に隣の七海さんも僕と同じ速度になり、みんなからは少しだけ遅《おく》れる形になった。

先を歩く人達《たち》を眺めながら、僕はそっと、軽く、力を込《こ》めずに七海さんの手に触《ふ》れる。七海さんはちょっとだけ驚いたように目を丸くするけど、すぐに僕の意図を察したのか同じように軽く手を振れてくれた。

僕等はそのまま、手を繋《つな》ぐ。指を絡ませない普通の繋ぎ方なのに、なんだか妙にドキドキした。風呂上がりだからってのは関係無いだろうな。

みんなにバレないようにこっそりと手を繋ぎながら、僕と七海さんはそのまま朝食会場までゆっくりと歩いていくのだった。

◇◇◇◇◇◇◇◇◇◇◇◇◇◇◇

予想というものは未来への想像だと誰かが言ったのを聞いたことがある。誰が言ったのかは覚えていないけど、過去の人生経験を元に、この先にどんなことが起こるのかの見当

をつけるのが本当の予想らしい。

本来は正確な予想というのは僕が思うよりもずっと難しくて、予想を的中させるには豊富な人生経験が重要……らしい。

そして予想外の出来事というのは、その人の経験になかったことが突然《とつぜん》起こるからこそ予想外になる……らしい。

さっきから、らしいらしいばっかりで申し訳ないけど……その言葉を聞いた時に妙に納《なっ》得《とく》したのを覚えている。確かに、ゲームなんかでも予想外の展開は過去にやったゲームに当てはまらない場合が多かった。

まぁ、現実では予想外の出来事ばっかりなんだけどさ。その誰かの言葉を信じるなら、予想外の出来事が最近よく起こる僕は、人生経験が希薄《きはく》だと言ってもいいのかもしれない。ゲームだと経験豊富なんだけどね。

だけど逆にこうも考えられるんじゃないだろうか。僕はこれから先、経験を増やす余地がある。伸びしろが多いということだ。ちょっと無理矢理《むりやり》だけど、そんな前向きな考え方もきっとありだろう。

とまぁ、こんな真面目《まじめ》なことを考えているけれど、こんなことを考えているのは理由がある。まぁ、一つしか理由はないんだけど。

またもや、僕に予想外の出来事が起きたからだ。

「これは予想外だったなぁ……」

僕は今、桜の木の下でちびりちびりとオレンジジュースなんかを飲んでいる。車の移動も控えているからか、大人達も烏龍茶とかのようだ。

何でこんなことになっているのか……。話は朝食時にさかのぼる。僕と七海さんが一緒にデザートのプリンを食べていたところで、沙八ちゃんが睦子さんと共に僕等の席にやってきた。

「お姉ちゃん達、今日の予定って知ってる？」

沙八ちゃんの言葉に、僕も七海さんも顔を見合わせて首を傾げた。今日の予定って……今日は帰るだけじゃないのかな？　そんなことを二人とも考えていたけど、沙八ちゃんは小さくため息を吐《つ》くと、睦子さんを少しだけ見上げるように睨《にら》みつける。

ただまぁ、睦子さんはそんな沙八ちゃんを見ても笑ってるだけだけど。

「お母さん……ちゃんと言わないとダメでしょ……」

「ごめんなさいねぇ、言ったと思ったんだけど思ったより私もテンションが上がってて」

沙八ちゃんが睦子さんの方を見ると、言葉とは裏腹に睦子さんは頰に手を当てて楽しそうに微笑んでいた。ため息を吐きながら沙八ちゃんは半分わざとだとかちょっとした文句を言っている。

「うふふ。せっかくだし、帰りにみんなでお花見しましょうねぇって」

「……お花見?」

睦子さんの宣言に、僕と七海さんが声をそろえて疑問を口にした。どうやら知らなかったのは僕と七海さんの二人だけだったようで、そのことに沙八ちゃんは少しだけ呆《あき》れ気味《ぎみ》だ。

父さんと母さんにも聞いたら、知ってると思っていたようだ。言うタイミングについては、僕と七海さんがずっとイチャついてるから逃《のが》してしまったとか言われれば返す言葉もない。

まぁ、帰るだけだと思ってたのにイベントが加わったのなら別にいいか。

それから車で移動すること約十分。ホテルから割と近い場所に、その公園はあった。桜や花が咲《さ》き誇《ほこ》っている、とても綺麗な公園だった。いくつかの木は既《すで》に葉桜になっているが、それでもかなりの数の桜には花がついており……緑とピンクのコントラストがとても綺麗だ。

周囲には湖を囲うようにして道があって、その道沿いに木があって、桜以外にも赤や黄色の花……なんていう花だろうか? 色とりどりの花を目で楽しむことができるようだ。

こんな場所を散歩したら気持ちがいいだろうな。

「もうちょっと時期が早ければ満開だったんだけどね。それでも全部の桜が散っているわけじゃないから、お花見としては楽しめるはずだよ」

厳一郎さんは僕にそう教えてくれた。どうやら初めて来た場所ではないらしく、七海さん達が子供のころとかにもたまに来ていた場所なんだとか。

七海さんはどこか懐かしそうにしていて、僕は初めて訪《おとず》れた場所に少し気分が高揚《こうよう》する。それから僕等はその公園の中を移動していく。どうやら目的の場所があるらしくて、僕はみんなについていく形になった。

途中、七海さんが色々と思い出話をしてくれる。

「昔ねぇ、あそこの池に落ちそうになったことあって……いや、落ちたんだっけ？」

「えぇ⁈　でも柵《さく》あるよ？　もしかして七海さんが落ちてから危なくてつけたとかかな？」

「いや、確か柵乗《さくの》り越《こ》えたんだよね。お父さんと軽く喧嘩《けんか》したんだっけかなぁ？　子供ってカーッとなるととんでもないことやるよね」

どこか他人事みたいに言うけど、昔の七海さんアグレッシブすぎない？　よく覚えてないからこその他人事みたいな言い方なのかもだけど、今の七海さんからは想像もつかないなぁ。

……いや、ここ最近の行動を考えるとちょっとは片鱗《へんりん》が見えるかもしれない。僕はじっと彼女を見ると、七海さんは少しだけ照れ臭そうに頬をポリポリとかく。

行動力はともかくとして、七海さんが怒る姿は想像できないなぁ。いつか僕も怒らせちゃう時が来るんだろうか。その時……ちゃんと仲直りできるかな。できるといいな。

「柵乗り越えてって……よく無事だったね……」

「お父さんが助けてくれたから。それに私、泳ぎは得意な方だしね」

「服着たままは危ないよ……。って、その言い方だと確実に落ちてないそれ?」

僕に指摘《してき》された七海さんは、目を見開くと、誤魔化《ごまか》すようにペロリと舌を出して片目を瞑《つぶ》る。いわゆるテヘペロの表情だ。どこで覚えたのそんな仕草。もしかして僕の影響《えいきょう》とかないよね?

自惚《うぬぼ》れすぎか? そうだよね、そんなことないよね。きっと偶然《ぐうぜん》、たまたまそういう仕草になっただけ……。

「あれ? 陽信こういう反応好きじゃなかった?」

ガッツリ僕の影響だった。いや、好きだけどね可愛いし。予想してないその言葉に僕が二の句を継《つ》げないでいると、七海さんは更に何かを言おうとして……その瞬間に沙八ちゃんからのツッコミが入った。

「二人ともー、イチャついてないで用意手伝ってー」

何かを言いかけた七海さんは、そこで言葉を飲《の》み込んだ。そして僕の耳元にそっと顔を近づけて小さく「後でね」と囁《ささや》く。何を言いたかったんだろうか？　それを僕は問いかけずにみんなのもとへ七海さんと一緒に小走りで駆《か》け寄る。

桜の木の下で、みんながお花見の準備をしていた。いつの間に用意したのだろうか、道具の数々がいくつか置かれていた。材料とかも準備がされている。

「僕、外で焼き肉とかするの初めてかもしれないなぁ……」

誰にともなく呟《つぶや》いた僕の言葉に反応したのは厳一郎さん達だった。父さん達は少し遠くでやたらとテキパキとお花見の準備をしている。あんな姿を見たの初めてだ。

「ご両親から聞いたよ。忙《いそが》しくてキャンプとか連れて行けなくて申し訳ないって。今日はキャンプとまではいかないけど……存分に楽しんでほしい」

「ウフフ、お父さんキャンプ好きだけど七海達はあんまり好きじゃないから。今日はお父さんも楽しみにしてたのよ？」

「だってー……外で寝るとか落ち着かないじゃない？　あと、お風呂入れないのがねー……日帰りでお花見程度なら楽しいんだけどさー」

父さん達に負《ま》けず劣《おと》らずウキウキとした顔の厳一郎さんを見ると、なんだか僕も嬉しくなってくる。睦子さんも沙八ちゃんもなんだかんだで楽しそうだ。

僕はみんなと話をしながら、初めて見る道具にちょっとだけ心を躍《おど》らせていた。それにしても、父さんと母さんもそんな風に思っていたのか……気にしなくていいのに。

そもそも、僕は基本的にインドア派だからキャンプとか言われても「うん、行こう！」って喜ぶタイプじゃなかったからね。たぶん、誘《さそ》われても戸惑《とまど》っていたか、断っていたと思う。

そんな僕が……今日のお花見に対して凄くワクワクしているというのは、なんだか不思議な気持ちだ。なんだか照れ臭くって、父さん達じゃなくて厳一郎さん達と話をしてしまう。

バロンさん達には「お花見に行ってきます。詳細《しょうさい》は後で報告しますね」とだけ言っている。二人とも「楽しんできてね」と言ってくれた。それから……スマホはいじっていない。以前の僕ならこんな状況でもきっとゲームができないなとか、そんなことを考えていたんだろうな。

レジャーシートを敷《し》いて……簡易テーブルみたいなものまで設営していた。父さんと母さんも、あんなもの持ってたのかな？　それともレンタルなんだろうか。自分の家のことなんだけど、知らないことばっかりだ。

いや……それよりも……。

「あ、陽信!!　こっちこっち!!」

父さん達の準備を手伝っていた七海さんが、ちょっと飛び跳ねながら僕に手を振ってくる。空は白い雲がほんの少しだけ見える快晴で、気温もぽかぽかとして暖かい……まさに気持ちの良い日だ。

そんな青い空の下で手を振る七海さんへと、白とピンクの桜の花びら……そしてほんの少しの緑色の葉がゆったりとした風に吹かれながら舞《ま》い落ちてきている。

まるで一枚の絵のような風景の中にいる彼女が……僕に笑顔を向けてくれていた。

僕はその姿に……思わず見惚《みと》れて立ち止まる。

なんて綺麗なんだろうかと。柄《がら》にもなく思ってしまった。

「陽信くん……綺麗だねぇ……」

「えぇ、綺麗です……とても……」

僕は厳一郎さんの一言がどちらを示しているのかをあえて聞かずに、その言葉に静かに同意する。七海さんは足の止まってしまった僕を首を傾《かし》げて見てきている。その姿すらも綺麗に見えた。

その姿を写真に収めたいと思いつつも、身体は何故《なぜ》か動いてくれなかった。記録に残さなくても、記憶《きおく》に残っていればいいかと――柄にもなくそう思った。

そんなことを考えてたら、タイミングよく睦子さんが写真を撮ってくれていた。僕は目で後でその写真くださいと訴《うった》える。睦子さんは黙《だま》って頷《うなず》いてくれたので……通じたようだ。

「さて、七海も……君のご両親も待っているし……見惚れるのはそれくらいにしてそろそろお花見をはじめようじゃないか。準備は任せてくれたまえ」

「手伝わなくていいんですか？」

「これは大人の楽しみだから、君達はのんびり待っているといいよ」

「そうそう。陽信はみんなとのんびりするといい」

いつの間にか来た父さんが厳一郎さんとグッと拳《こぶし》を作って何かをアピールする。僕はそれは悪いと手伝うことを伝えるんだけど、それは固辞されてしまった。

少しだけ押し問答《もんどう》をして……結局僕が引き下がることになった。

「それじゃ、お言葉に甘えます」

その言葉に父さんも厳一郎さんも嬉しそうに頷く。それから僕と二人は止まっていた足を動かして、七海さん達のもとへ移動する。近づく僕に、七海さんが改めて笑いかけてきてくれた。

「陽信……今日も楽しもうねー」

「そうだね、楽しもうか」

今日は二人っきりのデートじゃないけれども……それでも僕等は、今日も絶対に楽しい日になるだろうなと確信にも似た思いを抱《いだ》く。

レジャーシートの周りにはアウトドア用の椅子《いす》なんかもいくつか置かれていて。いつの間にか沙八ちゃんは座《すわ》ってのんびりとしていた。そのうちの二つに七海さんと僕は腰掛《こしか》ける。椅子に体重を預けると首だけを動かして空を見上げた。

「陽信ー……お日様が気持ちいいねぇ……。ポカポカしてて、なんか眠たくなってくるよねぇ……」

「そうだねぇ……でも……良いのかなぁ……？　こんなにゆったりまったりしちゃってて……？」

「いーんじゃない？　お義兄《にい》ちゃんもお姉ちゃんも……たまにはさー……」

三人とも座りながら、咲いている桜と青空を眺《なが》める。青い空に、薄《うす》いピンクがかった白い桜が目を楽しませてくれている。そして僕は横目で、バーベキューコンロで炭をおこす準備をしている父さんと厳一郎さんに視線を送った。

僕はキャンプというものをしたことが無かったので、当然ながら外で焼き肉なんかもしたことは無い。だから、それは父さんも同様だと思っていたのだが……どうやらそれは違ったようだ。

二人はバーベキューコンロを組み立てると、炭を使って火おこしをはじめる。僕も手伝おうと思ったけど、父さん達に自分達だけでやらせてほしいと言われてしまったし、お言葉に甘えることにしたので少しだけ悪いと思いつつもそれを僕は眺めていた。

……どうもこういうのが久しぶりなので、まずは二人で勘《かん》を取り戻《もど》すところからしたいという話だ。昔は二人とも結構やっていたらしいのだが、今日は本当に久しぶりで……実はこれを楽しみにしていたのだとか。

僕としては、ここまで連れてきてくれた父さん達にもゆっくりしてもらいたかったのだが……そう言われては逆に僕は足手まといになるし、僕に教えることで二人が楽しめなければそれは非常に悪いので、二人に火おこしを任せることにした。

「陽信、七海さん、沙八ちゃん……お茶とジュース、どちらがいいかしら？」

父さん達を見ていたら、母さんが僕等に飲み物を勧《すす》めてきたので、僕と七海さんはお茶……沙八ちゃんはジュースを受け取る。

そして、それを飲んでホッと一息……なんだろうか……時間がゆっくりと流れているようだ。あわただしい日常から離《はな》れると、こんなにも時間はゆっくり流れるのか。

母さん達は、父さん達が火をおこしている傍《かたわ》らでチーズとかを切って、なんかしゃれた一品を作っている。いつのまに材料を買ってたんだろう？

それも僕等は手伝おうとしたのだが、今日は母さん達だけで料理をしたいと断られた。父さん達と断り方がほぼ一緒《いっしょ》で……よくわからないけど、それが大人の楽しみなのだろうか？

「三人とも、料理ができるまでもうちょっとかかるから……お散歩でもして来たら？　天気が良いし、きっと凄《すご》く気持ちが良いわよー」

一息ついたところで、僕等は睦子さんからそんな提案をされる。公園を散歩か……ぽかぽかと暖かくて、天気も良いし……絶好の散歩日和《びより》ではある。確かに気持ちいいだろうなぁ。

「七海さん、行ってみようか？」

「そうだねー、行ってみようか……沙八はどうする？」

「私はパスー……せっかくだし二人っきりで行ってきなよ。私は昨日と今日で部活の疲《つか》れを癒《いや》すって決めたから、とことん何にもしないつもりー。この気持ちいい椅子が私を放してくれないの……今日の私の彼氏《かれし》はこの椅子君なのだ……」

沙八ちゃんは緩《ゆる》い笑顔をしながら、ダラーッと椅子に体重を預ける。ジュースを一口飲んで睦子さんにチーズをおねだりして一片《いっぺん》だけもらって、それを幸せそうにかじる。

僕と七海さんは、そんな沙八ちゃんを見て苦笑《くしょう》しつつ顔を見合わせた。

「じゃあ、陽信……二人で行こっか？」

「そうだね、行ってみようか」

僕は椅子から立ち上がると、七海さんに対して手を差し伸《の》べる。七海さんは僕の手を見て柔《やわ》らかい微笑《ほほえ》みを浮かべると、僕の手をそっと取った。

立ち上がった僕等は一度手を離して、みんなに頭を下げてから一緒にその場から移動をはじめる。僕の背中に沙八ちゃんが「頑張《がんば》ってね」と小さくエールを送ってくれた。

その言葉に振《ふ》り返り沙八ちゃんの表情を見ると、彼女《かのじょ》は緩い笑顔を変わらずに浮かべてた。そして、僕の視線に気づくとピースサインを作る。

僕もこっそりピースサインを返すと、沙八ちゃんは舌をペロリと出した。……いい子だな。

「どしたの？」

「なんでもないよ、行こうか」

僕等はそのまま、公園内へと散歩に向かう。みんなが見ているので照れくさくて手は繋《つなぎ》いでいないが、二人で絶妙《ぜつみょう》な距離《きょり》を保ちつつ並んで歩き談笑《だんしょう》をはじめた。

「なんか、みんなに気を使わせちゃったかな……」

睦子《ともこ》さん達だけじゃなくて、たぶん沙八ちゃんも気を使って僕等を二人にしてくれたんだろうな。

こんなに甘えてしまって良いのだろうか。

「うーん……お母さん達で計画したみたいだし、言ってたように自分達で色々したいんじゃない？　お父さんとかそういうところあるし……」

「そうなんだ。うちの父さんと母さんもそういうところあるってのは意外だったなぁ……」

「まぁいいじゃない。今日はみんなに甘えようよ。二人っきりになれたしさー」

七海さんはそう言うと、僕の腕に自分の腕を絡めてきた。今日は腕を組んで歩きたい気分なのだろう。僕もその手を振り解《ほど》くことなく自然に受け入れる。

みんなが見えなくなってからしてきたあたり、彼女も心得ている。

流石《さすが》に両親の前では恥《は》ずかしい。久々の腕組《うでぐ》みで……僕等は多少ぎこちないながらも、ゆっくりと公園の中を歩く。

整備された道の脇《わき》には桜の他にも、赤や黄色といった花が咲いていた。風も穏《おだ》やかに吹いていて、非常に気持ちが良い。

「なんて花なのかな？　綺麗だねぇ。」

「綺麗だよねぇ……写真でも一緒に撮《と》ろうか？」

「うーん……今はまだいいかな。とりあえずさ、のんびりお散歩しようよ」

「うん、そうだね……」

僕等はそのまま、桜の咲く道を二人で歩く。

緑色の芝生《しばふ》が太陽の光を反射しており、綺麗な緑色がまるで絨毯《じゅうたん》のようだ。その芝生から真《ま》っ直《す》ぐに伸びた木に咲いている、白や薄いピンクの桜が風に揺《ゆ》れている。

一部は葉桜になっているが、シーズンだとこれが満開になっているのだろうか？　そうだったらとても圧巻だったんだろうな。でも、今のこの白とピンクと緑が混在している状態もとても綺麗だと思う。

風が吹《ふ》くとざぁざぁという音と共に周囲の枝が揺れて、その風に乗って花弁が枝から離れて僕等の周囲に落ちてくる。ハラハラと舞う桜はまるで雪のようにも見えて——そう考えると落ちた花弁で彩《いろど》られた地面は、雪が積もったみたいに綺麗だった。

柔らかく暖かい風が頬《ほお》を撫《な》でてきて、とても気持ちが良い。そんな穏やかな雰囲気《ふんいき》の中で、好きな人とのんびり散歩できるなんて……すごく幸せだ。

「なんかさぁ……こういうのも良いね。ちょーっと高校生のデートっぽくないかもしれないけどさ、穏やかで……のんびりできるって……」

七海さんも僕と同じ気持ちなのか、凄く穏やかな笑顔を浮かべていた。確かにただ散歩するだけって少し高校生っぽくはないかもしれないけど……たまにはいいよね。

はしゃぐだけがデートじゃないってのがよくわかる。僕と七海さんは二人だけで穏やかな会話をしながら歩く。

歩いている途中で、道の両脇《りょうわき》の桜の枝が伸びて頭上を覆《おお》い、まるでトンネルになっているような道に出る。周囲が桜に囲まれていて、そこから落ちた花弁が地面に白い模様を作っていた。

「凄いなぁ、自然にこうなったのかな?」

「すごく綺麗だねぇ。通ってみよっか」

僕等はその桜のトンネルを通る。頭上が白と薄いピンク色で覆われて、まるで暖かい雪の中にいるような錯覚《さっかく》を覚える。僕等はあえて歩調を遅《おそ》くして、ゆっくりとトンネル内を歩いた。

「七海さん、写真を撮ろうか?」

「うん……そうだね……」

僕は綺麗な風景に写真を撮りたくなって……七海さんも僕の提案に静かに頷く。お互《たが》いの写真と、それから……同じようにトンネルを歩いていた、家族連れの人に頼《たの》んで僕ら二人の写真を撮ってもらう。

頼んだ家族連れの人達は快く、僕等の写真を撮ってくれた。僕等もお礼に彼等《かれ》の写真を撮る。その家族にお礼を言った後、それからも散歩は続く。すると、少し低いけれども柵に囲まれた池へと辿《たど》り着いた。

池の周りにも桜が咲いていて、風に乗った花ビラが水面をびっしりと絨毯のように覆っている。その水面をボートが走っていて、走った部分だけ花弁が無くなり水面に流線型を描《えが》いていた。そしてボートが通った後は、また花弁が水面を覆い隠《かく》す。

「凄い広い池だね、なんかお魚とか泳いでるのかな？」

「さすがに何もいないんじゃないかなぁ……」

七海さんはスルリと僕から離れて柵の近くまで行くと、池の中の様子を覗《のぞ》き込むようにしている。僕も少し遅れて柵に近づくんだけど……その時、七海さんが小さく悲鳴を上げた。

「キャッ⁈」

ちょうど芝生が濡《ぬ》れていたのか、七海さんが少しだけ足を滑《すべ》らせて体勢を崩《くず》してしまう。

池の周囲の柵は僕等の背丈《せたけ》よりも低くて、乗り越えられる程度の高さしかない。

足を滑らせた七海さんがその柵の方へと倒《たお》れこんでいき、慌《あわ》てた僕は七海さんの名前を叫んで彼女の手を引き、僕の方へと力いっぱい抱き寄せた。

かなり強く腕《うで》を引いたため七海さんの腕を痛めてしまったかもしれないが、彼女がそのまま柵へとぶつかって池に落ちてしまわないように僕は彼女を力強く抱きしめる。

「七海さん大丈夫⁈　池の周りは危ないから気を付けないと！」

「あ……ありがとう陽信……滑ってビックリしちゃって……えっと……その……」

抱き合う形となったため、彼女の体温がはっきりと感じられる。それと同時に、心臓の鼓動《こどう》が速くなっているのも認識できた。僕の鼓動も自然と速くなってしまう。

この鼓動の速さは、七海さんに危険が及《およ》んでしまって慌てた……だけじゃない。当然だけど、こんな風に抱きしめるって……したことあったっけ？

慌てて抱きしめてしまった僕は温かさからそのまま抱き合っていたかったけど、ずっとそうしているわけにもいかず……少しだけ彼女を抱きしめる力を緩める。すると、自然と彼女の身体は僕から離れる。

抱き合った状態でほんの少しだけ離れるとどうなるのか……。答えはすぐに理解できた。僕等は至近距離で、自然とお互いがお互いを見つめ合う体勢となった。

とっさとは言え抱きしめてしまったからか、それとも彼女と見つめ合ったからか、僕の心臓の鼓動はさっきよりも強く高鳴る。痛いくらいに。七海さんも頬を染めて、僕を見る目を潤《うる》ませていた。

僕等は互いの目を見つめ合い……そして……。

「ママー、あのお姉ちゃん達なにしてるのー？」

「こ、こら……ダメよ邪魔《じゃま》しちゃ……行くわよ……」

「ママとパパもたまにくっついてるよねー？　お姉ちゃん達もパパとママなのかなー？」

「シーッ！　お口チャックしましょうねぇ。いくわよー」

第三者の声で、僕等は我に返った。

うん、お約束な展開だけどさ……。確かに家族連れとかも多い公園だからね……もうちょっと自粛《じしゅく》するべきだったかな？　パパとママとか見知らぬお子さんに言われてしまい、僕も七海さんももう一歩分だけお互いに離れる。

二人ともちょっとだけもじもじとしながら沈黙《ちんもく》するけど、いつまでもそうしてるわけにもいかない。僕はゆっくりと、頬の熱が引かぬままに彼女へと手を差し出した。

「そ……そろそろ戻ろうか」

「う……うん、戻ろうか。準備できてるよねきっと」

それから僕《ぼく》等は来た道を戻り、みんなの待つ場所へと戻る。道中では僕等は先ほどとはちょっとだけ変わって、少しだけ言葉が少なくなってしまった。そして僕等は……腕を組んだままの状態でみんなの元へと戻っていく。

「あらあら、まあまあ、お母さん嬉しいわー」

「ふむ……行きと帰りでお互いの距離感が違うとは……やりますね陽信」

……しまった、冷やかされると思ったから適当なタイミングで離れようと思ったのに……すっかりその機会を失していた。

母さん達は、揃《そろ》って笑顔を浮かべて親指を立ててきている。

「二人ともおかえり～。先に食べてたよー。お肉美味《おい》しいよー。私が全部食べちゃうよ～」

沙八ちゃんは父さん達が焼いているお肉を食べつつ、おにぎりをパクついている。沙八ちゃんは母さんにお肉を食べさせてもらったりもしていた。ほんとに仲良くなったなこの二人。

改めてだけど……流石は七海さんの妹というべきだろうか。コミュ力がハンパじゃない。僕とは大違《おおちが》いだよ。

厳一郎さんと父さんは自分達で肉を焼きながら食べては「若夫婦《わかふうふ》にかんぱーい!!」とか叫んでいる。酔《よ》ってる？　いや、お酒の類は一切《いっさい》無いから単純にテンションが高いだけか。こんな父さんを見るのは……初めてかもしれない。

「さぁさぁ、二人ともお腹すいてるでしょ？　お肉どんどん焼くから、どんどん食べてねえ」

コンロの上にはタレに漬《つ》け込まれた羊肉や豚肉《ぶたにく》、牛肉、ソーセージなどがジュウジュウと音を立てながら焼かれていて良い匂《にお》いがしていた。玉ねぎやニンジンなどの野菜類もちょうどいい焼き色がついている。

そして、テーブルの上には、母さん達が作ったトマトとモッツァレラチーズと鶏肉《とりにく》のサラダや、クラッカーの上にチーズをのせたオードブルみたいなもの、フルーツやマシュマロなどのデザート系なんかが置かれていた。

いつの間に買ってたんだろうこんなの。昨日の別行動の時に買ってたんだろうか？

「あ、私これ好きー。陽信もほら、食べてみてよ？」

七海さんはその中からクラッカーを一つ取るとそれを一口で食べ、それから僕にもそれを差し出してきた。クラッカーの上にはチーズとリンゴがのせられていて、シロップがかけられているようだ。僕はそれを口に入れると、チーズの塩気とリンゴの酸味、それとシロップの甘《あま》みが口いっぱいに広がった。

「美味しいねコレ。なんかお菓子《かし》みたいだけど……お酒のおつまみなのかな？」

「うん。お父さんが好きなおつまみなんだけどさ、お菓子みたいだよねー」

「ほらほら、二人とも。この辺のお肉焼けたわよ。飲み物もあるから好きなの取って……あ、お酒は無いから安心してね。特に七海は前科が……」

「言わないでよ!!　あっても飲まないよ!!」

「あ、ありがとうございます睦子さん。いただきます」

僕は睦子さんから焼けたお肉がのせられた皿を受け取ると、それを七海さんと一緒に口に運ぶ。

網《あみ》で焼かれて余計な油が落ちているからなのか、それとも炭の香りのおかげなのか……普段《ふだん》のフライパンで焼く肉とは一味も二味も違っていた。ソーセージも中にチーズが入っていて、かぶりつくと熱々のチーズで危《あや》うく口をやけどしてしまいそうになる。でも……とても美味しい。

きっと、青空の下で食べるというこの状況《じょうきょう》も美味しさに一役買っているのだろう。

「美味しいね、陽信。あ、おにぎりはどれ食べる？　ツナと……シャケと、コンブがあるよ」

「あ、じゃあ……コンブでお願い」

おにぎりを受け取って食べると、これがまた肉によく合う。散歩をして腹ペコだったからか、僕等は夢中になって食事を楽しんだ。

青空の下でみんなで料理を食べて、ワイワイと騒《さわ》いで……。今までのインドア派だった僕からは考えられない楽しさだ。

そして、お腹っぱいになった僕と七海さんは、揃ってレジャーシートの上に寝転《ねころ》んだ。

その時……彼女の髪《かみ》や顔に桜の花びらがくっついているのに気づく。

僕はその花びらをそっと取ると……みんながワイワイと騒いでる中で、僕等はお互いを見つめ合い静かに微笑み合った。

ポカポカとした陽だまりの中で……僕等は時間を忘れてお花見を楽しむ。

僕と七海さんがレジャーシートに寝《ね》っ転《ころ》がり、舞い散る桜を楽しんでいる最中……みんなはそれぞれのお花見を楽しんでいた。

父さん達は一緒に語り合い、母さん達は主婦同士の会話をしている。花より団子……という状態である。それは大人同士の会話であり、僕等は割《わ》り込めないし、割り込む気もないものだ。いつかは僕も、そんな会話をする日が来るのだろうか？

「スー……スー……」

そんな中、僕の隣《となり》で寝ている七海さんの寝息《ねいき》が聞こえてくる。ポカポカ陽気に当てられて、ウトウトしていた七海さんはいつの間にか寝てしまったようだ。

彼女も色々と疲れてしまったのかもしれない。僕は着ていた上着を彼女にかけると、レジャーシートの上に座りなおす。

　電池は少ないけど……ちょっとバロンさんに報告でもしようかな？　七海さんを起こしちゃ可哀《かわい》そうだし。あ、写真は一枚だけ撮っておこう……。

　そう考えていたところで……写真を撮る音に合わせたように、僕の前にちょこんと座る影《かげ》が現れた。

　影の正体は……沙八ちゃんである。

　沙八ちゃんはチラリと七海さんを見てから、七海さんそっくりだけどほんの少しだけ吊《つ》り上がった目で僕に微笑みかけてきた。

「お義兄ちゃん、少し私と話さない？　ほら……私と二人だけって今までなかったからさー」

　唐突《とうとつ》な提案に僕は少しだけ戸惑った。確かに沙八ちゃんとこうして二人だけ……今は正確には隣に寝ている七海さんがいるけど……差し向かいで話す機会というのは全くなかったな。

「あ、警戒《けいかい》しないでよ。私は別にお義兄ちゃんに変なことを聞くつもりは無いからさ……。ただ、お姉ちゃんとのことを聞きたいだけ」

「その『お兄ちゃん』って呼ばれ方、改めて聞くとなんていうか……ちょっとむず痒《がゆ》いね。

僕は一人っ子だし、親戚《しんせき》とかからも呼ばれること無かったから」

「あれ、実は嫌《いや》だったとか?」

「嫌とかじゃないよ、そもそもそれでいいよって言ったのは僕だしね。でも、なんでそんな呼び方をってのは不思議かも」

「絶対にお姉ちゃんと結婚《けっこん》すると思ってるから、この呼び方にしてるだけだよ」

とんでもないこと言い出したな。結婚て……。厳一郎さんや睦子さんにもチラッと言われたけど、この一家は皆《みな》さん気が早すぎないでしょうか。いや、それはうちの両親もか。

なんか外堀《そとぼり》だけがとんでもない速度で埋《う》まっている気がする。

気にしたらなんか墓穴《ぼけつ》を掘《ほ》りそうだから、この話題は置いておこう。たぶん、ツッコんだらツッコんだ分だけ反撃喰《はんげきく》らうやつだ。

「それで七海さんとのことを聞きたいって、何が聞きたいの?」

「んー……そうだね、色々あるんだけどさー。お義兄ちゃんってさ、お姉ちゃんのどこが一番好きなの?」

唐突に出た予想外の質問に、僕は少しだけドキリとして冷《ひ》や汗《あせ》が出そうになる。寝てるとはいえ……七海さんが傍《そば》にいては非常に答えづらい質問である。誰《だれ》かを介《かい》して伝わるって、本人に直接言うよりも照れ臭《くさ》い気がする。直接でも照れ臭いけど。

「……そんなの聞いてどうするの？」

「いや、お姉ちゃんからお義兄ちゃんの好きなところはよく聞くんだけどさ。お義兄ちゃんから聞いたこと無かったなぁと思って」

七海さん……何をそんなに喋《しゃべ》ってるの？　ちょっと恥ずかしいけど……沙八ちゃんは瞳《ひとみ》を輝《かがや》かせて僕のことを見てきている。

……好きなところ……好きなところかぁ……改めて聞かれると深くは考えたことが無かった。というよりも、好きなところが多くて一番って決めづらいなぁ。

「やっぱり、おっきいおっぱい？」

「違《ちが》うよ。いや、嫌《きら》いという意味じゃなくて……。というか、女の子がおっぱいとか言わない方がいいと思うなぁ僕は」

「お義兄ちゃんまで友達と同じことを言う……」

自分の胸を両手で持ち上げながらの発言だからそりゃ言うよ。もしもクラス内でやってるならこれ、男子はかなり気まずいのではないだろうか……。とりあえず沙八ちゃんを窘《たしな》めつつ……僕は改めて七海さんの好きなところを考える。

好きなところ……好きなところかぁ……。

僕のためにお弁当を作ってくれたり、料理や勉強を教えてくれたりする、面倒見《めんどうみ》の良さ。

たまに大胆《だいたん》に迫《せま》ってきて、それに対して僕が返すと真っ赤になって恥ずかしがる、可愛《かわい》らしさ。

僕が好きなことに理解を示して歩み寄ってくれるその心の広さや、僕を好きでいてくれるだろう一途《いちず》さ……。好きだって思ってくれてるだろうってのは予想だけどさ。

何よりも……誰よりも僕のことを考えてくれる、温かい優《やさ》しさ。

数え上げればキリがないよなぁ……。あえて表現するなら……。

「一番好きなのはやっぱり、可愛い所かなぁ……」

「それって、見た目？」

「じゃなくて性格の話ね。面倒見が良かったり、心が広かったり……たまに自爆《じばく》して赤くなったりとか、そういう全部をひっくるめた優しいところが……可愛いって思えるかなぁって」

「そうだねぇ……お姉ちゃん優しいもんね。そういう意味では、お義兄ちゃんにピッタリだよねー。お義兄ちゃんみたいな優しい人、見たことないもん」

そんな風に思われてたのか……光栄に思いつつもちょっとだけ気恥《きは》ずかしい。沙八ちゃんもこれで納得《なっとく》してくれたかな？

ホッとしたのもつかの間。彼女は七海さんそっくりな揶揄《からか》うような笑《え》みを浮《う》かべて、僕に質問を続けてきた。

「で？　外見的要因ではどこが一番好きなのかなー？」

おぉう……外見的要因か。これはまた答えづらいことを……。そういうのって、何を言っても角が立ちそうな気がするんだけど……。そんなに聞きたいの？

「やっぱさ、おっぱい？」

「いや、さっきから何なのそのおっぱい推《お》しは。僕に何をどう答えさせたいの」

「クラスの男子がよく『やっぱり女は胸だよな』って言ってるからさ。男子ってみんな好きなのかなって。お姉ちゃんのふわっふわだよ。ふわっふわ……もう、すっごいの！」

……うん……ちょっとだけどその感触《かんしょく》を堪能《たんのう》した身として余計に答えづらい。いや、触《さわ》ってないよ。当たっただけだから。たまたま偶然に当たっちゃっただけだから。

まぁ、健全な中学生なら胸に目が行ったり意識が行ったりするのは仕方ないとしても……僕はそうだなぁ……。

最初に七海さんの外見のどこが好きかと言われて、思いついたのは、胸ではなかった。

「目……かなぁ……？　綺麗《きれい》な……七海さんの瞳」

「目？　胸でもなく、お尻《しり》でもなく……目なの？　お義兄ちゃん、随分《ずいぶん》変わったフェチなんだね」

「どこでそんな言葉覚えたの⁈　いや、フェチとかじゃなくて、七海さんの瞳ってさ……すごく綺麗じゃない？」

そう、改めて考えると……僕は七海さんに真っ直ぐに見つめられるのが好きなのだ。

その綺麗で宝石のような大きな瞳。時折不安に揺れたりするけど、優しく僕を見てくれるあの目で見られると……とても心が温かくなる。

「目……かぁ……ふーん……それは意外な答えだったなぁ……」

沙八ちゃんはそこで、少しだけ考え込《かんがこ》むように腕を組んだ。

変なことを言ったつもりはないんだけど……なんだか審判《しんぱん》されているようで少しドキドキする。そして、沙八ちゃんは僕から視線を外すと七海さんの方へと視線を向けた。

「お姉ちゃん、良かったねぇ。お義兄ちゃんはお姉ちゃんにぞっこんだよー」

沙八ちゃんのその一言に、寝ているはずの七海さんの身体がビクリと大きく震《ふる》えた。え？

起きてたの七海さん？

ゆっくりと七海さんは上体を起こし……赤くした顔で沙八ちゃんを睨《にら》みつけていた。

「さーやー……何を陽信に聞いてるのよぉ……恥ずかしくて起きらんなかったじゃないのぉ……」

どこから聞いていたんだろうか、僕も思わず羞恥《しゅうち》に頬を染めてしまい、七海さんの顔をまともに見られそうになかった。沙八ちゃんは僕と七海さんの顔を見て、にこやかな笑《え》みを浮かべている。

「いやぁ、男子が苦手だったお姉ちゃんが、なんでお義兄ちゃんは平気だったのか凄い疑問だったんだよね。でも、今日の話でその理由がよく分かったよ……お義兄ちゃんがこんな人だから、お姉ちゃんは平気だったんだね」

「……そうだよ、陽信だから私は平気なの……恥ずかしいから言わせないでよ」

睦子さんそっくりの優しい微笑みを浮かべながら、沙八ちゃんは真っ赤になった自分の姉を微笑ましそうに見つめていた。改めて言われると……非常に照れるな……。

それから沙八ちゃんは僕の方へと身体を向けると、わざわざ正座をしてから僕に頭を下げてきた。

「陽信さん……これからも姉をよろしくお願いします」

僕のことを兄と呼ばず、あえて名前で呼んできた沙八ちゃんの言葉は……七海さんへの想《おも》いで溢《あふ》れているようだった。

……やっぱり沙八ちゃんも、七海さんが大好きなんだな。だからこの機会に僕に質問をしてきたんだろう。もしかしたら、心のどこかで色々な心配が渦巻《うずま》いていたのかもしれない。

「うん……任されました」

僕も正座をして姿勢を正してから、沙八ちゃんに頭を下げる。これで、沙八ちゃんとも一つのケジメというか……少しあった壁《かべ》みたいなものがなくなったかな？

そして二人同時に頭を上げると……沙八ちゃんはその顔に年相応の笑みを浮かべて僕へと詰《つ》め寄ってきた。

「それじゃあさ!! お義兄ちゃんの学校の誰か格好《かっこ》いい人、紹介《しょうかい》してくれない?! 二人見てると私も彼氏《かれし》欲《ほ》しくなっちゃうんだけど……同年代だと良い人いなくてさぁ」

切り替《か》えが早いな！ 沙八ちゃんからさっきまでの真剣《しんけん》な声色《こわいろ》は消え、年相応の無邪気《むじゃき》な女の子に戻っていた。

「紹介って……僕、紹介できるほど友達は多くないんだけど」

「ええ～？ あれだけお姉ちゃんに対して色々してるのに友達少ないの？ なんか随分極《ずいぶんきょく》端《たん》だねえ、お義兄ちゃんは」

呆《あき》れられてしまった僕は、少し写真を探してみるが……。僕の写真フォルダに残っているのはゲームのスクショか、七海さんと出会ってからの写真ばかりだ。いや、改めて見ると七海さんの写真しかないな。男性で唯一《ゆいいつ》あるのは、標津《しべつ》先輩《せんぱい》の写真くらいだ。でも……先輩《せんぱい》かぁ。

「うわ、この人めっちゃイケメンじゃない⁈　背たかっ！　お義兄ちゃんとの身長差すごっ！」

いつの間にか僕の背後に移動していた沙八ちゃんが、標津先輩の写真を見てはしゃいでいた。分かってたけど、やっぱり沙八ちゃんから見ても先輩ってイケメンなんだな。改めて言われると再認識《さいにんしき》する。

ここ最近だと凄く面白《おもしろ》い先輩って印象しかなかったから。

「まぁ、カッコいいよね。標津先輩……うん、カッコいいんだけど……」

「あぁ、この人がお姉ちゃんの胸ばっかり見てフラれたって先輩なの？　へー、こんな人だったんだ」

僕が口ごもっていると……沙八ちゃんは先輩の情報をあっさりと口にする。七海さんを見ると困ったような笑顔で、舌をペロッと出していた。うん、先輩のこと喋ってたんだ……。

「うーん、私はお姉ちゃんほど胸ないし……ダメかなぁ……？　でもお姉ちゃんに告白したなら、私にもワンチャンあるよね……。お義兄ちゃん、今度機会あったら先輩さん紹介してよ」

「いや、沙八ちゃんが良いなら僕は良いけど……」

僕はチラリと七海さんを見ると、七海さんもちょっとだけ困惑《こんわく》した表情を浮かべていた。

自分に告白してきた男性を妹に紹介するというのは、胸中複雑なんじゃないだろうか。

いや、紹介するのは僕だけどさ。それでも厳しいんじゃないかな。

「えっと……前も言ったけどさ、先輩って私の胸ばっかり見てきたんだけど、沙八は平気なの？　いや、悪い人じゃないんだよ……。色々と誤解してた部分もあったし、むしろすっごい良い人の部類だけど」

「おぉ、お姉ちゃんがお義兄ちゃん以外の男の人を褒《ほ》めてる。珍《めずら》しい。ほんとに良い人なんだ」

たまらず七海さんも口を出してきたけど、沙八ちゃんの言う通り七海さんの中で先輩の評価がちょっと上がってることが窺《うかが》えた。うん、確かに良い人なんだよね先輩って。

良い人なんだけど、問題は姉がフッた人を妹に紹介するって大丈夫《だいじょうぶ》なんだろうか……？　ダメだよねきっと？

僕も七海さんもそう思ってたんだけど、どうやら沙八ちゃんはその辺は問題がないらしく、僕と七海さんの発言に不思議そうに首を傾《かし》げていた。

「お姉ちゃん何言ってるの……。男の子はね、いくつになってもおっぱいが好きなんだよ？　おっきな胸を見るなんてふつーふつー。それにいきなり付き合うとかじゃなくて、あくまで紹介してもらうだけだし。まずはどんな人か、知りたいだけだよ」

僕も七海さんも沙八ちゃんの言葉に面食らってしまう。

この子、随分とませてる……。沙八ちゃん中学生だよね？　今の中学生ってその考え方が普通《ふつう》なの……？　ピーチさんも中学生だけど随分と大人な発言してた気がするし。

いや、もしかして沙八ちゃんって性格は睦子さん似なんだろうか。なんかそう考えた方がしっくりくる気もする。

「それにお姉ちゃん忘れたの？　私はダンス部なんだよー。ダンサーが見られるのを嫌がってどうするのさぁ。まぁ、お姉ちゃんくらいの大きさだと踊《おど》りづらいかな……？」

「妹にセクハラされたッ?!」

沙八ちゃんは七海さんの胸をガシッと掴《つか》むと、吟味《ぎんみ》するようにまさぐる。僕はちょっと見てはいけない光景かなと目を逸《そ》らした。そしたら……。

「ちょっ?!　沙八何やって?!　やめっ……!!」

なぜか僕が目を逸らしたタイミングで……いや、僕が目を逸らしたからなのか、七海さんの拒否《きょひ》の声が強くなっていく。衣擦《きぬず》れの音と七海さんの拒否の声だけが僕の耳に届いてくる。

何やってんの?!　見えないからこそ僕のなかの想像力が働いてしまうんだけど、振り向くことはできない。耐《た》えろ僕。というか止めろ僕。

少しの時間、変なやり取りが聞こえてくるんだけど……すぐに鈍《にぶ》い音が響《ひび》く。

「いったーーーーい‼」

「自業自得《じごうじとく》!」

そこでようやく僕が振り向くと、頭を抱《かか》えて涙目《なみだめ》になってる沙八ちゃんと、握《にぎ》り拳《こぶし》を作って怒《いか》りの表情を浮かべる七海さんがいた。七海さんの怒った表情とか初めて見たよ……。

こんな感じで怒るんだと思いつつも、初めて見る姉妹《しまい》のやり取りに少しだけ面食らう。

僕の視線に気づいた七海さんは、掲《かか》げていた拳をさっと後ろに隠すとそのまま照れ臭そうに、誤魔化《ごまか》すように曖昧《あいまい》な笑顔を浮かべていた。いや、隠さなくてもいいのに。

七海さんの隠れた一面というやつか、それとも姉妹ゆえの気安さが出てしまったのか。僕には判断ができないけどそこまで悪印象は持っていない。僕も兄弟がいたらこんな感じの対応するのかな。

「うわーん、お義兄《にい》ちゃーん。お姉ちゃんがぶったー。ちょっと胸とか揉《も》みまくってこねくり回しただけなのにー」

だけじゃないでしょそれ。暴力はいけないけど殴《なぐ》られても文句言えないでしょ。両手を伸ばして棒読みで僕に近づいてくる沙八ちゃんに対して、七海さんは隠してた拳を前にしに首を傾げる。

　伸ばしてきた手が僕に触《ふ》れるか触れないかのタイミングで、僕は沙八ちゃんの肩《かた》を掴んで静止させる。止められた沙八ちゃんは首を傾げて、それに合わせて七海さんも同じように首を傾げる。

「沙八ちゃん、セクハラってのは同性同士でも成立するんだよ。気をつけないと」

「わぁーおぉ……味方がいないのは予想してたけど予想外の答えが来たよ……」

　溜息《ためいき》をつくような小さな声を出しながら、沙八ちゃんは引きつった笑みを浮かべる。七海さんもちょっとだけ苦笑いを浮かべていた。いや、前にバロンさんに教えてもらったから聞きかじりだけど、そうらしいよ？　論点はきっとそこじゃないけど。

「ぶぅー、お義兄ちゃんはお姉ちゃんの味方ばっかりする」

「そりゃまぁ、彼氏ですから当然でしょう。逆に沙八ちゃんの味方したら大事件だよ」

「正論は時に人を傷つける……。しくしく」

　沙八ちゃんは棒読みの泣きまねを口にしながら肩を竦《すく》める。だけど最後のその言葉を聞いた僕と七海さんは顔を見合わせて、そして二人で笑った。沙八ちゃんはそんな僕等を変な目で見て来るけど、こればっかりは僕と七海さんにしかわからないからその表情も納得だ。

沙八ちゃんの言葉が、標津先輩の最後の言葉と一緒《いっしょ》なんだもん。こんな偶然《ぐうぜん》があるのかって僕も七海さんも笑って、怪訝《けげん》な表情を浮かべていた沙八ちゃんも気づけば一緒になって笑っていた。

そして、楽しい時間は過ぎてしまえばあっという間で……。

気がつけば、もう帰宅する時間となってしまう。名残惜《なごりお》しいが、こればっかりは仕方ない。何事にも終わりはつきものだ。終わりがあるからこそ、楽しいともいえる。

「陽信くん、夏はみんなで海キャンプでもしようじゃないか。きっと楽しいし、七海の水着姿も見られるぞ！」

「いーね！　海！　お義兄ちゃん、それまでに、先輩さん紹介してねー！」

そんな帰りの途中、厳一郎さんが提案をしてきて、沙八ちゃんも賛同する。沙八ちゃん……キャンプは嫌《きら》いって言ってなかったっけ？　父さん達もそれに賛同して、キャンプの計画を今から話し始めているようだった。なんとも気が早い。

海……海かぁ……。僕はチラリと七海さんを見る。彼女は僕の視線に気づいたのか、笑顔でキャンプ楽しみだねとだけ口にする。その言葉で、今度は僕が引きつった笑みを浮かべる番だった。

「どしたの？」

「いやその……実は僕、恥ずかしながらほとんど泳げなくてさ……」

「ありゃりゃ、そうなんだ。じゃあ私が泳ぎを教えてあげるね。泳ぎは得意だから」

得意気にガッツポーズをとってから、七海さんは少しだけ考えるように視線を少しだけ上に向ける。そして、頬を染めながらポツリと僕だけに聞こえる声量で呟《つぶや》いた。

「陽信はどんな……水着好き？　やっぱりビキニとか……？　新しいの買う時は付き合ってね？」

七海さんの……水着ですか⁉　その一言に七海さんのビキニ姿を想像してしまうが……同時にその破壊力《はかいりょく》にものすごく心配になった。とんでもないぞこれ。

「七海さん……海では絶対に僕から離《はな》れないでね……。あと、パーカーとか必須《ひっす》で。脱《ぬ》ぐなら僕の……僕等の前だけにしてね？」

僕の言葉に七海さんはキョトンとしてから、僕に柔《やわ》らかい笑顔を向けてくる。

「心配症《しんぱいしょう》だなぁ、私の彼氏《かれし》は。大丈夫だよ。絶対に離れないから」

「そりゃ、心配するよ。僕の大事な彼女《かのじょ》だからね」

僕らは互いに笑い合い、この先のイベントについて話し合いながら帰路につくのだった。

幕間　帰りの車にて

旅行終わりの帰りの車の中、楽しかった思い出を反芻《はんすう》しながら隣にいる陽信《ようしん》に視線をチラリと送る。彼はこっくりこっくりと船を漕《こ》いでいた。その姿に私も思わずあくびが出てしまう。

退屈《たいくつ》とかじゃなく、単純に帰るということに気が緩《ゆる》んで色んな疲《つか》れが一気に出てきた感覚だ。あんなに寝たのに眠《ねむ》くなるんだなぁ……。

前の座席ではお父さんとお母さんが今日の小旅行の感想とか、夏のキャンプの計画なんかを話している。キャンプは嫌《イヤ》だったけど……今回みたいなのなら行ってみたいと思うから不思議だ。私の気持ちの変化は、彼がいるからなのか。

沙八は今ここにはいなくって、志信《しのぶ》さんの運転する車に乗っている。

なんだか私より志信さんに懐《なつ》いてない？　彼氏のお母さんに懐く妹……不思議すぎる。志信さんも沙八のこと可愛がってくれているし……。

私より気に入られてたらどうしよう。陽信の彼女としてちょっと危機感を覚える。まぁ、沙八が相手なら変なことにはならないだろうけど。

そっと彼の手を取ると、小さく呻《うめ》きながら身体をピクリと震わせて反応する。面白くて手をつんつんとつつくと、そのたびに陽信の身体は揺《ゆ》れた。ちょっと楽しいかも……。

いやいや、楽しんでばっかりじゃダメだよね。

「お母さん、なんか毛布とか無いかな。陽信、なんか眠いみたいだし」

起こさないように小さく呟くと、お母さんは一枚の小さめの毛布を渡《わた》してくれた。ダメもとだったんだけど、言ってみるものだね。

「どうせなら毛布よりピッタリくっついてあげれば？　あったかいわよぉ」

「しないよ……!!」

小声で叫《さけ》びながら私は毛布をひったくるように受け取った。いや、やってもいいかもだけど……起こしちゃったら悪いし……。陽信に毛布をかけると、彼は少しだけ身じろぎするけども目を閉じたままだった。

……ちょっと悪戯《いたずら》心が芽生える。

私は彼の鼻先を撫《な》でるように、くすぐるように触れると陽信はうぅんと小さく唸《うな》って身体を揺らす。うん、ちょっと楽しい……じゃない、楽しんでどうする私。

陽信の顔を見て、私は彼に告白した日を改めて思い出す。全部、あの日から始まった。

今日でほぼ三週間目……三回目のデートが終わって残りの期間は一週間だ。

つまりそれは、残りのデートが多くても二回しか残っていないことを意味する。次の週末が最後で、勝負で、全ての決着がつく週末になるはずだ。

最後のデートは、さすがに今回みたいなのじゃなくて二人っきりで何かをしたいな。気持ちの準備とかもあるし。今回のが楽しくなかったわけじゃないけど、やっぱり今回のはデートっていうよりも旅行って意味合いが強かった気がする。

まさか皆で一緒に温泉旅行に来ることになるとは思わなかったなぁ……。

実はこっそりと初美と歩に一部始終を伝えたら、とんでもなく驚《おどろ》かれた。そりゃ驚くよね。なんでそうなるのって、こっちが聞きたいよ。まぁ、志信さんが発案したからだけど。

……一緒に……寝るとかもビックリだ。これは二人には言えてない。言ったらどんな反応をされるか分かったものじゃない。

まさかお母さんから情報いってるとか無いよね？　さすがにそれはしてないと思いたい。

「んっ……」

隣から陽信の声が聞こえてきた。彼の方へと視線を移すと、目をゆっくりと開いている。

私はそれを黙《だま》って見る。急がせることも、止めることもしない。

「七海《ななみ》さん、ごめん……僕寝《ぼくね》てた……？」

「おはよう陽信。ちょっとだけね。疲れたんだねぇ」

「遠出なんて久しぶりだからねぇ……ふわぁぁ……ごめん、退屈じゃなかったかな？」

「陽信の寝顔《ねがお》見たりしてたから、退屈はしなかったかな」

そこで彼《かれ》は照れたように私から視線を逸らす。その反応が可愛くて、私はちょっとだけ意味深に含《ふく》み笑《わら》いをした。彼はますます照れたように頰《ほお》を染めた。

「イチャイチャしてるところごめんねぇ。もうすぐ着くわよ」

すぐに前にいるお母さんが反応して、陽信はそちらに顔を向ける。少し寝ぼけてたのかお母さんがいることに驚いているようだった。

もうすぐ着くってお母さんが言ったけど、どこに着くんだろ？　周囲の景色は見覚えのないもので、うちまでもうすぐとは思えなかった。陽信も窓の外から景色を見て少し困惑していた。

「これから陽信君のお宅にお邪魔することになったわ。悪いってお断りしたんだけど、沙八が志信さんの車に乗っちゃったし、お言葉に甘えることにしたの」

私達の疑問が伝わったのか、お母さんはすぐに答えを教えてくれた。そっか、陽信の家に行くのか。いつもうちに行くからそれは予想外だったなぁ。

陽信も、自分の家に行くって意識がなかったのか、お母さんの答えを聞いて納得したように頷《うなず》いていた。

陽信の家にお邪魔するって……凄《すご》い久しぶりな気がする。初デートの帰りに、家に晩御《ばんご》飯《はん》を作りに行ってあげて以来かな？　いっつも集まるのってうちだもんね。

陽信の家で……。お部屋……行ったりするのかな？　いや、みんないるから当然変なことはないんだけど、陽信の部屋入ったことないなって思っただけで他意はなくて……誰に言い訳してるの私は。一人で焦《あせ》って、一人で熱くなっちゃった。

私は一人で妄想《もうそう》していたから気づいてなかったけど、この時に陽信は隣でスマホをいじりながらとある決意をしていた。それが直後の……彼の行動に繋《つな》がる。

私が一人であわあわしてると、陽信は私の手にそっと触れて囁《ささや》いてくる。

「七海さん……帰ったら大事な話があるんだ……。僕の部屋に来てもらえるかな？」

「えっ……うん」

部屋……部屋ッ?!　陽信のお部屋で、当然二人っきりなんだよね？　私が視線だけで問いかけると、陽信は無言で頷く。

真剣な眼差《まなざ》しで言われた言葉に、私は反射的に頷いてしまう。彼の手に触れられた部分が熱くて、私はドキドキしながら同時に不安な気持ちが心に湧《わ》き上がる。

大事な話って……何だろう？

大勢で行うイベントが終わるのを寂《さび》しいと感じたのは、僕にとって初めてのことだった。少し前なら早く帰ってゲームしたいなとか思っていた僕がそんなことを思うなんて……。人とはここまで変わるものなのか。もう何度実感したか分からないけど。

これが僕にとって良い変化なのか、悪い変化なのかは分からないけど、きっと良い変化なんだと思っておこう。少なくとも悪いことじゃないはずだ。

そして、今目の前で起きていることも僕の変化の一つだ。少しだけ緊張《きんちょう》しながら、僕は目の前の光景を見守っている。

「えっと……名前これでいいかな？　『はじめまして「シチミ」といいます。よろしくお願いします』……っと……陽信《ようしん》、これでいいの？」

「うん、大丈夫だね。ほら、みんなから返事も来てるよ？」

「ほんとだ、チャットって初めてだけど普段使ってるのとそんな変わらないんだね。この人達が陽信のゲーム仲間さん達なんだ」

振《ふ》り向いた七海《ななみ》さんが、僕《ぼく》に微笑《ほほえ》みかけてきた。初めての交流を楽しんでいるようで何よりだ。七海さんが僕の部屋でゲームをしているとは不思議な光景だ。そう……今、僕の部屋に七海さんがいるんだ。七海さんが、僕の部屋にいるんだ。

実感を込めるように二回も言ったけど、彼女が部屋にいるという短い一文にどれほどの緊張感が込められているのか。さっきから心臓がドキドキしっぱなしだ。

七海さんを部屋に上げたのはこれが初めてになる。

前に来た時には、僕の部屋には入らずに帰ったからね。理由？　理由なんて、部屋で二人きりなんて僕が耐えられないからに決まっている。今だってドキドキしてるんだから、当時はもっとしてただろう。

まぁ、今も緊張してるけど。なんでだろうか。七海さんの部屋で二人の時は平気だったし、ホテルで泊《と》まった時も平気だったのに、自分の部屋ってだけで緊張してる。

「陽信、なんか異様に盛り上がってるんだけど……どうすれば？」

七海さんが少し困っていた。チャット上では僕の彼女の登場に普段コメントをしないメンバーも含めて大盛り上がりだ。ＪＫコールまでされている。何してるんだこの人達は。

ちなみに、七海さんは今メガネをかけている。

曰《いわ》く「こっちの方が雰囲気《ふんいき》出るかな」とのことだ。確かに雰囲気はピッタリだし、似合っている。ちなみにこのことをチャットで伝えたらみんなは更《さら》に盛り上がった。そんなに眼鏡が好きか。僕も好きだけどさ。

「とりあえず、落ち着くまでほっとこう」

「いいの？　アドバイスとか貰《もら》ってる人達なんでしょ？」

そう。七海さんを部屋に呼んだ目的は色気のあるものではない。僕は七海さんに、恋愛《れんあい》についていて相談をしていることについてとうとう打ち明けた。打ち明けたらホッとされて不思議に思ったんだけど、七海さんは僕に何を言われるのか戦々恐々《せんせんきょうきょう》としてたそうだ。

僕も打ち明けたことで何を言われるか戦々恐々としてたから、ホッとされたのは予想外だった。せっかくだし、少し話をしてみるって誘《さそ》ったら即決《そっけつ》でOKだった。特に、ソシャゲ仲間達には僕にアドバイスをしてくれてた件でお礼が言いたいらしい。どこか七海さんらしい律義《りちぎ》さだ。

まぁ、まだゲームには参加せずに七海さんはチャットで話すだけなんだけど、僕はチームのみんなにそれでも良いかを聞いてみたところ……。

『うん、いいんじゃないかな？　うちは初心者歓迎《かんげい》だし、ゲームにも興味持ってもらいたいね』

『私も賛成です。キャニオンさんの彼女さんとお話してみたいです。色々聞きたいこともありますし』

『例の砂糖製造機のエンジン部分さんが参加？　いいじゃない』

そんな風にいろんな声が聞こえてきたが、少なくともチャット参加者からは満場一致《まんじょういっち》で了承《りょうしょう》を得ることができた。いや、待って。なんですか砂糖製造機のエンジン部分て。言ったの誰？

言及《げんきゅう》したところ、その例えだと僕は燃料らしい。……燃料かなぁ僕？　むしろ七海さんが燃料じゃない？　まぁその辺は突《つ》っ込んでも仕方ないのでスルーしておこう。甚《はなは》だ不本意ではあるけど。

もちろん、僕が七海さんの罰《ばつ》ゲーム告白を知っているということは……自分達が言うのは違うだろうと秘密厳守を誓《ちか》ってくれた。

そんな感じでチームのみんなからは了承も得られ、何の問題もなく七海さんと二人で過ごせると思っていたのだけど……。

「陽信、お茶とお菓子《かし》を持ってきたわ」

「いやぁ、まさか息子《むすこ》の部屋に女の子がいるのを見る日が来るとは……」

ちょいちょい、父さんと母さんが七海さんをもてなしにやってくるのだ。

父さんと母さんは帰ったら再び出張先に移動する予定だったんだけど、僕が七海さんを部屋に招くって言ったらそれをギリギリまで伸《の》ばすと言い出した。ちなみに厳一郎さん達もうちにいる。

ちゃんとノックはしてくれるし、気を使ってのもてなしだってことはわかるんだけど……。旅行中に散々交流したでしょうが。

息子の初めての彼女に浮かれる両親ってこんななの？　まぁ、やましいことをしてるわけじゃないから良いんだけどさ。

「父さん、母さん……。旅行先で散々七海さんとは交流したでしょ」

「陽信……息子の彼女を家にお迎《むか》えするのは、今までと心構えが違うのよ」

「そうだね、陽信が彼女を部屋に入れるという事実だけで、私達は緊張するよ」

そうは見えないけど緊張してるのか……。頻繁《ひんぱん》に来るのはその緊張の表れなのかな。来るたびに七海さんは嫌な顔せずに父さんと母さんを迎えてくれるけど。……普通に考えたら嫌な顔できるわけないけどさ。それでも、七海さんの表情は心からのものに見える。

僕はため息をつきながら、両親がいつまでいるのかを確認《かくにん》する。二人とも、明日からは出張先で仕事のはずだから、今日もそうのんびりはしていられないはずだ。それまでには僕の方も終わらせよう。

「私もお父さんも、あと一時間もしたら出る予定よ。でも気にしなくてもいいわ。二人きりの時間は大事にしなさい」

「あ、ありがとうございます！　お二人とも、またいろんなお話聞かせてください。志信さん、陽《あきら》さん……明日からも、お仕事頑張《がんば》ってくださいね」

七海さんが僕の両親を笑顔で励《はげ》ますと、二人は感極《かんきわ》まったかのように震えていた。その気持ちは、よく分かる。七海さんの応援《おうえん》は……力が湧《わ》くものだ。

「それじゃ、二人ともごゆっくり。陽信、出がけにまた声をかけるけど……私達がいなくなっても七海さんに変なことしちゃだめよ？」

「まぁ、一晩一緒にいて何もしない陽信なら平気だろうけど……一応は言っとくよ。やるとしても、ちゃんと高校生らしい範囲《はんい》でね？」

「分かってるよ。二人とも準備あるんでしょ。こっちはもう気にしなくていいから」

二人が少しだけ名残惜しそうに出ていったことで、僕と七海さんはゲームでの会話を再開する。僕はパソコンの方ではゲーム画面を、スマホではチャットを起動している。七海さんはスマホのチャットのみだ。

「隣《となり》にいるのに画面越《ご》しに会話するのって、なんだか不思議だね。でも楽しいかも」

「確かに不思議な感じだね……。まぁ、七海さんがバロンさん達と会話してるってのがもう僕には不思議なんだけどさ……」

まさかこんな日が来るとは思っていなかった。チャットには改めての皆《みな》の挨拶《あいさつ》が次々に書《か》き込まれていく。

『改めて……シチミさんはじめまして、バロンです。一応、このチームのリーダーやらせてもらってます。話はよくキャニオン君から聞いてますよ』

『シチミさん……はじめまして……ピーチって言います。キャニオンさんにはお世話になってます。よろしくお願いします』

二人以外にも続々とメンバーが自己紹介をしていく。七海さんはそれを一通り見て、一人一人に丁寧《ていねい》に返信をしていっていた。本当に律儀《りちぎ》だ。

ちなみに『シチミ』というのは彼女のチャット上での名前だ。何にするか迷ってたけど、分かりやすいということで彼女が本名をもじって自分で決めた名だ。

「陽信はここでは「キャニオン」って名前なんだ？　じゃあ、キャニオンくんって呼ぼうかな」

「僕もシチミさんって呼ぶから、良いと思うけど……」

「それだといつも通りだしさー、どーせならゲーム上でくらい逆で……呼び捨てしてほしいかなぁ」

「シチミ……って？　なんかそれ、彼女できて調子に乗ってるヤツみたいにならない？」

「いいじゃん。ちょっとやってみてよー」

両手を合わせて可愛くおねだりしてくるんだけど……。どうしても僕の中でその決心がつかなかった。ゲームの中で別に言葉にするわけじゃないのに、どうしても拒否感が強く出ていた。

「シチミさんは今日、ゲーム自体は僕の横で見てるので……チャットだけですけどよろしくお願いします」

『おやおや、キャニオン君。せっかく彼女さん参加なのにさん付けなのかい？　呼び捨てにしなくていいのかい？』

揶揄うようにバロンさんが言うけど、僕も七海さんも思わず顔を見合わせる。バロンさん、僕と七海さんの会話聞こえてないよね？　あまりにも話題がタイムリーだった。

「バロンさん良い人だ！　陽信もほらぁ、呼び捨てしてみようよー」

七海さんはバロンさんの言葉に乗っかって楽しそうに僕に詰め寄る。……うん、喜んでいるならいいかなぁ。七海さんがチャットに喜んでいる間に、僕はゲーム画面をパソコン上に表示する。

「これが、陽信がみんなとやってるゲーム？　なんか綺麗な画面だね。可愛いキャラもいっぱいいるしねぇ。私、ゲームってほとんどやらないからなぁ……あ、陽信のアイコンの子だ」

七海さんは僕の後ろから、顔をすぐそばまで近づけて一緒にパソコンの画面を見る。良い匂《にお》いにドキドキしつつ。僕はゲーム画面を見せて、戦闘《せんとう》画面や色々な画面を見せていく。今はイベントも特に無いので、それぞれが思い思いに遊んでる状態だ。

彼女は僕が何かをするたびに、納得したように頷いたり、感心したように声を上げたりする。ゲームをしたことが無いと言った通り……見るものすべてが新鮮《しんせん》なのかもしれない。

『しかし、キャニオン君から聞いてたけど、シチミさんとキャニオン君の進展は早いねぇ。おじさんびっくりだよ』

ゲームをやっていると、バロンさんが感慨深《かんがいぶか》げなことを書き込んでいた。他の皆もその言葉に同意していた。

「皆さんが、キャニオンくんにアドバイスしてくれたおかげですよ。本当に、お世話になったみたいで……ありがとうございます」

『いやいや、二人の頑張りがあってこそだよ。若い子の恋《こい》バナでみんな盛り上がってたし、こちらこそありがとうございます』

バロンさんやみんなは、早くも七海さんと打ち解けたようで、会話が盛り上がっている。

逆に僕は……会話内容が僕に対する褒め言葉《ことば》とか、七海さんの僕に対する想いとか、そんな話なので……正直、参加しづらかった。自分の褒め殺しを見ているようだった。

『あれ？　キャニオン君が参加してきてないけど……どうしたのかな？』

「あぁ、キャニオンくんなら私の隣で照れてます。ほんと、私の彼氏は可愛《かわい》いです」

それを言っちゃうの?!

あぁ、チャットが『照れるなよー』とか、『リアルで隣にいる発言を聞くとは…』と、変な盛り上がりを見せている。

「そう言えば、前にキャニオンくんが私に大好きって言ってくれた時も、皆さんの後押《あとお》しがあったとか……本当に嬉《うれ》しかったです」

『あぁ、あれは僕等ってよりも。ピーチちゃんの単独での功績だよね。彼女が言うべきだって強く言ったからこその、キャニオン君の行動だったよね。僕も動かされた一人だけど』

『……バロンさん……それは秘密にしておいて欲《ほ》しかったです……』

「そうなんですか!?　ありがとうございますピーチさん！　おかげで最高の思い出ができました！」

『いえ……私なんて……そんな……喜んでもらえたなら……』

七海さんはそれからも、ピーチさんに感謝の言葉を伝え続ける。それに対するピーチさんの書き込《こ》みは、ほんの少しだけ歯切れが悪い。もしかしたら、初期の頃《ころ》の彼女への発言を気に病《や》んでるのかも知れない。

僕はあの時のことを思い出して、今更《いまさら》ながら照れ臭《くさ》くなった。だからこそ僕も、ピーチさんへと感謝の気持ちを書き込むことにした。

「ピーチさん、僕からもありがとうって改めて言わせて。あれで僕は、気持ちを伝える大切さを知ることができたからね」

『キャニオンさん……そう言ってもらえると……嬉しいです。お二人とも、幸せになってくださいね』

「ありがとー。私達《たち》、絶対に幸せになります！」

そこからは、七海さんとピーチさんのガールズトークが繰《く》り広《ひろ》げられる。

僕はその会話を見てほっこりしつつ、その間に開かれた別なチャットルームに招待される。その内容は……。

『いやー、女の子同士の会話って……めっちゃいいなぁ……文字だけなのに華《はな》があるよ。キラキラして見える』

『ピーチちゃん、確か中学生くらいだったよね？　若い子同士の会話はおばちゃんに若さをくれるわ～。眼福眼福。もっとやれ』

『このチャットログは永久保存だね……スクショしとかなきゃ……。音声にしてなくて良かったって改めて思うよ』

そんな、ピーチさんと七海さんの会話を見守る会だ。どうしよう、ちょっと気持ちが分かってしまう。僕も二人の会話を邪魔《じゃま》をしないよう見守ってるが、とても和《なご》む会話だからね。和む会話……なんだけど……。

なんか、モヤモヤする。

なんでだろうか、二人の会話が弾《はず》むのを見て僕も嬉しいはずなのに、胸の奥《おく》で何かがモヤモヤとして落ち着かない。

「陽信！　ピーチちゃんって凄い可愛いよ！　超《ちょう》ラブリーなんだけど‼」

いつの間にか七海さんはチャット内でも、現実でもピーチさんを『ちゃん』付けで呼んでいた。僕はその笑顔《えがお》を見て、嬉しいのになんだか耐えきれなくなって……。気づけば、七海さんの服の端《はし》っこを摘《つま》んでいた。

「……陽信？」

七海さんは首を傾げて、頬に指を添《そ》えていた。僕はその一言で我に返り、慌《あわ》てて服から手を離す。なんで僕、そんなことをしたんだろうか……。いや、わかってる……これはちょっとした嫉妬《しっと》だ。

我ながらみっともないと思っていたら……七海さんは僕に嬉しそうに微笑みかけながら、

ピーチさんへメッセージを送る。

「ピーチちゃん、ごめんね。キャニオンくんが構ってあげられなくて拗《す》ねちゃったから、ちょっと構ってくるね？　皆さんも、また後でー」

『あらら、それは申し訳ないことを……それじゃあ、シチミちゃんをキャニオンさんにお返ししますねー』

「七海さん⁉」

その書き込みを見た僕は思わず叫んだのだが、その一言をきっかけにチャットは大いに盛り上がりを見せる。いつの間にかピーチさんも七海さんを『ちゃん』付けで呼んでたのもビックリだ。

七海さんはスマホを机の上に置くと、僕のベッドの上に腰掛《こしか》けた。

「せっかく部屋で二人なんだから、スマホばっかり見てたら……寂しいよねぇー？」

「いや、別に寂しいってわけじゃ……」

「さっき、子供みたいに私の服を摘んだのは誰《だれ》だっけぇ？」

七海さんは慈愛《じあい》に満ちた微笑みを浮《う》かべるが、揶揄《からか》ってきているのは明らかだ。僕も、嫉妬を自覚してしまった手前、言い返せない。物語の登場人物が観念した時のように、僕は両手を上げてベッドの上に腰掛ける。

「白状するよ……二人が仲良さそうなのは嬉しいけど、ちょっとだけ嫉妬しちゃった」

「今日は陽信の嫉妬記念日だね、妬《や》いてくれて嬉しいってのは、ちょっと意地悪かな？」

「前に僕も、音更さん達の名前呼びとか沙八ちゃんのちゃん付け事件で七海さんを妬かせちゃったから……これでおあいこってことで一つ……」

「あはは、そんなこともあったねぇ。懐かしいってほど前じゃないけどさ、あれから三週間も経《た》つんだね」

三週間かぁ……。改めて考えると長いようであっという間……あと一週間で一ヶ月、記念日が来るのだ。七海さんもそのことを考えているのか、二人の間には沈黙《ちんもく》が流れる。

その沈黙を先に破ったのは、七海さんだ。

「ねぇ、名前……呼び捨てで呼んでくれないかな？」

突然《とつぜん》の一言だけど、僕はその言葉に驚きはせずに、静かに彼女の顔を見る。

呼び捨てかぁ……。

僕は今日まで、誰かを呼び捨てにしたことはほとんどなかった。いや、まったくと言った方がいいだろうか。男性は君付け、女性はさん付け……。最後に誰かを呼び捨てにしたのはいつだったたか、もう覚えていない。

でも、ここ最近は七海さんの呼び捨てに対する圧がちょっと強い気がする。なんか理由でもあるんだろうか？

「……なんか呼び捨てにこだわるけど……『さん』付け嫌《いや》だった？」

「嫌じゃないんだけどさぁ。……なんか……たまに壁《かべ》を感じるっていうかさ……寂しいかなって」

壁を感じる……か……僕は壁を作ってたという意識はなかったんだけど……もしかしたら無意識にそういう考えはあったのかもしれない。

僕の呼び捨てに対する忌避《きひ》感は何なんだろうか。僕は彼女に少しだけ近づいて、七海さんを呼び捨てにしようとする。だけど……言おうとすると体温が一気に下がって指先が冷たくなる。

「ごめん……」

僕はただ一言だけ、七海さんに謝《あやま》った。ショックを受けたのか七海さんは少しだけ悲しそうに眉尻《まゆじり》を下げた。そんな顔をさせたくなかったのに、僕は言葉が出てこなかった。

なんでだろう。なんでここまで言えないんだろうか。自分で自分に腹が立つ。

「……うん、大丈夫《だいじょうぶ》だよ」

彼女が必死に絞《しぼ》り出した声は震《ふる》えていた。悲しそうに震える彼女に、僕は何をしてあげられるのか分からず、触れようとして……手を引っ込める。それがさらにショックだったのか、七海さんの目から一筋の涙《なみだ》がこぼれる。

僕はその涙を見てショックを受けた。彼女を泣かせて何をしているんだ僕は。呼び捨てくらい簡単じゃないか、できるだろ僕なら、前はできたんだから。……前も？

その時、僕は何かを思い出しそうになる。

「……陽信、何をしてるのかしら？」

だけどそのタイミングで母さんが来て、僕は思い出しかけた何かを手放す。ベッドの上で涙を流す七海さんと、その隣にいる僕を見た母さんと父さんは……その冷静な目を僕に向けて静かに呟く。

「陽信……ベッドの上で何をしてるのかしら？　もしも無理矢理《むりやり》に何かをしようとしてるなら……」

母さんが妙《みょう》に冷静な口調で僕等に対して口を開く。少し怒っているような、何かを考《かんが》え込むように僕等を凝視《ぎょうし》している。父さんは特に何も言わずに、苦笑《くしょう》をしているだけだった。

僕の部屋の扉《とびら》の立て付けは悪くない。そのため、内側からカギをかけていなければ、開く際にギギィ……というよくある音が鳴ることはなく、スッと扉は開かれる。

そのため、事前にノックがなければ……いや、何かに集中している時はノックがあっても、扉が開いたことに僕は気づかないのだが……。

「母さん……父さん……部屋に入る時はせめてノックをしてほしいな」

だからこそ僕は、現状の弁明よりも先にまずは定番のその言い訳を口にする。母さん達の返答の想像はつくが、あくまでも冷静に、やましいことは何もないと言い張るため……堂々とする。

「ノックはちゃんとしたわよ……何も返事がないから何かあったのかと思って見てみれば、七海さんが泣きそうになってるじゃない。あなた何したの？」

「志信さん、これはその……何でもないんです。変なこととかじゃなくて……ちょっと目にゴミが入っただけで……」

七海さんは僕の顔と母さんの顔を交互《こうご》に見て、やっと現状が理解できたかのように、少しだけ僕から距離《きょり》を取って慌てて苦しい言い訳をする。その声は沈《しず》んでいて、何かあったのは明らかだ。

「……そう、詳《くわ》しくは聞かないけど。陽信、私は前に言ったわよね、七海さんを泣かせたら承知しないって」

母さんは努めて冷静に、僕に言い聞かせるように前に言ったことを口にする。確かにそれは言われたことだ。現状を追及《ついきゅう》はしないけど、母さんはきっと僕が七海さんを悲しませたことに気づいている。

二人とも真剣《しんけん》な顔をしている。お説教なら甘《あま》んじて受けるつもりだ。七海さんの前でってのが少しだけ恥《は》ずかしいけど仕方ない。

「覚えてるよ」

僕が簡潔にそれだけを言って覚悟《かくご》を決める。七海さんが息を飲むのが分かったけどそれ以降は何も発しない。ただ黙って母さんの言葉を待つ。だけど、母さんから来たのは予想外の言葉だった。

「七海さんを泣かせないっていうのはね、あなたも泣くような思いをしないってことよ。それだけは覚えておいて。あなたが悲しいと、七海さんもきっと悲しいわ」

それだけを言うと、母さんは部屋から出ていった。

てっきりお説教が来ると思ってたんだけど、少しだけ肩透《かたす》かしを食ってしまう。僕が悲しいとって……どういうことだろう？　そんなことを疑問に思っていた僕に、父さんは立ち去る母さんの背を見送った後で静かに口を開く。

「陽信、母さんの言葉がこの状況《じょうきょう》に合ってるかは分からない。けどね、そんな泣きそうな顔をしてたら七海さんも悲しいんじゃないかな？」

「えっ……？」

僕は自分の頬に手を触《ふ》れる。僕、そんなに泣きそうな顔してた？　どっちかっていうと、自分に対する怒《いか》りで怖《こわ》い顔をしてるかと思ってたんだけど。どうやら七海さんから見て目線を七海さんに合わせると、彼女は静かに小さく頷いた。混乱する僕に、更に父さんは言葉を続ける。

も、僕は泣きそうな表情をしていたらしい。

「ここで色々と言うのは野暮《やぼ》だからね。二人できちんと話し合うといいよ。大切なのは喧《けん》嘩《か》した後に、仲直りすることだ。父さんも母さんと沢山喧嘩《たくさんけんか》して今がある」

「父さんと母さんが喧嘩……？　見たことないんだけど？」

「いやぁ、母さんはああ見えて情熱的だからねぇ。そういう方向だと私の方が冷めてるから、よく衝突《しょうとつ》したよ。昔、海に行った時なんか……」

父さんがそういうことを喋《しゃべ》るのって珍《めずら》しいなって思ってたら……。母さんがいつの間にか父さんの後ろに音もなく立っていた。

肩《かた》をポンと叩《たた》かれた父さんは、声にならない悲鳴を上げる。僕も七海さんも、父さんの肩に手が唐突《とうとつ》に出現したかと思い全身を跳《は》ねさせる。

「あなた、何を息子に言っているのかしら……？　少し夫婦《ふうふ》のお話をしましょうか？」

ちょっとしたホラー映画みたいに、母さんが顔をゆるりと覗《のぞ》かせる。笑顔なんだけど怖い笑顔で、父さんも引きつった笑《え》みを浮かべ、観念したように言い訳を口にしなかった。

いや、なんでまた来たの。

「お父さんもそろそろ出るから声をかけに来たのよ。あと、皆さんも帰られるから七海さんを呼びに来たのよ」

「そっか。もう行くんだね。次に会えるのは来週か……。ところで父さんからそろそろ手を離《はな》してあげた方が良いんじゃないかな？」

「それもそうね……。それじゃ陽信、また来週……。まぁ、今のあなたは七海さんがいれば寂しさとかは平気でしょうけど。でも、仲良くね」

母さんは、まるで僕が今まで寂しがっていたような物言いをする。

うん……まぁ、確かにそうだったのかもしれない。ごまかしてたけれども、両親がいないのを寂しいと感じていたのは事実だ。認める。だからさ、わざわざ七海さんの前で言わなくても良いよね……？

僕も七海さんも、そこで改めて母さん達と少しだけ話をする。なんてことのない世間話と……来週まで僕をよろしくという母さん達の七海さんへのお願いだ。

これが終われば、父さんと母さんと会うのは来週。記念日直前だ。そう考えると改めて……緊張するな。そんな僕の考えを察したのか、父さんが最後に僕に対して忠告をしてくれた。

「陽信……これは父親として、そして一人の男として言っておくけどね……。七海さんへの気遣《きづか》いを常に忘れないで欲しい。私はね、万が一の事があった時、傷つくのは圧倒的《あっとうてき》に女性の方だと思うんだ。古い考えかもしれないけど……学生のうちは、自分の行動と、その行動の結果を常に考えるんだよ」

父さんから、そんな言葉を聞くのは初めてだった。

そもそも、男女に関する話なんて僕ら家族の間では一切《いっさい》発生していなかったから……僕に彼女《かのじょ》ができて、先ほどの七海さんの泣いている姿を見たからこそ、今この言葉を僕に言ったのかもしれない。

「……約束するよ。まぁ、そもそもそんな事態にはならないようにするけどね。僕の度胸の無さ、父さんなら知ってるでしょ？」

「いやぁ、陽信は私の息子であると同時に、志信さんの息子でもあるからねぇ……。信用してないわけじゃないけど、言っておこうと思ってね。だって、ここぞという時の行動力は舌を巻くよ」

僕と父さんはお互《たが》いに笑い合うと……僕は父さんに向けて小指を差し出した。父さんは最初驚いていたが……僕は父さんと子供の時以来の、約束の指切りを交《か》わす。

「高校生にもなって、なんか照れ臭いね」

「何を言うか。私達にとっては子供はいつまでも子供だよ」

そういうものなのかな？　僕と父さんは指を離すと互いに少しだけ笑い合う。七海さんは母さんと何かを話して、やっぱりお互いに少し笑い合っている。父さんと母さんのおかげなのか、気づくとさっきまであった悲しい気持ちはほとんど消えていた。

それから、七海さんも厳一郎さん達と一緒《いっしょ》に帰ることになって、母さん達も出張先に出発する。七海さんは「帰ったら連絡《れんらく》するね」と言ってくれて、後には僕が一人で残された。

「さて……部屋に戻《もど》るかな」

僕はそのまま部屋に一人戻る。チャット上ではバロンさん達が急に書き込みがなくなった僕等が何をしているかの予想をしていた。中学生もいるからそこまで変なことは書いてないけど、だいたいはどんなイチャイチャをしているかとかそんな内容だ。

皆がそんな風に盛り上がってる中、僕はバロンさんだけを別でチャットに招待する。バロンさんは僕に招待されたことをチャットに一切書かず、招待に応じてくれた。

「バロンさん、相談いいですか？」

『どうしたんだい改まって。みんなにはできない相談かな』

いつもチャット内で皆に見えるように相談してたから、こうして二人だけで話すのは初めてかもしれない。彼は嫌な様子もなく、僕の相談に快く応じてくれた。

「そうですね……実はさっきも言ってた呼び捨ての件でして……」

『呼び捨て？　あれは冗談《じょうだん》だから気にしなくても……』

「いや、実は実際にも彼女に呼び捨てをお願いされてまして」

『ほんとに？　凄い偶然《ぐうぜん》だなぁ……まさかそんなことが起きてたなんて』

当たり前だけど、やっぱり偶然だったのか。凄いタイミングだ。僕はバロンさんに事のあらましを伝えて、どうしても呼び捨てができなかったことを伝える。これは僕自身が解決しなきゃいけない問題だけど、今回ばかりはどうにもできるような気がしなかった。だから、何か解決の糸口がつかめないかなってバロンさんからの意見を聞きたかった。

情けない話だけどね……。

バロンさんは僕の相談を受けてから、少しだけチャットの文が途切《とぎ》れる。少し不安になるけど、それから改めてバロンさんからの書き込みがされる。

『呼び捨てに対する忌避感かぁ……僕も覚えがあるよ。怖いよね。僕が妻を初めて呼び捨てにしたのっていつだったかなぁ』

「バロンさんも怖かったんですか？」

『そりゃね。呼び捨てにして嫌《きら》われたらどうしようとか、気持ち悪いと思われたらどうしようって、一人で悩《なや》んだものだよ。今も呼び捨ては苦手かな』

確かにバロンさんも僕のことをくん付けで呼んだり、ピーチさんをさん付けで呼んだりしている。同じだったのかと少し親近感を覚える。だけど、バロンさんは奥さんのことは呼び捨てしてるのかな？　そんなことが言葉から窺《うかが》えた。

『でも、無理に呼び捨てにしなくても大丈夫なんじゃない？　シチミさんも聞いている限りだと、それで君を嫌うと思えないし……呼び捨てにするしないで愛情は変わらないと思うよ』

バロンさんはそう言ってくれたけど、七海さんのあの表情を見た後だと僕は素直《すなお》にその言葉には同意できなかった。だから僕はどうにかならないかと考える。バロンさんに相談しながら、とにかく考えた。

そんな僕の相談を、バロンさんはとても真摯《しんし》に一緒に解決の糸口を考えてくれる。

「呼び捨てしようとすると、指先が冷たくなって言葉が出なくなるんです。これ、なんなんでしょうかね……」

『専門じゃないから無責任な発言かもだけど、過去のトラウマがあるのかもしれないね。小学校の……覚えてない頃の何かが原因なのかもしれない』

「トラウマ……ですか？」

『うん。僕も覚えがあるんだけどね、自分から見てもとてもくだらない……ちょっとしたことが今も尾《お》を引いてることはあるよ』

小学校……小学校の時か。あまり覚えていないけど確かに僕が無意識に冷たい声を出した時は小学校の時の話をしてた。もしかして呼び捨てで……過去の僕に何かあったのかな。

それを思い出すことが……解決に繋《つな》がるんだろうか。

『キャニオン君、過去の記憶《きおく》ってのは無理に思い出そうとしない方がいいよ。リラックスして、少し気楽にした方がいいかな』

「ありがとうございます。でも……これは解決したいんです。彼女に……あんな顔をさせちゃって何もしないではいられないです」

『そうか……せめて、いい方向に行くことを願っているよ』

「ありがとうございます」

とりあえず、目的は明確になった。お礼を言ってチャットを終わろうとした時……バロンさんから最後の書き込みがされる。それは、とても気になる言葉だった。

『彼女が泣いた理由。それは本当に、呼び捨てにされなかったことが原因なのかな?』

最後に見たバロンさんのその言葉が、やけに僕の頭の中に残っていた。

「今日は楽しかったなぁ……。旅行もだけど、おうちで一緒にゲームをやるってのも良いものだなぁ……」

家に着いた私は、部屋着に着替《きが》えてベッドに寝《ね》っ転《ころ》がる。楽しかった記憶と……そうじゃない記憶も一緒に思い出しながら呟《つぶや》く。

まぁ、一緒にゲーム……というよりも、陽信《ようしん》とぴったりくっついて同じことができることが嬉しかったんだけどね……ゲームは私、見てただけだし。

陽信も満足してくれたかな？　そうだったら嬉しいな。でも、まだ彼《かれ》には連絡できていない。一人になった今、彼に対してしてしまったことに罪悪感が湧いているからだ。志信《しのぶ》さん達のおかげである程度は払拭《ふっしょく》できたけど、私の心にベッタリ張り付いたそれはなかなか剥《は》がれない。

私は何気なくスマホの画面を見る。そこには、二人一緒の写真と、初めてインストールしたチャットアプリのアイコンが表示されている。

私はそのアプリのアイコンを撫《な》でる。私がこういうアプリを入れる日が来るなんて思ってもいなかった。文字だけだけど、陽信が相談していたバロンさんは凄《すご》く大人の男性って感じだったし、ピーチちゃんもすごく可愛かった。

他の人達もみんないい人で……ああいう人達に相談したから、陽信は私に対して真摯に接してくれたのかな？　それとも、その辺りは陽信の性格によるものなのか……。

まぁ、その辺りは考えても仕方がないことだ。陽信も、陽信のお仲間さん達も良い人達だったという事実だけで充分《じゅうぶん》だ。

皆さんに、お礼も言えたしね。

それよりも……陽信があそこまで呼び捨てに対して忌避感があるとは思わなかったな。

その時のことを思い出すとベッドの上で足をバタバタとさせて、思わず自己嫌悪《けんお》で身体が悶《もだ》える。お母さんからはうるさいと注意されるだろうけど、そんなことを考えていられない。

壁を感じてたから呼び捨てしてほしかったけど、陽信が「さん」なしで呼ぶのにあんなに辛《つら》そうな顔をするなんて思わなかった。思わず自分が情けなくて、彼に対してとても酷《ひど》いことをしていると感じて、ほんの少しだけ泣いてしまった。

それを陽信に見せちゃったのもマズかったな。感情が抑《おさ》えきれなかった。その時のことを思い出すだけで、身体が落ち着かなくて、とにかくどこでも良いから動かしたくなってしまう。

別れたばかりだけど、今すぐ陽信に会いに行きたくなる。

夜だから無理だし、この気持ちで陽信に会ったらどうなるのかわからないけど……。とにかくそんな気分だった。……まぁ、実際に会ったら会ったで私のことだ……たぶん何もできなくなっちゃうだろうね……。

「人間って欲張りだよね。一緒にいられるだけで良いのに、もっともっとって思っちゃう。陽信が呼び捨てできないって……何か昔あったのかなぁ……？」

そんな独り言まで呟いてしまう。

そんなことを考えて、連絡するのも迷惑《めいわく》かもしれないと思っちゃう。私にしては珍しく少しだけネガティブだ。……今日はもう寝ようかな。

そんなことを考えていたら、見慣れないメッセージがスマホに表示される。表示内容は『ピーチさんから招待されました』という一文だ。

見慣れないのもそのはずで、それは今日入れたばかりのアプリから表示されたメッセージのようだった。アプリに数字の１が表示されているので、間違《まちが》いない。

「え？　ピーチちゃん？」

ピーチちゃんは今日仲良くなった陽信のゲーム仲間の……女の子だ。アプリを起動すると、画面上には少しだけ違《ちが》う一文が表示されている。

『ピーチさんからチャットに招待されました。参加しますか？』

チャット……。さっきまで大勢でワイワイやっていたけれども……それのお誘《さそ》いのようだった。

画面上には参加と拒否《きょひ》の二文字があり……私は参加の方にタッチする。この辺りはメッセージアプリのグループ機能とそう変わりは無いらしい。

参加者は私とピーチちゃんの二名だけ……ちょっとだけドキドキするな。

『こんばんは、シチミちゃん……。こんな時間にごめんなさい。今お一人ですか？　お話して大丈夫ですか？』

「こんばんは、ピーチちゃん。一人だよー。大丈夫だよ。どしたの？　お喋りはいつでも歓迎《かんげい》だけど、二人だけって……ちょっと緊張《きんちょう》するねぇ」

ピーチちゃんは、とても可愛らしい女の子……だと私は思っている。

言い回しがいちいち可愛いくて、かといってぶりっ子を作っているわけでもないように見える。文章だけではあるが、私にはそれが自然な可愛さに感じられた。

だから、昼間にお互いをちゃん付けで呼び合いたいと思って提案したのだ。彼女はそれを最初は渋《しぶ》ったが……最終的には承諾《しょうだく》してくれた。

『キャニオンさんは……一緒じゃないんですか？　恋人同士《こいびと》だし、お部屋で一緒とか……。気づかなかったッ！　お邪魔してごめんなさいッ!!』

「いやいやいや、無いから!!　流石《さすが》にこの時間まで一緒とか無いよ！　もう家に帰ってるよ。キャニオンくんに用事だった？　チャットに呼ぶ？」

ピーチちゃん、凄いこと考えるな。流石にこの時間まで一緒とか……いや、他の人は分からないけど、私達にはまだ早いよ。でも、陽信を気にするってことは彼に用事だったのかなと思ったのだけど……。

『いえ、シチミちゃんと二人でお話したかったので……大丈夫ですよ』

よくよく考えたらチャットに私だけ招待しているのだから当然か。でも、さっきいろいろとお喋りしたのに何かあったのかな？　まぁ、私ももうちょっと話したいと思っていたし、ちょうどよかった気もする。

陽信には後で、ピーチちゃんと二人だけで話したんだよってことを報告しようかな。内容は内緒《ないしょ》だけど……きっと驚《おどろ》くだろうな。またちょっと、やきもち焼くかな？

でも、やきもちを狙《ねら》って焼かせるのも趣味《しゅみ》が悪いし、あくまでも女の子同士の内緒話《ないしょばなし》で……何かあったら陽信に相談するくらいにしておこう。

そんなことを考えていたのだけど、今日の会話は……私とピーチちゃんだけの秘密になる。

『シチミちゃん、今日はありがとうございました。年の近い女の子ってチームにいないんで……なんだか、私にお姉ちゃんができた気分でした。楽しかったです』

「私も楽しかったよー。私、妹いるんだけどさ。ピーチちゃんは私の妹ともタイプ違ってて……中学生なんだっけ？」

『はい、二年生になります』

沙八と同じ学年かー。でも、沙八が活発なスポーツ少女だとしたら、ピーチちゃんは大人しい文学少女なイメージだ。文字だけだけど、なんだかそんな感じがする。絶対に可愛い。

『それで……私が今日、シチミちゃんに言いたかったことがあるんです。でも、キャニオンさんがいると言いづらくて……だからこんな夜に連絡しちゃいました』

「言いづらい話？　時間については私は構わないけど……ピーチちゃんは大丈夫なの？」

『いま、ベッドの中でこっそりとスマホをいじってます。お父さんとお母さんはもうお休み中なので、ちょっと悪いことしてる気分ですけど……。最近はこの時間でもこうやってチャットしてるんで、平気です』

言い方がいちいち可愛くて、私もこんな頃があったのかなと微笑《ほほえ》ましくなってしまう。

彼女がちょっとだけ悪いことをしている気分に浸《ひた》っているのなら、大丈夫だよと言ってあげるべきかなと思ったところで、彼女は連続してチャットに書《か》き込みをしてきた。

『……私、シチミちゃんに謝りたいことがあって、今日は連絡したんです』

謝ること？　ピーチちゃんに謝ってもらうことなんて何もないはずだけど……。私が何か失礼なことをしていて、私の方が謝るなら別だけど……。何かされたっけ？

……そう思っていたら……ピーチちゃんから出てきたのは衝撃的《しょうげきてき》な一言だった。

『私、キャニオンさんがシチミちゃんとお付き合いすることに……最初は一人だけ反対していたんです。それこそ……別れるべきなんてことも……言っていました』

さっきまでの会話ではそんなことを微塵《みじん》も感じさせなかったその言葉に……とても衝撃的なその言葉に、私は一瞬《いっしゅん》だけスマホを操作する手を止めてしまった。

そして同時に、こんな可愛い子に対して謝罪させてしまった自分を恥じる。

彼女は知らないけれども……彼女の懸念《けねん》は……きっと当たっていたんだから。少しだけ震える手で、私はピーチちゃんに聞いてみる。

「……キャニオンくんは、相談する時になにを言ってたの？」

『ギャル系の女の子に告白されたって言ってたんです。それで私……キャニオンさんは真《ま》面目《じめ》で大人しい人だって知ってたから……。いえ、ゲームの中だけで知った気になっていたから……。遊ばれてるだけだって思って……だから……最初のうちは交際に反対してたんです』

私の胸が少しだけ締《し》め付けられる。

文章の端々《はしばし》から伝わってくるのは、彼女が陽信を思ってそれらの反対意見を言っていたという事実と感情と、今の私に対する謝罪の気持ちだ。

それに……これはきっと……。

「ねえ、ピーチちゃん……反対してたって……過去形だよね？　今はもう違うのかな？」

『ええ、そうです。安心してください。今はもう、二人を応援《おうえん》してますよ』

「まぁ、そうだよね。応援してくれてるから、私に対して大好きって言うように言ってくれたんだもんね」

『ええ、だってキャニオンさん、毎日毎日、シチミさんとの日々を楽しそうに話すんですもん。デートの日の話なんて……二人がお互いを大切に思ってるのが理解できて……それで私も……お二人を応援しようって決めたんです』

あぁ、やっぱりだ……。私はその言葉でわかっちゃった。ピーチちゃんの気持ちがわかっちゃった。

私の考えはきっと当たっている……。やっぱり、謝るべきは私の方だった。

『だから、今日はシチミちゃんと話せて嬉しかったんです。それと同時に、くだらない思《おも》い込みで反対していた自分が恥ずかしくなって……。だんだんそれが大きくなって……どうしても謝罪がしたくて……』

いったん途切れるその書き込みを見て、私も色々と考える。あんなに仲良くしてくれた彼女が、勇気を出してこんな風に私に謝罪してきた気持ちを考えると、胸が痛む。

『ごめんなさい。完全に自己満足で、勝手ですよね私……。こんなことを言っても、シチミちゃんを困らせるだけなのに……せっかく仲良くしてくれたのに』

「ねぇ……ピーチちゃん……一つだけ聞かせてもらっていいかな？」

『なんですか……？　私に答えられることならなんでも……』

「間違ってたらごめんね。もしかして……ピーチちゃん……キャニオンくんのこと……好きだった？」

そこで一度……ピーチちゃんの書き込みは途絶《とだ》える。その途切れた書き込みが、答えのように私には感じられた。そして……少しだけ時間を空けてから彼女からの返答が書かれる。

『……ごめんなさい……そうです……私、キャニオンさんが好きでした。顔も、本名も、住んでるところも知らない彼が……私は好きでした』

私はその文を見て、ちょっと意地悪な聞き方かもだったかと反省する。彼女が謝る必要はないのに、文字だけだと細かいニュアンスとか、意図が伝わりにくいなやっぱり。難しいなぁ……。

責めるつもりはなかったのに、勇気を出した彼女を責めるやり方になったのなら逆効果だ。私が言いたいのは……もっと違うことで……。

そういえば……確かこのアプリ……音声のやり取りもできるんだっけ？

アプリの設定を見ると、このアプリには音声で相手と話せる機能があるようだった。少しだけ私は躊躇《ためら》ったんだけど、でも……今の気持ちを正しく伝えるにはこれが一番いいと思った。

陽信と話す時とはまた違う緊張が生まれるが、ピーチちゃんが出した勇気に比べればこんなのは微々《びび》たるものだと、私は彼女に対して提案をする。

「ねぇ、ピーチちゃん……ちょっと……文字じゃなくて……音声機能でお話しても大丈夫かな？　なんかね、私……ピーチちゃんとお話したい気分なんだ」

『え……？　お話……ですか？』

「うん……夜遅《よるおそ》いし迷惑かな？」

『……大丈夫です、私も……シチミちゃんと直接お話したいです』

断られたらどうしようと思っていたけど、ピーチちゃんは私の提案を承諾してくれた。

こうして、生まれて初めて……私は顔も名前も知らない、年下の女の子とお話をすることとなった。

「ピーチちゃん……改めてはじめまして、シチミです」

「は……はじめまして……ピーチ……です。えっと……シチミ……ちゃん……？」

「疑問形になんなくていいよー。遠慮《えんりょ》しないで、ちゃん付けで呼んでね」

私は生まれて初めての自分の行動に少し緊張しつつ、ピーチちゃんの声を聞いた。

向こうも緊張しているのか、声が少しだけ震えていた。せめて私は相手が緊張しないように、自分の声色《こわいろ》をできる限り優《やさ》しくするように気をつける。

いやー……でも……ピーチちゃんの声、めちゃくちゃ可愛《かわい》いわー……。

この声……一晩中でも聞いていられる声だよ。囁《ささや》くようで癒《いや》されるような声……。こういうのをウィスパーボイスって言うのかな？　私には絶対に出せない声だ。

私は一瞬だけ、可愛いなぁと感慨《かんがい》に浸っていたけど……ひとまずその感慨は置いておこう。話が進まないし、趣旨《しゅし》がブレる。

とにかく、私から持ち掛《か》けたんだから、ピーチちゃんとお話しないと。

ピーチちゃんが音声通話を承諾してくれてから、私は慣れないアプリの操作に四苦八苦しながらも彼女と通話を開始できた。これは陽信もしたことがないらしく……彼女も初めての経験らしい。

「ごめんね、いきなり通話なんて……。文字だけだとなんだか気持ちが伝わりにくい気がしちゃって……直接話したくなっちゃったの」

「い、いえ……私もちょっと……シチミちゃんの声を聞けてなんだかホッとしてます。シチミちゃんの声、凄い綺麗《きれい》ですね……なんだか、ガラスみたいに透《す》き通ってます」

凄く詩的で綺麗な表現に、私の頰《ほお》はほんの少し熱くなる。こんな風に声を褒《ほ》められたことなんて初めてだな……。

「何言ってるの、ピーチちゃんの声もすっごい可愛くて羨《うらや》ましいよ。私がガラスなら……ピーチちゃんはなんだろう……ごめん、うまい表現が私には思い浮かばない……。囁くような……鈴《すず》の音かな？　とにかく可愛い声！」

「いえ……私なんてそんな……可愛いなんて……初めて言われました……」

私達《たち》はお互いの声を褒め合って、それで緊張が緩和《かんわ》したのかお互いにそっと笑い合う。

向こうはベッドの中で眠《ねむ》るところだったみたいだし、あんまり大きな声は出せないみたいだけど……それでもその笑い声も可愛かった。

少し笑い合った後で、ちょっとだけ沈黙が流れる。私は、自分から先ほどの発言を確認《かくにん》した。

「ピーチちゃん……よ……キャニオンくんのこと、好きだったんだね……」

危《あや》うく私はいつもの通りに陽信の名前を口にしかけるが、それを何とか押《お》しとどめて彼の名前を訂正《ていせい》する。

「……ごめんなさい……こんなこと言っても……困らせるだけですよね」

「謝らないで、困ってないよ。それに……私はピーチちゃんのこと、凄いなって尊敬しているよ」

「尊敬って……そんな……私なんか……」

私なんか……か、なんだかその物言いが、出会ったばかりのころの陽信に重なる。

もしかしたら、陽信とピーチちゃんは似ていて……だからピーチちゃんは陽信に惹《ひ》かれていたのかもしれないな。そこに私が割《わ》り込《こ》んでしまったと思うと、申し訳なくなる……。

「尊敬するよ。だってさ、好きだった男の子に彼女ができて……それを応援できるってだよ」

……私には絶対にできないよ。ピーチちゃんは優しくて、可愛くて……尊敬できる女の子だよ」

「怒ってないんですか？　シチミちゃんの彼のことを好きで……交際に反対してた私を

……」

「怒ることなんて何もないよ？　だってさ、私が逆の立場でも反対するよ。好きな人が告白されたなんて知ったら、きっと嫉妬《しっと》しちゃう……それが自然な反応だよ」

「……ありがとう、シチミちゃん。……キャニオンさんが、なんでシチミちゃんのことを好きなのが……分かった気がします」

私の言葉に……ちょっとだけピーチちゃんの声に安堵《あんど》の色と、優しい気持ちが入っているのが分かった。同時に、私の心にも少しだけチクリとした痛みが刺《さ》さる。

「ピーチちゃん、私の知らないキャニオンくんを知ってるんだよね？　その辺、教えて欲《ほ》しいな。ゲームの中の彼ってどんな人なのかな？」

「えっと……そうですね……私ってその……学校に友達がほとんどいなくて……一人が多かったんです……。それで……買ってもらったスマホでゲームを始めたんです」

その辺りも、陽信と同じなのかな。かつての陽信は、私は名前は知っているくらいだったけど……大人しくて目立たない男子で……誰《だれ》かといっしょなのをほとんど見たこと無かった。

「そこでキャニオンさんに会ったんです。最初は別に好きとかじゃなくて、なんだか発言が私に似てる人だなって思ってたくらいでした」

「似てる……か、なんとなく分かるかも。二人とも、大人しい系だからかな？」

「……でも、決定的に違っていたのは……私は学校での友達が少ないことを辛いって思ってたんですけど……キャニオンさんは、それを何とも思っていなかったことですね」

「なんとも……思っていなかった？」

　ちょっと気になる発言に私は興味をひかれた。ピーチちゃんは、そのまま陽信がかつて言ったという言葉を私に教えてくれる。

「えぇ、彼は私に……『別に学校で無理に友達を作らなくても、こうやってゲーム内でも友達は作れるし、違う環境《かんきょう》でも友達は作れるし……。友達が少ないってのを気に病《や》む必要は無いと思うよ？　僕《ぼく》はピーチさんを友達だと思ってるけど、ピーチさんはどうかな？』って言ってくれたんです」

「あー……確かに言いそうだぁ……」

　それは私の知らない彼の一面だったけど、なんだろうか、その時の言い方が容易に想像できてほんの少しだけクスリと笑う。彼女もつられて笑って、それから言葉を続ける。

「たぶん、彼には何でもない一言だったと思うんですけど……私はそれを聞いて救われた気分になったんです。中学で友達が少なくて、みんなの輪に入っていけなくて……。それでも良いよって言ってくれた気がして……」

「それで……キャニオンくんを好きになったんだ……」

そこでいったん言葉を途切れさせたピーチちゃんは、一度深呼吸をしてから、自分の心の中を私に明かしてくれる。とても勇気がいるだろうに、私に対して、全てを明かしてくれた。

「それがきっかけ……ですね。それから彼の言葉が目に留まるようになって、一緒にチャットでお話するのが楽しくなって……。キャニオンさんの言葉で学校での生活も苦しくなくなって……気が付いたら好きになってました」

照れたように言う彼女の言葉が可愛らしかった。でも……その次の瞬間《しゅんかん》にはその言葉は不安げなものへと変わってしまう。

「……変ですよね？　私はただ彼の何気ない言葉に救われただけ。キャニオンさんの顔も本名も住んでるところも……何もかもが知らない人だっていうのに……。そもそも本当に男の人なのかもわからないっていうのに……。私はキャニオンさんを好きになっちゃったんです」

不安げなその一言は、彼女の可愛らしい声色と相まって今にも消えてしまいそうだった。

だから私は、彼女の言葉に間髪《かんはつ》入れずに返答をする。

「変じゃないよ」

短いその一言だけを、まずは彼女に告げる。そう、彼女は何も変じゃない。顔も名前も知らなくても、人を好きになるっていうのが、変であるわけがないのだ。

だから私は安心してもらうために、彼女に言葉を続ける。

「変じゃないよ。顔も、名前も、詳《くわ》しい性格や、住んでるところを知らなくたって……人を好きになるのに変なことなんてないよ」

陽信は、ゲーム上でも彼らしいままだった。だから私には彼女にそれを変だと言うことはできないし、変だと思うことすらできない。

だって、私がそうだったんだから。

この子は中学生だっていうのに……私なんかよりもよっぽど大人な考えを持っている。

彼女がそうやって、自分の心の中を私に吐露《とろ》してくれたなら……私も心の中を吐露することが、彼女への礼儀《れいぎ》になると考えた。

私も彼女のように、一度だけ大きく深呼吸をする。

今から言うことは……陽信にも言っていないことだ。もしかしたらこれでピーチちゃんには嫌われてしまうかもしれない、それでも私は……彼女にだけはそのことを正直に告げたかった。

「ピーチちゃん、私がキャニオンくんを好きになったのは、私が彼に告白してからなの。私は何も知らない彼を……後から好きになったの」

ピーチちゃんが息を飲むのが伝わってくる。かなり驚かせてしまったかな？　でも……私は彼女の気持ちに応えるように、自身の秘密を彼女に伝える。彼にも伝えていない秘密を。

「聞いてくれる？　私が、キャニオンくんに告白したのって……彼が好きだったからじゃないんだ。私は順番が逆なの……彼に告白してから、彼のことが好きになったの……。だって……私が告白したのは……罰《ばつ》ゲーム……嘘《うそ》だったんだから」

それから、彼女は私の言葉を黙《だま》って聞いてくれていた。軽蔑《けいべつ》されても仕方ない私のその言葉を……彼女はどう反応するのだろうか……緊張で変な汗《あせ》が身体から出てくる。

そして、まるで永遠とも思える沈黙《ちんもく》を……彼女の言葉が破る。

「そんな……なんで……なんで私にそんなこと……教えちゃうんですか⁈　私が……キャニオンさんにそれを言ったら……どうするんですか⁈」

絞《しぼ》り出すようなその言葉は震《ふる》えていた。

そうだよね、その可能性もあったよね。でも、その可能性よりも、同じ人を好きになった女の子同士として……私は真摯に彼女に向き合いたかった。

「ピーチちゃんが本気で私にぶつかってくれたように、私も本気で返さないと失礼かなって思ったの。だからピーチちゃん……私に対して感じた気持ちや交際に反対してたことを気に病まないで……。だって、私が全部悪いんだから。……謝《あやま》るべきは……私の方なんだ」

そこで私は、一拍《ぱく》ほど置いてから姿勢を正す。向こうには見えないが、あくまで私の気持ちの問題だ。そして、私は謝罪の言葉を彼女に告げた。

「ごめんなさい。ピーチちゃん」

「シチミちゃん……」

彼女の声は震えて、泣いているのが分かった。結局、泣かせてしまった自分を恥《は》じる。そうさせないために、音声にしたのに……。

本当はこの謝罪を告げるのは陽信が先のはずだったんだけど……でも、ここでどうなっても私は後悔《こうかい》は無い。同じ人を好きになった彼女が何をしても、受け入れるつもりだった。

「……シチミちゃん……今ではもう……キャニオンさんのことが好きなんですよね?」

「うん、大好きだよ……大好き。一緒に過ごすうちに、どんどん好きになっているんだ」

「じゃあなんで……私にそんなことを……。私がズルかったら……どうするんですか?」

「ピーチちゃんになら、何をされても後悔しないよ。……それにね、今言ったことって……付き合って一ヶ月目の記念日に、キャニオンくんに伝えるつもりなんだ。全部を告げて、謝って、改めて告白して……どうするかをキャニオンくんに委ねるつもりなの」

「そんな……黙っててても良いじゃないですか！　なんでわざわざ……そんなことを……！」

「それが私のケジメの付け方なんだ……。だから、だからさ……」

想像するだけで泣きそうになるその言葉を、私はこらえて、少しだけおどけるようにして彼女に言う。少しでも明るく言えるように、無理矢理《むりやり》に言葉を絞り出す。

「だからさ、ピーチちゃん……。私がフラれちゃったらキャニオンくんのこと、よろしくね？」

頬を涙《なみだ》が一筋だけ零《こぼ》れた。

彼女への申しわけなさと、その時のことを想像して胸が締め付けられたからだ。でも、言葉だけは明るくできた。これが音声だけでよかった……。

そんな私に、彼女もとても明るい声で……励《はげ》ましの言葉をくれた
「大丈夫《だいじょうぶ》だよ……そんなことにはならないって……私が保証する」

「大丈夫かな？」

「絶対に大丈夫だよ。キャニオンさん、絶対にシチミちゃんのこと大好きだから。シチミ

ちゃん……私は幸せな報告だけを待ってるよ。今日のことは……女の子同士の秘密だね」

敬語のない、まるで同年代の子にかけるようなその言葉に……私は嬉《うれ》しくなった。胸の奥《おく》がじんわりと温かくなり、陽信と話しているときとは違う思いが溢《あふ》れてくる。

「……ピーチちゃん、私のこと……許してくれるの？」

「うん、だってシチミちゃんも私を許してくれたでしょ？　だったら……ってわけじゃないけど、私もシチミちゃんを許すよ。友達だもん。……あ、年上に対して生意気……でした？」

急に最後だけ敬語になった彼女《かのじょ》がおかしくて、私は笑いながら彼女に告げる。

「ううん……嬉しい……ピーチちゃん……私達は友達だよ。だからさ、敬語を使わないでくれると嬉しい。ありがとう……ピーチちゃん」

「……ありがとう、シチミちゃん」

私達はお互《たが》いにお礼を言い合う。顔も本名も、住んでる所も、通ってる学校だって知らないけど……私達は友達になれた。

それがちょっと不思議だけど……また私の世界を少しだけ広げてくれたような気がしていた。

それから、私とピーチちゃんは少しの間だけお喋《しゃべ》りを続けた。陽信の話から、他愛《たあい》のない話まで……色々とだ。もう時間も遅《おそ》いから、本当に少しの間だけだ。

「ピーチちゃんみたいないい子が学校で友達少ないって……信じられないな……」

「私、自分から行くの苦手だから……。でもね、キャニオンさんのおかげで気持ちが楽になって……何人かは仲の良い人ができたんだよ。だから今は、学校も少し楽しいんだ」

そっか……陽信のおかげで……それは嬉しいな。なんだか……ピーチちゃんのおかげで、また陽信と話したくなってきちゃったな……。いや、今日はこのまま寝ようかな……。

「シチミちゃん。この後、キャニオンさんとお話するの？」

「……え？」

「やっぱり最後は大好きな人とお話して終わるのかなって。シチミちゃん、ありがとう。今日で私もこの恋《こい》に、前を向かなきゃと思って燻《くすぶ》ってた想《おも》いに、やっと区切りが付けられるよ」

その一言が私に刺さった。あんなに陽信に悲しい顔をさせてしまった私にそんな資格があるんだろうか。軽率《けいそつ》な言葉で、彼を悲しませちゃった私に。

「ピーチちゃん、ちょっと聞いても良いかな。誰かを呼び捨てにするって、どう思う？」

唐突《とうとつ》な私の質問に彼女は驚いたような声を出して、それからほんの少し後にポツリと呟いた。

「私は苦手かな……。相手に嫌《いや》がられるかなって考えちゃうからさ」

「そっか……ありがとう。おやすみなさい、ピーチちゃん」

「？　うん、おやすみなさいシチミちゃん」

私はピーチちゃんとの通話を終了《しゅうりょう》すると、そのままベッドに倒《たお》れ込んだ。心の中でピーチちゃんに謝罪をしながら。

なんとなく……陽信が呼び捨てを嫌がったのが分かったかもしれない。彼と似ているピーチちゃんと話をして、ぼんやりとだけど。

他人と関わってこなかった彼は、私に嫌がられるのかなとかそういうことを思ったのかもしれない。それなのに私はわがまま言って、彼を困らせて……。

「やっちゃったなぁ、私……」

陽信はもしかして、もう寝てるかな？　彼のことを考える。連絡《れんらく》がしたいのに、身体が動いてくれない。

私は結局この日、付き合ってから初めて……陽信に連絡をしなかった。

第五章　過去との決別

明晰夢《めいせきむ》……確かそれは自身が夢だと認識《にんしき》できる夢のことだったかな。僕は今、それを見ていた。僕の目線は低くて、周囲に友達がいて、これは小学校の時の夢だと認識していた。だけど僕の身体は僕の思ったようには動かない。正確に言うと今の僕の意思の通りに動かないだけで、きっとこれは当時の……小学校の時の僕の行動だ。

僕は友人達と一緒《いっしょ》にいながら、とある一人の少女に話しかける。その少女の顔は夢の中だからかハッキリと見えない、だけど……見覚えのある少女だ。

僕は彼女に笑顔《えがお》で話しかけ、そして彼女も笑顔で返してくれて……そして……。

僕の目はそこで覚めた。

ベッドの上で一人起きる。今この家には僕しかいない。だから独り言をしても誰に聞かれることも無い。だから僕は小さく、自分に言い聞かせるように呟いた。

「……思い出した」

なんで今更《いまさら》という思いが湧《わ》き上がる。最悪な目覚めだ。憂鬱《ゆううつ》で重苦しい気持ちを出すように、大きく溜息《ためいき》を吐《つ》く。

昨晩、バロンさんと話をしたおかげなのか、それとも初めて七海《ななみ》さんから連絡が無かったからなのか、ともあれ僕は思い出した。

僕がなんで、彼女を呼び捨てにできないのか。

なんで僕が、一人になることを選んだのか。

それを……思い出した。思い出してしまった。

「……分かってしまえば、我ながらくだらない理由だなぁ」

再び僕は自分に言い聞かせる。そう、今にして思えばくだらない理由だと思える。だけど当時の僕には相当ショックだったんだろうな。今されても、確かにショックだとは思う。

今更思い出すのかという気持ちと、思い出せたかというほんの少しの安堵の気持ちが僕の中にある。複雑だ。

僕はスマホに目を落とすけど、七海さんからは連絡が無いままだ。昨日、心配になって僕から連絡をしてみたんだけど結局七海さんは電話に出てくれなかった。何があったんだろうか。

もしかして……呼び捨てにしなかったことで嫌《きら》われてしまったのかと最悪の予想が僕の頭に浮《う》かんでくる。昨日、あんなに悲しい顔をさせてしまったし……。

そう思っていたら、直後に七海さんから連絡があった。だけどその連絡を見て、僕はベッドから飛び起きてしまう。

『今日、先に行くね。また後でね』

メッセージはそれだけだった。

それを見ただけで昨日までの楽しい気持ちとかが全部なくなる思いだ。でも怒《おこ》っているとか嫌われたとかじゃないみたいで、今日のお弁当のメニューについての連絡も続いて来ていた。

……何か用事でもできたのかな。昨日は何も言ってなかったけど。僕は頭を振《ふ》って気持ちを切り替《か》える。

待ち合わせがなくなって、いつもより一人で考える時間が少しだけできた。内容はもちろん、呼び捨てについてどう解決したものかだ。

僕が思い出したのは、なんで僕が呼び捨てに忌避《きひ》感を感じていたのか……その原因だ。同時にそれは今の僕を形成した原因でもある。そのこと自体には後悔はないんだけど……。

今まで無意識に苦手意識をもっていたものを、あっさり解決できるなら苦労はない。結局これは、僕の個人的な問題だからだ。どうやって克服《こくふく》したものか……考えても答えは出ない。

一人でいると後ろ向きになりそうな思考を中断させるため、僕は強く両頬を叩《たた》いて気合いを入れる。バチンという音が響《ひび》いて、痛みによる刺激《しげき》で僕の目は完全に覚醒《かくせい》する。

ウジウジするのは止めだ。

とにかくまずは七海さんに会わないと。そうじゃないと何も始まらない。すぐに用意して学校に行かないと。

ジンジンと痛む頬を放っておいて、僕はとにかく早く学校に行こうと準備をする。なんだか付き合ってすぐの頃《ころ》、待ち合わせをした時の気持ちを思い出しながら……僕は学校へと向けて足を運ぶ。

七海さんに会うために。

◇◇◇◇◇◇◇◇◇◇◇◇◇◇◇◇◇◇

贅沢《ぜいたく》な話だけど、一人で登校するのはとても久しぶりだった。変な噂《うわさ》が流れた時にも、登校する時には七海さんがいた。まぁ、音更さん達も一緒だったけど……僕の隣《となり》には七海さんがいてくれたんだ。

先月までの僕なら全く問題無かったのに、一人での登校に寂《さび》しさを感じつつ僕は教室に向かう。だけど、七海さんは教室にいなかった。どこに行ったのか分からずあちこち探すけど、彼女の姿を見つけることはできない。どこかに行ってるんだろうか？

そのうち教室には戻《もど》ってくるかと、少しだけ息を切らして教室に戻る。朝から会えないことに教室で一人気落ちしてると……やがて三人が教室に現れた。七海さんに、音更さんに、神恵内《かもえない》さん。いつもの三人だ。

「お……おはよう、陽信《ようしん》」

「あ、うん。おはよう七海さん」

ぎごちなく僕に挨拶《あいさつ》する七海さんに、つられて僕もぎこちなく挨拶を返す。こんなのは初めて会話した時以来じゃないかな。なんだかぎくしゃくするというか、変に緊張する。

音更さん達はどこか心配そうに僕と七海さんを交互《こうご》に見ている。七海さん、二人にはどこまで話をしたのかな？　周囲の視線もなんだか集めてしまっているようで、視線が痛いというか……とにかく変な気持ちだった。

前の噂の時も視線は集めてたけど平気だったのに……あの時は無責任な噂だったからかな。周囲の視線は非難するというよりも、どこか危ういものを見ているようにも感じられた。

「えっと……今日のお弁当は伝えた通りコロッケだよ。楽しみにしててね」

「あ、うん……。いいね、コロッケ」

「それじゃ、また後でね」

いつもよりも短い会話で、七海さんは自席に戻っていってしまう。僕は助けを求めるように音更さんと神恵内さんに視線を送るんだけど、二人とも僕と視線を合わせると静かに首を横に振るだけだった。

こういう時、七海さん以外の女性と連絡先《れんらくさき》を交換《こうかん》していなかったのが悔《く》やまれる。いや、悔やんじゃいけないんだけどさ。音更さん達が何を聞いたのかこっそり聞くこともできないのは困った。教えてくれるかは別として。

結局その日……僕は放課後まで七海さんとはうまく話せないまま終わってしまった。

お昼は一緒に食べるんだけど、いつもならピッタリとくっつくくらいに近いのに、今日は少しだけ距離《きょり》が取られてしまっていた。会話も普通《ふつう》にできているのに、どこか距離がある。

他の休み時間も、僕と一緒に話をするのが定番なのに……今日は音更さん達とばっかり話をして僕と禄《ろく》に話をしようとしてくれない。

授業中とかに彼女をジッと見ていると、七海さんはこちらの視線に気が付いた後にプイッとそっぽを向いてしまう。その逆もあって、僕が視線を感じて七海さんの方を向くと、彼女が僕をジッと見ていて……やっぱり視線が合うと目を逸《そ》らされる。

昨日まで一緒に旅行に行ったりと楽しかったのに、それらが全てなくなってしまったかのようで……どこか余所余所《よそよそ》しい七海さんの挙動にショックを受けてしまう。でも仕方ないか、最初に彼女を悲しませたのは僕だ。これくらいは甘《あま》んじて受け入れる。

だけど、頭で理解はしていてもショックなことはショックだ。どうしたものかなぁ……？

これは喧嘩《けんか》……なのだろうか。いや、違《ちが》うよな。でも明確に線引きされたような態度を取られてしまうと、これなら喧嘩の方がいくらかマシなんじゃないだろうかとすら思える。それに喧嘩なら仲直りすればいいけど……これは喧嘩ですらないのだから仲直りができるのだろうか？

その想像をして泣きそうになる。想像だけで泣きそうになるんだ、もしもこのままだったら僕は生きていけるんだろうか？　いかんいかん、一つ後ろ向きになると連鎖的《れんさてき》に後ろ向きになって、なんか変な考えが浮かんでくる。下手に考えるのはやめよう。

クラスメイトも僕と七海さんの初めてのこんな光景を目の当《ま》たりにして、どこか浮足立《うきあしだ》っているような雰囲気《ふんいき》がある。……なんだか迷惑《めいわく》をかけてしまっている気分だ。朝から無《む》駄《だ》に注目を集めているし。

また変な噂が流れないといいけどと、そんな心配が頭を過《よぎ》る。だけど前の噂があったからなのか、変な噂は周囲に浸透《しんとう》することはなく放課後を迎《むか》えられたのは僥倖《ぎょうこう》だった。

長い長い一日だった気がする。永遠とも思える時間……はちょっと大袈裟《おおげさ》だけど、いつもより倍以上の時間に感じられたのは確かだ。

ともあれ、待ちに待った放課後だ。きっと放課後なら七海さんとちゃんと話ができる。学校では無理でも、七海さんの家にお邪魔《じゃま》するんだからそこで話もできる。凹《へこ》んでなんかいられない。とにかくまずは七海さんとちゃんと話をしないと。

……学校でもチャンスはあったのにぎこちなかったのは置いておこう。とにかく今は無理矢理にでも前向きに行こう。

「なぁ、簾舞《みすまい》？　ちょっといいかい？」

意気込《いきご》んでいた僕に、不意に声がかけられる。

振り向くとそこには、音更さんと神恵内さんがいた。七海さんの姿は……見えない。露骨《ろこつ》にガッカリしてしまった僕に二人とも苦笑《くしょう》して、ちょっと失礼だったなと僕は小さく謝罪する。

「音更さん……神恵内さん……。ごめん、僕は七海さんと話が……」

「七海には話つけてるからさ、少しだけ時間をくれよ。待っててくれるって」

七海さんに話はついてる？　僕はそこで改めて二人の表情に視線を送る。悲しそうな表情を浮かべた音更さんと、いつもの緩《ゆる》い笑顔ではなく真剣《しんけん》な表情をしている神恵内さんがそこにはいた。

普段《ふだん》は見ない表情に、僕は一度唾《つば》を飲《の》み込む。

「うん……分かった、いいよ。僕……今日はいつも以上に暗いけど気にしないでね……」

「別に普段そこまで暗いわけじゃないだろ……」

「こっちもやられてるねぇ……」

僕の言葉に、二人とも真剣な表情を崩《くず》して苦笑を浮かべる。どこかその笑顔が泣きそうにも見えて、僕は二人に促《うなが》されるままについていった。

こっち……も？　ってどういうことだろう。気になるけど、僕は黙って二人に先導されるままに歩き続ける。

連れていかれた先は教室ではなく、ちょうど屋上に向かう階段の踊《おど》り場《ば》だった。周囲には誰もいなくて、少しだけ寂しい場所。だけど内緒《ないしょ》の話をするにはちょうどいい場所でもあった。

もしかして、普段はここで話をしてるのかな？　ちょうど物陰《ものかげ》で死角になってるし、隠《かく》れるにも良いし、人からは見つけづらい場所だ。

階段の踊り場へと向かう途中《とちゅう》……僕等は全くの無言だった。なんだか音更さんに神恵内さんも気落ちしているのが少し不思議だ。てっきりこの二人のことだから、七海さんのことで僕に怒ってくるかと思ってたんだけど、その素振《そぶ》りもない。

「わりぃな、時間取らせて……。七海から、相談受けたもんでな」

「七海さん……なんて言ってたのかな？」

「お前を傷つけたって……合わせる顔がないんだってさ」

……え？

僕は音更さんのその予想外の言葉に完全に思考が止まってしまう。七海さんが僕を傷つけた？　何を言っているんだろうか……逆じゃないか？

慌《あわ》てた僕を見て、音更さんも神恵内さんも顔を見合わせて苦笑を浮かべていた。

「寝耳《ねみみ》に水《みず》って顔だな……」

「簾舞……もしかして心当たりなかったりする？　七海の早とちり……とか？」

音更さんは少しだけ肩《かた》をすくめていて、普段の口調からは考えられない程《ほど》に神恵内さんは真剣だ。僕は二人に静かに頷《うなず》いて返答する。

「二人とも……どこまで話を聞いてるの？」

「んー……なんか呼び捨てして欲しいってお願い言ったらお前を傷つけたってことくらいかな。七海も若干《じゃっかん》混乱しているみたいだけど……」

音更さんはそこで、少しだけ大げさに手を広げる。その動きに視線を奪《うば》われながらも、僕は彼女の言葉に耳を傾《かたむ》け考える。

さっき、こっちもって言ってたのは七海さんが僕を傷つけたって落ち込んでるってことなのか……？

なんでそんなことになっているんだろうか。酷《ひど》い誤解が生じているような気がする。だけどそれなら、彼女の態度にも納得《なっとく》がいくかもしれない。アレは怒っていたんじゃなくて……僕に対して気まずかったからなのか。ダメだ、二人から話を聞いて解決できるかと思ったけど、やっぱり本人と話をしないと……。

「……なぁ、簾舞。不思議なんだけどさ、なんで七海を呼び捨てにしてやらないんだ？二人の問題だけど、いつものお前だったら割とあっさりとやりそうだけど……なんかあったのか？」

「そうだね、なんか妙《みょう》に頑《かたく》なだよね……？　簾舞なら割とあっさりやると思ったのに」

今の重苦しい雰囲気を飛ばすことはできないが……それでも二人は、なるべく暗くならないように、声を明るめにして僕に対して話の核心《かくしん》を聞いてきた。でも、その評価はちょっと買いかぶりすぎじゃないかな。

「僕……そんなにあっさりとやりそうに見える？」

「うん。普段から『七海のためならたとえ火の中水の中』って感じだね」

「なんでもやりそうだよね～。だから、今回だけちょっと変かにゃ～？」

わざとなのか、二人ともなるべく意識的にいつもの調子に戻っていた。それが今の僕にはとてもありがたい。

僕の評価が七海さんに特化して著《いちじる》しく高いことに苦笑しつつ、僕は僕の中の考えを整理するために、二人に対して自身のことを吐露することを決めた。

それは今まで誰にも……それこそ七海さんどころか、父さんと母さんにすら言ったことのない自分の秘密である。まぁ、思い出したのが今朝だっていうのもあるんだけどね。

それを最初に言うのが七海さんじゃなくて、音更さんと神恵内さんというのは少し気が引けるけど……。でも、七海さんには言いづらいと考えていた僕にとって、この二人は打ち明ける相手としては逆に適しているのかもしれない。ここで言葉にして、七海さんに話す内容を整理しないと。

僕との関係が七海さんを通してである二人だからこそ……言える内容だ。

「少し回りくどく前程から話すとさ、僕が七海さんを呼び捨てにできないのって……恥ずかしいとかそういうのじゃなくて……単に僕が怖《こわ》がっているだけなんだよ」

「……怖がっている？」

怪訝《けげん》な表情を浮かべる二人に、僕はできるだけ感情を込めないように淡々《たんたん》と話し始める。気持ちを込めずに、ただ事実だけを列挙していく。現状を把握《はあく》するために、なるべく冷静に。

「まぁ、よくある幼少時の体験だよ。小学校の頃、僕にもちょっとだけ仲良くなった女の子がいて……一緒に遊んだりして……今にして思えば、好きだったのかもしれない子がいてさ……」

この辺は七海さんには言えないな。

実際に好きだったのかすら曖昧《あいまい》だけど、過去に好きな子がいたってのは言わなくてもいい話だ。それがたとえ小学校の時の話でも。今の七海さんにここは言えない。

たとえそれが、顔も名前も覚えていない女の子でも。

「そんな子いたんだ〜……まぁ、小学校の頃だし、別に話しても七海は嫉妬しないいんじゃない？」

「残念ながら、そういう話じゃないいんだよね。まぁ、その子と仲良くなった僕は調子に乗って……乗り過ぎて……己惚《うぬぼ》れて……その子のことを……呼び捨てで呼んだんだよ。他の子がしているようにね。僕も……その子をみんなと同じように呼びたいって」

そこで僕は言葉を……言いづらそうにいったん途《と》切《ぎ》れさせる。実際、そこまで言えたけどここから先は口が重くなる。その僕の気持ちに呼応するように、周囲にも重苦しい沈黙が訪《おとず》れる。

ゴクリと二人が唾を飲む音が聞こえてきた。僕が溜《た》めていることで次の言葉を慎重《しんちょう》に待っているようだった。

「……それで……どうなったんだ？」

促すように沈黙を破る音更さんの一言に、僕は顔に笑顔を浮かべながら続きを話す。くだらなくて、つまんなくて、どこにでもあるような……僕の心の傷の話を。

「笑われたよ。お前が調子に乗って呼び捨てにするなって、その子にみんなの前で軽く罵《ば》倒《とう》された。みんなもそれを聞いて……笑ってた。僕を、笑ってた。悪意は無く……ただ周りで笑ってたんだ」

まるで気にしてない風を装《よそお》った僕のその姿は、逆に痛々しく見えるかもしれない。僕のその告白に二人が息を飲むのが伝わった。

「それは……」

「ひどくない……？」

僕はくだらないと笑われるかなとも思ってたけど、二人はそんなことをしなかった。僕の言葉を聞いて、二人とも沈痛《ちんつう》な表情を浮かべていた。

きっと僕が受けたのは、誰にでもある子供ゆえの無邪気《むじゃき》な残酷《ざんこく》さというやつだ。そこに悪意はなかったんだと思う。誰もが、ここまで僕が傷つくとは思ってなかったんだろう。

これは、ただ僕が弱かっただけのことだ。それだけのことが、こんな形で影響《えいきょう》するとは思ってなかったけどさ。

忘れてたのも、きっと思い出したくなくて無意識の防衛本能が働いたとかそういうのなんだろう。その点は……七海さんと同じだったのかもしれない。七海さんと比べて僕のはくだらないけどね。比べるものじゃあないけど。

悲痛な表情を浮かべる二人に、僕は大したことがないことだと伝えるために無理矢理に笑顔を浮かべて話を続ける。

「それから僕は……他人をちゃん付けやさん付け、君付けでしか呼べなくなったよ。名前でも苗字《みょうじ》でも、どっちでも敬称《けいしょう》さえつけてれば呼べるから、特に生活に支障はなかった。むしろ礼儀《れいぎ》正《ただ》しく見られたかな？」

「……七海は、そいつらとは違うだろ。むしろ、呼び捨てを望んでいるんだから、喜びこそすれ笑うなんて……。いや、ごめん……他人事だから言えることだよな」

「そうだよ～……七海は……七海は大丈夫だよきっと……。でもそっか……確かに怖いよね」

絞り出したような二人の言葉を聞いて、申し訳なくなる。そうなんだよね、七海さんは当時の僕の友人だった人達《たち》とは違う。

「変なこと言ってごめんね。七海さんはそうだね……喜んでくれると思うよ。頭では分かってるんだ。だから……これは僕の問題なんだよ」

僕の言葉を聞いて、二人は押《お》し黙る。だけど音更さんが僕の言葉を聞いて、首を傾《かし》げながら疑問を口にした。

「それが分かってたなら、七海にもそう言ってやればよかったんじゃないか？　そしたら七海も無理に……」

それは、当然の疑問でもあった。そうなんだよね、僕がこのことを忘れてたってのがこの話を余計にややこしくしちゃったんだよね。

「それがさ、これ思い出したのが今朝なんだよね」

「今朝ッ?!」

二人が揃《そろ》えて声を張り上げる。

そういう反応になっちゃうよね。僕《ぼく》も自分自身に呆《あき》れちゃったよ。くだらなくて、情けない僕の昔の記憶《きおく》だ。二人に笑われなかったのは唯一《ゆいいつ》の救いか……いや、いっそ笑い飛ばしてくれてもよかったかもしれない。

「だから僕は、僕が原因で七海さんを傷つけたって思ってたんだけど……。七海さんは、僕を傷つけたって思ってたんだね」

七海さんはあの時、泣いていたんだ。だから僕は彼女を傷つけたと思ってた。でも……違ったのか。

「簾舞に呼び捨てをお願いしたら、すごく悲しそうな表情で、自分がお前を傷つけたと思ったら情けなくて、申し訳なくなったって言ってたよ。これ、言ったの内緒な」

「うん、そんな顔させるつもりじゃなかったのにって……なんか今の簾舞見たら、分かるよ」

二人に言われて、僕が今どんな表情をしているのかを察する。たぶん、僕は今……昨日と同じ顔をしているんだろうな。

バロンさんの言葉が頭の中に浮かんでくる。七海さんが泣いた理由は……僕のためだったのか。

ふと見ると、二人が僕に対して頭を下げていた。

「簾舞、すまなかった。辛《つら》い記憶を話させて」

「ごめんなさい。言いたくないことってあるのに……七海より先に聞いちゃったし」

僕は慌てて二人に頭を上げてほしいと言うんだけど、二人は頭を下げたままだった。挙げ句の果てに自分達にできることならなんでもするとか言い出した。二人が元の仲に戻れるようにできるならなんでもすると。

どうしてそこまでしてくれるのか、僕が困惑《こんわく》してると二人は理由を言ってくれた。

自分達は七海さんが大好きだと。だから、七海さんのためならなんでもする。僕と一緒にいる、幸せそうな七海さんがまた見たいと。これは自分達のための行動だから気にするなと、二人とも少しだけ顔を上げて笑ってくれた。

七海さんが好かれている事実と、この二人の覚悟《かくご》を見て……僕も踏《ふ》ん切りが付いた。やっと、決意が固まった。七海さんのためなら……今なら何でもできる気がした。

「なんでも協力してくれるんだよね？」

「あぁ。七海を悲しませないためなら、ウチ等はなんでもするぞ」

その言葉を聞いて、僕は目を閉じて深呼吸をする。こういうのは正直、苦手だ。だけど今の僕に必要なのは荒療治《あらりょうじ》だ。とにかくなんでも良い、キッカケにするんだ。

僕は真《ま》っ直《す》ぐに二人を見ると、ゆっくりと口を開く。

「音更さん……僕のこと、一発殴《なぐ》ってくれない？」

「はぁっ?!」

僕の願いに、音更さんは理解できないというような声を上げる。神恵内さんも僕の言葉にポカンと口を開けていた。

「M《エム》なの……?」

ポカンと開けただけじゃ飽《あ》き足《た》らず、そんなことまで呟《つぶや》いた。いや、違うからね。そんな趣味《しゅみ》はないいし、趣味があったとしてもそんなことクラスメイトに頼《たの》むわけないでしょ。

一歩引いた二人に、僕は気を取り直すように咳払《せきばら》いを一つ。そして、真意を説明する。

「格闘技《かくとうぎ》やってるんだよね? ちょっと……僕に気合を入れてよ。僕の過去を吹《ふ》っ飛ばすくらいの、強い気合をさ」

これはとても前時代的なやり方だ。きっと強い人なら他人の手を借りずとも、自分で立ち直って、そのうえで彼女に向き合うんだろう。だけど僕にはそれができそうにない。だったら他の人の手を借りるまでだ。無理矢理に、この根性《こんじょう》なしの僕の精神に活を入れてもらおうじゃないか。

「……本気か?」

その言葉を聞いて、僕はゆっくりと頷く。そして僕は少しだけ笑う。諦《あきら》めでもなく、作り笑顔でもなく、覚悟を決めた前向きな笑顔を浮かべろ僕。

「七海さんが僕のためにあんな顔してるって聞かされたら、ウジウジしてらんないよね。男の意地かな。そんなものが僕にもあったって驚《おどろ》きだし、一人で乗り越《こ》えられないって格好悪いけどね。でも僕は、誰《だれ》かの手を借りてでも……過去と決別するよ」

僕の言葉に、音更さん達は顔を見合わせて……笑う。そしてどちらともなく、ぼそりと「格好悪くないよ」という一言を呟くと、彼女達《かのじょたち》も力強く笑った。

「なんつーかなぁ。男ってのはみんな似てるのかね思考が。簾舞、なんかウチの兄貴と似てるよ」

「音更さんのお兄さんに？」

「兄貴も格闘家《かくとうか》やってるからさ、試合前は強い相手にビビっちまう時があるんだ。そんな時は……ウチが気合いを入れてやってんだよね」

音更さんは拳《こぶし》ではなく掌《てのひら》を広げてフリフリと振《ふ》りながら僕に見せてくる。そのまま逆の手で人差し指を僕に向けるとクルリと弧《こ》を描《えが》くように動かす。なるほど……なんとなく理解した。

僕は二人に背を向けると、目を閉じる。そして、簡潔に一言だけを口にする。

「お願い」

「おうッ!!」

女性とは思えない気合いの入った声が空気を震《ふる》わせ、その迫力《はくりょく》に僕は歯を食いしばる。風を切るような音が聞こえたかと思うと、直後に僕の背中に押されたという言葉では到底《とうてい》足りないほどの衝撃《しょうげき》が走った。あるわけが無いんだけど、衝撃の後に音が聞こえたように錯覚《さっかく》する。

「ウオォッ……‼」

歯を食いしばり、涙目《なみだめ》になるのを堪《こら》えるけど、口からは呻《うめ》き声《ごえ》が漏《も》れる。気合いを入れられた場所はそこだけ火を入れられたように熱く、ジンジンとした痺《しび》れがそこから全身に広がるようだった。

よっしッ！　気合入った‼

「七海は教室にいるから。籐舞のこときっと待ってるよ」

「頑張《がんば》ってねぇ〜」

親指をグッと立てる二人に、僕も親指を立てて返した。そのまま、僕は火がついたようにその場から駆《か》け出す。

「ありがとう二人とも‼　行ってくる！」

「あっ、ちょっとまっ……」

何かを二人が言いかけてたけど、僕の耳には届かない。色んな人に助けられて少しカッ

コ悪いけど、今は何よりも七海さんのもとへと、僕は走った。


「初美さぁ、教室には七海だけがいるわけじゃないって簾舞に聞こえたかな～？」

「……大丈夫《だいじょうぶ》だろ」

◇◇◇◇◇◇◇◇◇◇◇◇◇◇◇◇◇◇◇◇◇◇◇◇◇◇◇◇◇◇

周囲の視線にも構わず、僕は走る。すぐに息は切れて、喉《のど》の奥が焼けつくような痛みが来るけど構わずに走る。呼吸するのもきつくて、肺が悲鳴を上げていた。

教室のドアを見つけると、それを勢いよく開ける。ドアは滑《なめ》らかに動いて勢いよく終点にぶつかると、教室内に鈍《にぶ》い音を響かせた。

突然《とつぜん》の僕の登場に、教室内の七海さんが目を点にする。

少し髪《かみ》が乱れている所を見ると、机に突《つ》っ伏《ぷ》していたんだろうか。ほっぺたもよく見ると片方だけが少し赤かった。

なんだか、七海さんの顔がよく見える。今日一日感じていた憂鬱さはどこかに吹き飛んでいて、背中の痛みが僕の思考をクリアにしてくれた。

僕はそのまま彼女《かのじょ》の元まで、勢いを殺さないように進む。

「よ……陽信？」

座《すわ》っていた七海さんが立ち上がる。ガタリという机の音と共に、七海さんは近づく僕から少し距離を取るように後ろに下がったのを僕は見逃《みのが》さなかった。

「陽信……あの……えっと……あのね……」

歯切れの悪い言葉は僕の耳に届いていたけど、僕はその言葉には反応せずに七海さんに近づいていく。僕は彼女の目の前に立つと、少しだけ無言になる。

僕と七海さんの背丈《せたけ》はあまり変わらない。立ち上がると目線はほとんど同じくらいだ。彼女の目を真っ直ぐに見た後で、僕は……七海さんを抱《だ》きしめた。

「ふぇっ⁈」

僕は何も言わない。ただただ、彼女を力強く。だけど壊《こわ》さないように慎重に、無言で抱きしめる。こうやって抱きしめるのはあの時、初めて七海さんの家に行った時以来かもしれない。あの時は僕は慰《なぐさ》める言葉と共に彼女を抱きしめたけど……今日は何も言わない。

今の僕が最初に言う一言は決めてあった。

「七海、お待たせ」

僕は彼女の耳元で、優《やさ》しく囁《ささや》くように言う。言えなかった一言を、やっと。

抱きしめている今、僕に彼女の表情は分からないけど息を飲むのが伝わってきた。本当に、長い時間待たせちゃった気分だ。実際にはそこまで長い時間じゃないけど、気分的な問題だ。

僕は抱きしめていた腕《うで》をほどくと、七海さんに笑顔を向ける。

「……陽……信？」

全てが吹っ切れたような……爽《さわ》やかな気分だ。僕のトラウマなんて大したものじゃない……と言いたいところだけど、ここまで来るのに色んな人の力を借りたなぁ……。ちょっとだけ情けなく思うけど、今はそれを忘れよう。

きょとんとした顔を浮かべる七海さんに、僕は再び彼女の名前を呼ぶ。

「どしたの七海？　僕の顔に何か付いてる？」

「いや、だって……え？　大丈夫……なの？」

「……ごめんね、七海。色々と誤解させたみたいだ」

その瞬間《しゅんかん》、七海さんは僕の胸に飛び込《こ》むように抱き着いてきた。声にならない声を上げて、僕に対して小さく、小さく……謝罪の言葉を口にする。その言葉は周囲には聞こえない……なぜなら……。

教室内は、わざわざ見届けるために残っていたクラスメイトの歓声《かんせい》に包まれたからだ。……ってなんでみんなこんなに残ってるのさ⁈　やべぇ、みんな見てる前でやっちまったよ‼　今更焦《いまさらあせ》ったところでやった行動は取り消せないし、抱き着いてきた七海さんが少しだけ泣いていたから無理に振りほどくこともできない。

僕はされるがままに七海さんを……抱きしめ返す。彼女の今の涙《なみだ》は冷たい涙じゃなくて、どこか嬉《うれ》しそうな温かい涙に思えた。

周囲のみんなは、僕と七海さんを見て笑っているけど、その顔は今朝思い出した、かつて僕が受けた笑顔とは全く異なる……祝福による笑顔だった。

その反応を見て、僕は小さく呟いた。

「……なんだぁ……やってみたら案外さ……なんてことないものだったんだね」

その呟きも、歓声にかき消される。

本当に、僕は色々と考えすぎてたみたいだ。ここでやっと、僕の中にあるトラウマが全部消え去ったような気がする。僕は色んな人に助けられてばっかりだ。

七海さんを抱きしめ返すと、彼女は僕の背中に手をまわして改めて力いっぱい抱きしめてくる。

「……七海!! ごめん、ちょっと今……背中が痛いから少しだけ力を緩めてくれる?」

「背中……? 痛いって……どうしたの?」

「ちょっとね……力いっぱいの気合いを貰《もら》っちゃってさ……。いやぁ、効いたよホント。効果抜群《ばつぐん》だね」

それにしても、これ殴られた方が痛くなかったんじゃないだろうか? 思いっきり平手で叩かれることがこんなに痛いなんて……。

それでも、この背中の痛みのおかげで常に背中を押されているような感覚を持てて、自身でも呆れるほどにあっさりと七海さんの名前を呼ぶことができた気がする。

「なにそれ、何があったのか後で聞かせてよね?」

「……後で全部を話すよ……このことも……なんで呼び捨てにできなかったかも……。情けない話だけど、聞いてくれる?」

「……うん、聞かせて。陽信のことなら何でも聞きたい」

僕から少しだけ離《はな》れた七海さんは、とても綺麗《きれい》に笑う。僕はジンジンする背中の痛みを感じつつ、歓声に包まれる教室の中で七海さんに微笑《ほほえ》み返す。

そうやって見つめ合っていたら……なんて言うかその……。

「キスしろキスー！」

「俺等《おれ》を心配させた罰《ばつ》だー！　やっちまえよー！」

「夫婦《ふうふ》喧嘩《けんか》もほどほどになぁー」

周囲からそんな野次《やじ》が飛んできた。どうやら僕が思っていたよりも、みんなには心配させてしまっていたようで、それが申し訳なく思うと同時にとてもありがたく感じられた。

……せめてクラスメイトの顔と名前は一致《いっち》させないとなぁ。

そう思っていたら、七海さんが僕から離れて顔を真っ赤にして叫《さけ》ぶ。

「しないわよッ!!　ファーストキスはもっと大切な場所で……!!」

「えっ?!　七海ファーストキスまだだったの?!」

おぉ……盛大《せいだい》に自爆《じばく》した。僕は顔を片手で覆《おお》って、熱くなりそうな頬《ほお》を隠す。七海さんはそんなことをするまもなく、真っ赤な顔のままで声にならない叫びをあげながらクラスメイトに飛び掛《か》かっていった。

僕はそんな七海さんを見て、いつもの調子が戻ってきたなぁと安堵《あんど》の笑《え》みを浮かべる。

ふと教室のドアを見ると、音更さんと神恵内さんも戻ってきていた。

「おーい、ダンナー。お宅の奥《おく》さんなんとかしてー、めっちゃ怖いんですけどー」

「まだ旦那《だんな》とかじゃないから!!」

「……まだぁ？」

おーおー、絶好調だなぁ七海さん。そろそろ行かないと。僕は二人に頭を下げると、友達達《たち》に掴《つか》みかかりそうな勢いの七海さんの下へと足を運ぶ。

過去のことでウジウジするのは、これで最後にしよう。もしかしたらこの先、また何か後ろ向きになることがあるかもしれないけど……それでもこれで最後だって誓《ちか》うよ。

僕はこの日はじめて、クラスメイト達の輪の中に自分から入っていった。

余談だけど……残っていたクラスメイトによって撮影《さつえい》された僕等の写真は……しばらく七海さんのスマホの待ち受けになっていた。

帰り道、私と彼《かれ》は手を繋《つな》ぐ。指を絡《から》めて、掌を合わせて、身体をできる限り近づけて。朝できなかった分を取り戻すように私は彼の熱を確認《かくにん》する。そのことに、陽信《ようしん》は気づいていないようだけど。

陽信と一緒《いっしょ》に帰る。ただそれだけの行為《こうい》が、とても大切なものだと改めて思う。朝はやっぱり寂しかったもんね。陽信はどうだったんだろうか？　寂しがってたかな？

もしもそうなら悪いことをしたなぁ。聞いてみたいな……。チラリと横目で彼を見ると、グッタリと疲《つか》れた顔をしていた。……いやぁ、今日は色々あったもんねぇ。主に私のせいなんだけど。

「……やらかしたよ。僕は明日からどんな顔して学校に行けばいいんだろ？」

「ごめんね、私のせいで……」

「いやまぁ、七海《ななみ》のせいじゃないよ」

その呼ばれ方に私は改めてドキリとする。知らず知らずに顔が綻《ほころ》ぶけど、同時に陽信が無理してないかなって心配になって彼の顔を覗《のぞ》き込む。

けど……グッタリしている彼の顔からはそれを窺《うかが》えない。

「まぁ、教室に全員いなかっただけよかったと思っとくよ」

弱々しく陽信は笑う。どうしよう、言った方がいいかな？　実はさっきチラッとみたら、クラスグループの通知がとんでもないことになってたんだよね。周知されてるんじゃないかな。

明日とか登校したら嫌《いや》でも知ることになるし……それまでは黙《だま》っといた方がいいのかな？　でも、それだと陽信も心の準備ができないよね。

ど……どうしたらいいんだろう？

「……どしたの七海？」

しまった、横でうんうん唸《うな》っていたら陽信が不思議そうにしている。今日は色々と誤魔《ごま》化《か》しちゃったから、ここで何でもないよとか言って更《さら》に誤魔化すのも気まずい。

「……一つご報告があります」

「え……報告？　何その神妙《しんみょう》な雰囲気？」

私はスマホを取り出すと、それを彼に向けた。陽信は眉根《まゆね》を寄せながら画面に顔を近づけて、そしてがくんと顎《あご》が落ちるんじゃないかってくらいに口を開けた。

パクパクとお魚みたいに、声が出せないのか震えながら画面を指さす。

「……うわぁ」

かろうじて出たのはそのうめき声だけだった。見せない方がよかっただろうか。

「陽信はグループに参加しないの？」

「いや、この状況《じょうきょう》でグループに参加は無理でしょ……軽く拷問《ごうもん》だよ」

話題の変換《へんかん》失敗……。まぁ、クラスグループも希望者だけ参加だしね。仲良い子は別にグループ作ってるし……。それにしても全体連絡《れんらく》に話題が出るとは……。

そう思ってたんだけど、陽信はそのメッセージを見て少しだけ安堵したような笑みを浮《う》かべる。あれ？　どうしたんだろ。

「さっきも思ったけどさ、杞憂《きゆう》だったんだねぇ。みんな、心配してくれてたんだ……」

確かにメッセージは私と陽信が仲直りしたっていう内容が多かった。それでみんな大盛り上がりだ。私と陽信が抱き合ってる写真まで載ってるし。この写真は保存してから文句を言わないとなぁ。

「杞憂って？　さっき言ってた後で聞かせてくれる話のこと？」

「うん。そうだね……道すがら少し話をしようか」

そして陽信は、歩きながら私に何があったのかを話してくれた。過去に陽信の身に起こったことや、なんで呼び捨てできなかったのか、陽信の背中がなんで痛くなっていたのか……。

歩きながら私は静かに彼の話に耳を傾ける。淡々と話す陽信だけど、その顔はどこかスッキリしたような、だけどちょっとだけ寂《さび》しさがあるようにも感じられた。

「情けないよねぇ……」

「そんなことないよ」

私は即座《そくざ》に彼の言葉を否定する。そっか、陽信も過去にトラウマがあって、それを克服《こくふく》できたんだ。やっぱり似てたんだなぁ私達って。私が陽信に惹《ひ》かれていったのはそんな所を無意識に感じ取っていたからと思うのは……都合がよすぎかな？

私はちょっと、繋いでいる手に力を入れる。すると彼も私の手を握《にぎ》り返してくれた。それがとても嬉しかった。それと同時に、ちょっとだけ心配になった。

「私は嬉しいけどさ、無理に呼び捨てしてないよね？」

「大丈夫だよ。言っちゃえば何てことなかったね。でもまぁ、他の人は呼び捨てはしないかな」

改めて聞く私に陽信は笑顔《えがお》を向けてくる。無理はしていないという言葉に安心はするけど、他の人は呼び捨てにしないというのはちょっともったいないんじゃないかな？　せっかくこう、フレンドリーな感じになれたんだから他の人も呼び捨てにすればいいのに。

「よ……」

「呼び捨てはホラ、七海だけにしたいじゃない」

食い気味にカウンターが来た。

いや、私が勝手にカウンターって感じただけで、別に陽信にそのつもりはないだろう。

私が言いかけたことにも気づかずに彼の言葉がかぶっただけだ。

そう、他意はない。きっと他意はないんだけど……。

「うへへへぇ……」

我ながら、ちょっと気持ち悪い笑みが止められない。

陽信が辛いならされなくてもいいやとか思ってたくせに、調子がいいと言われれば反論が全くできないんだけど、それでも嬉しい気持ちは止められない。

陽信が私だけを呼び捨てにするつもりっていうのがとても嬉しい。

「な……七海？」

ちょっと引いた感じの陽信の言葉が耳に届いて、私はそこでやっと我に返る。こほんと一つだけ咳払《せきばら》いをして、気を取り直して彼に……。

「えへへぇ……」

だめだ、笑いが止められない。だらしない笑みが顔に浮かんでくる。

陽信は最初ちょっとだけ引きつってたけど、少しして苦笑《くしょう》を浮かべながら吐息《といき》を漏らす。

お互《たが》いに笑みを向け合って、そして笑い合う。よかった、こうやって二人で笑い合えて。

安心感と幸福感が同時に来る。この気持ちを何かに残しておきたいなと柄《がら》にもなく考えて、私は一つの思い付きを口にした。

「ねぇ、陽信。ゲームセンター行かない？」

「ゲーセン？　七海も行くんだ。なんかしたいゲームでもあるの？」

「違《ちが》う違う、せっかくだしプリクラ撮《と》りに行きたいなって。陽信が呼び捨てしてくれた記念ってことでさ。どう？」

私と陽信ではゲームセンターの捉《とら》え方《かた》が若干違《じゃっかんち》がうようだ。彼はゲームで、私はプリクラ。たまにぬいぐるみ取ったりするけど、それくらいかな。

彼は少しだけ考《かん》え込《が》んで、少しだけ歯切れ悪く了承《りょうしょう》してくれたけど、恥《は》ずかしそうに頬を染めている。どうしたんだろ？

「……プリクラって、撮ったことないんだよね」

ちょっとだけ恥ずかしそうに零《こぼ》した言葉に、思わず可愛《かわい》いなと思ってしまった。男の人に可愛いってのはあんまり言わない方がいいんだっけ。とりあえず思わず口を出そうになる言葉を飲《の》み込んで、私は代わりの言葉を紡《つむ》ぐ。

「じゃあ……今日は初プリ記念日でもあるねぇ。陽信の初めてを貰っちゃうわけだぁ」

「七海さん?! その言い方は誤解を生まない?!」

ありゃ、さん付けに戻《もど》っちゃった。どうやら咄嗟《とっさ》な時にはまだまだ「さん」がついちゃうのかな? 初めてを沢山《たくさん》共有できて嬉しいなぁと思ったんだけど、何を焦《あせ》ってるんだろ?

初めてを一緒……初めて……? あれ?

「あっ……」

言葉の意味に気が付いた私は一言だけ呟いて……頬が熱くなる。違う、違うからね?! そういう意味じゃないからね!! 顔が真っ赤になったのを自覚する私に、陽信は笑ってた。

「うー……陽信のばかぁ……」

「いやいや、自爆したのはそっちじゃないのさ。僕が悪いのコレ……?」

繋いでる手を無理矢理《むりやり》にブンブンと振《ふ》りまわして、私は少しでも恥ずかしさを誤魔化した。別に陽信が悪いわけじゃないんだけど、どうしてもちょっと恨《うら》み言が口をついて出てしまう。

しばらく無言で頬の熱を鎮《しず》める私を、彼は黙って見守ってくれた。

「記念と言えばさぁ」

少し冷静になった私に、彼はポツリと呟く。その目は私を見ているようで、どこか遠くを見ているようにも感じられた。緊張《きんちょう》しているのか、区切った言葉の続きがなかなか出てこなくて、私は陽信の次の言葉を待った。

少しだけ照れくさそうに、どこか躊躇《ちゅうちょ》するかのように、陽信は続きを口にする。

「……来週でとうとう、一ヶ月記念だね」

それは二人にとっては記念であり、私にとっては期限を告げる言葉だ。そうだ、楽し過ぎてあっという間だったけど……来週で私が告白してから、陽信と付き合ってから一月だ。

「覚えててくれたんだ」

「うん。大切な日だしね。記念日前のデートは、ちょっと特別にしたいよねぇ」

今回の旅行が特殊《とくしゅ》過ぎたからどうしようかなぁと、陽信は少し悩《なや》むような素振《そぶ》りを見せる。私はというと、覚えててくれた嬉しさと、その日を目前にした緊張感が同時に胸に去来した。

私はその日に……彼に改めて告げる。その時に陽信はどうするんだろうか。今回、彼が勇気を出してくれたように、私も勇気を出す必要がある。

運命の日は着実に、確実に迫《せま》っている。どんな結果になろうとも……私は後悔《こうかい》しない。

彼と手を繋いで、笑顔を彼に向けて、一人静かに決意するのだった。

第二・五章　思わぬ失言

「あら、続けないの。残念ねぇ」

「ごめん、陽信《ようしん》。邪魔《じゃま》してしまったな」

僕の叫びを気にした様子もなく、覗き見を反省する素振りも見せず、母さんは心の底から残念がるかのように肩《かた》をすくめる。父さんは両手を合わせて謝《あやま》ってくるんだけど、その言葉は耳にあまり入ってこなかった。

いやいやいや……実の両親に見られるとか嫌すぎるでしょ。よく漫画《まんが》とかであるけど、これは恥ずかしい。前に睦子さん達に見られた時より恥ずかしいぞ。

恥ずかしさから僕は、徐々に自身の頬に熱を感じる。

「夜景をバックにファーストキスかと思ってドキドキしちゃったよ……」

沙八ちゃんがまるで当事者のように両頬を染め、その熱を冷ますかのように両手を頬に添《そ》えていた。僕よりも顔が赤いんじゃないだろうか。そんな沙八ちゃんを母さん達は微笑ましく見ていた。

ませているなと思った彼女でも、今の姿は年相応に見える。僕も彼女を見て幾分《いくぶん》かは冷静になった気がする。

「あ……あの……陽信……」

小さな呟きと共に、僕の手にそっと温かなものが触《ふ》れる。唐突《とうとつ》に感じたその温かさに僕は視線をその箇所《かしょ》に送ると、僕の手に七海《ななみ》さんの手が触れていた。

彼女の両耳を塞《ふさ》いでいる僕の手に。

「そ……その……そろそろ離してくれると嬉しいかな……。くすぐったいんだよね……」

「あっ……」

「お姉ちゃん、耳も弱いもんね」

……え？　そうなのっ?!

大きな声を出すから近くにいる彼女の耳を守るために塞いだんだけど、まさかそんな新情報が来るとは思っていなかった。両の掌に触れる弾力《だんりょく》のある柔《やわ》らかさが、なんだかとても神聖なものというか、触れてはいけないモノのように感じられた。

途端《とたん》に緊張感が増し、僕は思わず触れていた手を少しだけ動かしてしまう。反射的に、弱いと言われた彼女の耳を撫《な》でてしまう。

「はうッ……!!」

ピクリと身体が動いたかと思うと、小さな小さなうめき声を彼女はあげる。

……ほんとに耳弱いんだ。

僕の中の悪戯《いたずら》心みたいなものが刺激《しげき》されて、もう一回やりたい衝動《しょうどう》に駆られるけど……七海さんに上目遣《うわめづか》いで睨《にら》まれてしまった。赤面しながらのその視線に、僕はゆっくりと両手を離して、そのまま降参する時のように離した両手を掲《かか》げた。

七海さんはちょっとだけむくれてたけどそれも一瞬《いっしゅん》だった。一瞬だけニヤリとした笑みを浮かべると、両手を上げた僕に対してゆっくりと手を伸《の》ばしてきた。そして僕の脇《わき》に手を添えた。

背筋にゾクリとした寒気を感じ、それと同時に彼女は笑みをますます深くする。そして、僕に触れた指に力が入ったのが分かった瞬間だった。

「話を進めてもいいかしら？」

……そうだった、母さん達いたんだった。七海さんは母さんの方を見ると、頬を染めてゆっくりと手を離す。どうやら僕は助かったみたいだ。

「ちなみに、陽信は脇が弱いから……後で試《ため》してみるといいわ」

……どうやら助かったと思ったのは勘違《かんちが》いだったみたいだ。母さんの余計な一言で七海さんの瞳《ひとみ》に光がキラリと灯《とも》るのが分かった。これ後で本当にやられるんじゃないだろうか。

キラリと光った瞳と目が合うと、七海さんは歯を見せてとても良い笑顔を僕に向ける。どうやら後で覚悟をしておいた方がいいのかもしれない。

僕はため息を一つつくと、母さんにうんざりしながらも視線を向ける。

「……いや、そもそも全員そろって何をしに来たのさ」

「荷物も置いたし、みんなで温泉に行くからどうって誘《さそ》いに来たのよ。湯船に浸《つ》かると、疲れが取れてよく眠《ねむ》れるわよ」

「だったらせめて声をかけてよ」

「盛り上がる恋人《こいびと》たちに、自分から水を差すほど野暮《やぼ》じゃないわ」

覗くのは野暮ではないとでも言いたげだ。結果的に水も差されたし。いやまぁ、僕が気づいたからってのもあるから正確には水を差されたとは違うかもしれないけどさ。

ともあれ、温泉かぁ……。確かに言われてみると温泉いいよね。

「温泉かぁ。七海さん、行ってみる？」

「あー……そうだね。ちょっと汗《あせ》かいちゃったし、サッパリしたいかも。あっ……」

七海さんは何かに気づいたようにハッとすると、僕から急に距離《きょり》を取る。身を捩《よじ》りながら、両手で身体を隠《かく》すように、抱くように覆う。隠しきれていないけれども。

「その……私、ちょっと汗臭《あせくさ》いかな……？　移動が多かったし、シャワー浴びてないし……」

「いや、全然そんなことないけど？　むしろ良い匂《にお》いだけど」

思わず僕《ぼく》は、改めて彼女の匂いを確認してしまう。うん、どこか甘《あま》くて柔らかい……まるで香水《こうすい》みたいに良い匂いが鼻腔《びこう》に入ってくる。女性って凄《すご》く良い匂いっていうけど本当なんだな。

そこで僕もハッと気づくんだけど、これは……あまりにもデリカシーが無いというか変態チックなのではないだろうか？　いや、言い訳をさせてもらうと臭《くさ》くないかと聞かれたら反射的に匂いを確認しちゃわないかな？

何もしないでいたら否定も肯定《こうてい》もできないし、咄嗟にこの行動に出ても決して責められないと思うんだ。うん、自己弁護終了《しゅうりょう》。

なぜなら今僕の目の前には、改めて顔を真っ赤にした七海さんがいるからだ。えっと……なんか言った方がいいかな？　でも、うまい言葉が思《おも》い浮かばない。何か言わないと……。

悩んで口から出た言葉は……。

「……良い匂いです」

「二回言うなぁ!!」

ダメだった。なんか母さん達《たち》もどこか呆《あき》れた表情をしている。うん、これは完全に僕が悪い。あぁ、七海さんもポフポフと力なく僕を叩《たた》いてくる。

そんな七海さんを宥《なだ》めてから、僕等は温泉に向かうのだった。

あとがき

本書をお手に取ってくださった皆様方、三ヶ月ぶりでございます。結石です。ゆいしと読みます。

なんとか、無事に三巻をお届けできたことを嬉しく思います。

二巻発売時にはあれだけ積もっていた雪もすっかり融け、まだ北海道は少し肌寒いですが徐々に春になってきました。

月日の経過は早いものです。前巻の予告にて五月一日発売となっておりましたが、きてしまえばあっと言う間でした。ゴールデンウィークも目前ですね。

まぁ、実際の発売日が四月三十日となってたのに驚いたのは良い思い出です。

四月から新入社員となった方や、新しい学年、新しい学校に通っている学生の方々は是非ゴールデンウィークにゆっくり休んでください。

そのお休みの時に、ゆっくりと本書を読んでいただければこれ以上嬉しいことはありません。

さて、三巻についてですが……既にお読みいただいた方は楽しんでいただけましたでしょうか。

あとがきから読んでくださっている方もいらっしゃると思いますので大きなネタバレは避けますが、この巻を担当さんが読んだ時の感想は「この二人……喧嘩できたんですね」でした。

ちなみに、プロットを見せた時の感想は「喧嘩できるんですか、この二人？」でした。

まぁ、恋人同士の喧嘩というのは周囲から見ると犬も食わないというのが割と多かったりもしますが、三巻は皆様の目にはどう映りましたか？

リア充爆発しろと思ったか、喧嘩するほど仲が良いと思ったのか……感想をお聞かせいただけましたら幸いです。

そして物語はちょうど三週目に入り、今巻は起承転結でいうところの転の部分にあたります。

皆さんは自分が幼い頃の記憶はどれほど残っていますか？　私はあまり小学校の時の記憶が残っていないタイプでして、その頃何をしていたのかほとんど覚えておりません。

そんな幼い頃の記憶、主人公である陽信の小学校時代の過去について、今巻では触れてみました。

ＷＥＢ版ではサラッとしか触れなかったんですが、ＷＥＢ版よりほんの少し多めに触れてみました。

幼少期のトラウマというのは、周囲から見ると大したことがないだろうというものでも、本人はとても大きく深く傷ついていることがあります。

厄介なのはそのトラウマは、幼い頃のものであればあるほど無意識に刻み込まれ、なかなか解消することは難しいのかなと個人的には感じています。

それを解消するには本人の自覚も必要ですが、周囲の関係というのも重要になってくるのではないでしょうか。良い出会いは大事にしたいものです。

専門ではないので、あくまでも個人的感想ですが。

あぁ、私が過去のことを覚えてないのは単に忘れっぽいだけなので特にトラウマな過去はなかったりします。たぶん、無いと思います。これも忘れているだけかも……？

そんな感じで、三巻は書き下ろしをだいぶ増やしつつ、そのうえで私の書きたいものを自由に書かせていただきました。メガネ増量でお送りしたのも、完全に私の趣味ですね。

下手したら、四巻より三巻の方が書き下ろしが多いのではないでしょうか……と今から思ってます。

そう、四巻です。サラッと書きましたが四巻です。

二巻のあとがきでは、その時点では三巻発売が決定していなかったので三巻出せるのかなぁと思いつつ書いてたのですが、今回はあとがきを書いてる時点で四巻の発売が決定しましたと教えてもらってます。

四巻です、四巻。出したいとは思っていましたが、まさか出させていただけるとは思っておりませんでした。

これも購入してくださっている読者の方々のおかげです。本当にありがとうございます。

一巻が一週目、二巻が二週目、三巻が三週目……つまり四巻は四週目、とうとう一ヶ月が経過します。

先ほど三巻は起承転結の転となると言いましたが、それに当てはめると、四巻は結となります。

全ての決着がつく一ヶ月の記念日について、皆様には引き続き二人を見守っていただければと思います。

三巻も担当の小林様には色々とご尽力いただきました。お互いに体調を崩してたりもしましたので、健康第一でいきたいですね。

かがちさく先生も、継続して三巻のイラストをご担当いただきありがたいことです。いつもラフの段階から高クオリティで楽しみにさせていただいてます。四巻も引き続きよろしくお願いします。

そして帯でも告知されておりますが、神奈なごみ先生によるコミカライズも夏頃に開始予定となっております。

私もネームを読ませていただいたんですが、一読者として非常に楽しみにしております。ネームの段階からクオリティが高くて、漫画家さんって凄いと圧倒されてました。

最後に、引き続き三巻も読んでいただいた読者の方々に感謝を。

それと、二巻発売後に初めてファンレターをいただきまして、まさかもらえるとは思ってなかったので最高に嬉しかったです。改めて、ここにお礼を申し上げます。

今後も頑張って執筆していきたいと思ってますので、引き続き応援していただけましたら幸いです。

それでは、今回はこの辺で。皆様、四巻にてお会いしましょう。

２０２２年４月　結石より

次巻予告

両家家族と一緒という特殊な二人の初旅行も終わり、陽信《ようしん》のトラウマも払拭。波乱かと思われた三週目は気づけば二人の絆を強くするという結果に終わった。

付き合って一ヶ月まで後一週間。七海が陽信に罰ゲームの告白であることを告げる運命の日は確実に近づいていた！　しかし、陽信も一ヶ月の記念日に改めて七海に告白する決意を固めていて――

そして最後のデートが始まり、罰ゲームの一ヶ月は終わる。

「今日はね……私が罰ゲームで、陽信に嘘の告白をしてから……ちょうど一ヶ月目なんだよ」

果たして、二人の関係は――

2022年9月1日発売予定!!

HJ文庫
1006
https://firecross.jp/

陰キャの僕に罰ゲームで告白してきたはずのギャルが、どう見ても僕にベタ惚れです 3

2022年5月1日　初版発行

著者——結石

発行者—松下大介
発行所—株式会社ホビージャパン

〒151-0053
東京都渋谷区代々木2-15-8
電話　03(5304)7604（編集）
　　　03(5304)9112（営業）

印刷所——大日本印刷株式会社

装丁——AFTERGLOW／株式会社エストール

Printed in Japan

ISBN978-4-7986-2830-1　C0193

ファンレター、作品のご感想
お待ちしております

〒151－0053　東京都渋谷区代々木2－15－8
(株)ホビージャパン HJ文庫編集部 気付
結石 先生／かがちさく 先生

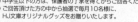